Roberta De Falco
Schuld vergisst nicht

PIPER

Zu diesem Buch

Endlich hat Commissario Benussi seinen Kriminalroman zu Ende geschrieben. Und er weiß auch schon, wie er sein Meisterwerk der Verlagswelt präsentieren wird. Bei einer Feier für den Schriftsteller Ivo Radek will er sein Manuskript dessen Agentin schmackhaft machen. Doch dann wird der altehrwürdige Autor schwer verletzt in der Bibliothek gefunden und schwebt in Lebensgefahr. Benussi ermittelt in der Triester Literaturszene, zu der er selbst so gern gehören würde. Bald wird klar: Den Schriftsteller umgibt ein dunkles Geheimnis, das seine Schatten bis in die Gegenwart wirft …

Roberta De Falco ist das Pseudonym einer erfolgreichen Drehbuchautorin, die mit den Großen des italienischen Kinos zusammengearbeitet hat. Sie lebt in Triest, Rom und Orvieto. »Schuld vergisst nicht« ist ihr dritter Kriminalroman um Commissario Benussi.

Roberta De Falco

SCHULD VERGISST NICHT

Ein Triest-Krimi

Aus dem Italienischen
von Sigrun Zühlke

PIPER

Mehr über unsere Autoren und Bücher:
www.piper.de
Aktuelle Neuigkeiten finden Sie auch auf Facebook, Twitter und YouTube.

Von Roberta De Falco liegen im Piper Verlag vor:
Die trüben Wasser von Triest
Gute Zeiten für schlechte Menschen
Schuld vergisst nicht

MIX
Papier aus verantwortungsvollen Quellen
FSC® C083411
FSC www.fsc.org

Ungekürzte Taschenbuchausgabe
Mai 2017

Titel der italienischen Originalausgabe:
»Il tempo non cancella«, Sperling & Kupfer, Mailand 2014

erschienen im Verlagsprogramm Pendo
Umschlaggestaltung: Mediabureau Patrizia Di Stefano, Berlin
Umschlagabbildung: zakaz86/iStockphoto (Hafen); Renphoto/iStockphoto (Hintergrundstruktur); Tommaso Lizzul/123RF
Satz: Satz für Satz, Wangen im Allgäu
Gesetzt aus der Life
Druck und Bindung: CPI books GmbH, Leck
Printed in Germany ISBN 978-3-492-31106-9

Die erzählten Ereignisse sind frei erfunden.
Jeglicher Bezug auf wirkliche Ereignisse und reale Orte oder Personen ist unbeabsichtigt und rein zufällig.

Erde, ist es nicht dies, was du willst: *unsichtbar*
in uns erstehn? – Ist es dein Traum nicht,
einmal unsichtbar zu sein? – Erde! Unsichtbar!
Was, wenn Verwandlung nicht, ist dein drängender
Auftrag?

Rainer Maria Rilke, Duineser Elegien

DIE PERSONEN

ETTORE BENUSSI, Kommissar der Kriminalpolizei Triest
ELETTRA MORIN, Inspektorin der Kriminalpolizei
VALERIO GARGIULO, Inspektor der Kriminalpolizei
ROSANNA GUARNIERI, Staatsanwältin

CARLA BENUSSI, Psychologin, Ettore Benussis Frau
LIVIA BENUSSI, Tochter von Ettore und Carla Benussi
PATER FLORENCE, Kapuzinermönch, Leiter eines Offenen Hauses in Triest
VIOLETA AMADO, brasilianische Mitarbeiterin von Pater Florence

IVO RADEK, Schriftsteller istrischer Herkunft
PETRA RADEK, zweite Ehefrau von Ivo Radek
CRISTINA RADEK, Ivo Radeks Tochter
FABIO RADEK, Ivo Radeks Sohn
MIRELLA FANTIC, Ehefrau von Fabio Radek
BRUNO KOSOVITZ, Lebenspartner von Cristina Radek
ADA PIAZZA, Cristina Radeks Tochter
LORENZO RADEK, Fabio Radeks Sohn
STELIO KUNZ, Kritiker und Triester Schriftsteller

RHODA WALLACE, Literaturagentin
TITUS CELSIUS, Verleger
TERENZIO TASCA, Verlagsleiter
FRANO MORNAR, Kindheitsfreund von Ivo Radek

FABRIZIO UND ULLA GARGIULO, Valerio Gargiulos Eltern
MARCO ROMICH, Bibliothekar
TAHIR, Junge aus Eritrea
ATO GEBRU, Tahirs Onkel
RITA, Köchin im Jugendzentrum von Pater Florence
RINO, Ritas Sohn
LAURA, Verkäuferin in einem Einkaufszentrum

1 Stelio Kunz schrak aus dem Schlaf hoch, wie üblich schlecht gelaunt. Es war fünf Uhr nachmittags, und er war mit dem Kopf auf dem Schreibtisch eingeschlafen, wie ein Schüler, der keine Lust hat, Hausaufgaben zu machen. Und im Grunde verhielt es sich auch genauso: Er hatte dem Chefredakteur versprochen, den Text über Ivo Radek bis sieben Uhr zu liefern.

Aber was gab es denn noch über den istrischen Autor zu sagen, das nicht schon tausendmal gesagt und bis zum Erbrechen wiederholt worden wäre? Die Tatsache, dass die Universität Triest auf die extravagante Idee verfallen war, Radek im zarten Alter von achtundachtzig Jahren einen verspäteten Doktortitel *honoris causa* zukommen zu lassen, vergällte ihm den Tag so richtig. Welchen Sinn sollte das haben, ihm diesen Titel jetzt noch zu verleihen, wo er doch bereits mit einem Fuß im Grab stand?

Der Grund lag natürlich auf der Hand. Falls in diesem Jahr tatsächlich der Nobelpreis an den alten Schriftsteller aus Parenzo ging, was immerhin wahrscheinlich schien, dann wollte die Stadt, die ihn nach seiner traumatischen Erfahrung der Vertreibung aufgenommen hatte, nicht riskieren, als undankbar dazustehen.

Aber was sollte er, Stelio Kunz – notgedrungen Literaturkritiker, aber in Wirklichkeit ein verkannter Schriftsteller, der sehr viel mehr Talent aufwies als die zahlreichen Tintenkleckser, die die Bestsellerlisten verstopften –, was zum Teufel sollte er noch Originelles schreiben über einen Autor, der vor einem halben Jahrhundert einen vollkommen unverständlichen Erfolg mit seinem Erstlingswerk gehabt und danach nur mittelmäßige Bücher geschrieben hatte, die ebenso unverständlicherweise von vielen Lesern weit höher geschätzt und inniger geliebt wurden, als sie es verdient hatten?

Wenn es nach ihm gegangen wäre, hätte er die Wahrheit geschrieben. Radek schuldete seinen unverdienten Ruhm ausschließlich seiner Vergangenheit. Wenn der junge Ivo nicht gezwungen worden wäre, seine Heimat und seine Familie zu verlassen, als Istrien 1947 unter Titos Herrschaft fiel, hätte er niemals dieses herzzerreißende Buch geschrieben, das alle für sein Meisterwerk hielten. Ein Buch, das, unter anderem, dermaßen banal und voller Floskeln war, dass er, Stelio Kunz, es unter denselben Bedingungen hundertmal besser hätte schreiben können, und zwar ohne diese ganzen ermüdenden Grübeleien.

Aber man weiß ja, wie so etwas in Italien läuft. Die wahren Talente, zu denen sich Kunz ganz unbescheiden zählte, mussten sich in erniedrigender Weise damit abfinden, von literarischen Nullen überholt zu werden, die – mithilfe perverser und unnachgiebiger Pressekampagnen, welche den ahnungslosen Lesern suggerierten, dass an dem Kauf ihrer mittelmäßigen Machwerke kein Weg vorbeiführte – dem bereits in Mitleidenschaft gezogenen Markt der »wahren Literatur« irreparablen Schaden zufügten. Zu der auch das letzte Buch von Kunz zählte, das er gerade fertiggestellt hatte und auf das er ganz besonders stolz war. Bei seinem »Koloss auf tönernen Füßen«

handelte es sich in der Tat um ein komplexes und tiefgründiges Werk, das es verdient hätte, einen so bedeutenden Verlag wie Fondamenta zu finden. Es gab im Land kein anderes Haus, das in Ansehen und Kompetenz damit vergleichbar war.

Stelio Kunz stand auf, streckte sich und ging auf die kleine Terrasse, die gegenüber des Passeggio Sant'Andrea lag. Die warme Juniluft hatte Kinder, Mütter, Rentner und Heranwachsende scharenweise herausgelockt, die nun die weitläufige Fußgängerzone bevölkerten und den Sommeranfang genossen. Wie gern wäre er nach unten gegangen und hätte sich ein Eis geholt, wie diese Jungen, die auf den Bänken rund um den Brunnen saßen, aber er durfte sich das wirklich nicht erlauben. Er war schon zu spät dran, er musste schreiben. Der Chefredakteur hielt den Platz für seinen Artikel frei. Seufzend kehrte er an den Schreibtisch zurück und ließ den Computer wieder hochfahren.

»Der Herr erlöse uns von treu ergebenen Gattinnen«, schrieb er. Vielleicht könnte er so anfangen! Eines der Dinge, die ihn am meisten an Radek irritierten, war tatsächlich dessen Fähigkeit, hinter dem breiten Rücken seiner Ehefrau Petra in Deckung zu gehen. Sie war es, die seit Jahrzehnten für ihn den Kontakt zur Welt unterhielt, auf Anfragen von Journalisten antwortete, Interviews und Einladungen ablehnte. Er, der große Literat, versteckte sich in seiner Wohnung im obersten Stockwerk eines Palazzos in der Via Lazzaretto Vecchio und ließ sich seit Jahren nicht in der Öffentlichkeit blicken. Aus gesundheitlichen Gründen, sagte die Ehefrau. Aus Feigheit und Berechnung, dachte Kunz, und mit ihm viele andere Journalisten, denen es nicht gelungen war, zu einem Interview zugelassen zu werden.

Allerdings trieb Stelios Abneigung ihn nicht so weit, dass er sich nicht hätte eingestehen können, dass der Irritation eine Form von Neid, wenn nicht gar nackte Eifersucht zugrunde lag. Stelio Kunz, um bei der Wahrheit zu bleiben, war nicht nur der Erfolg versagt geblieben, der ihm seiner Meinung nach zugestanden hätte, sondern er war auch noch in seiner Jugend bis über beide Ohren in Petra Gargelli verliebt gewesen. Zwanzig Jahre jünger als ihr berühmter Gatte war Petra eine jener Frauen, die bei jeder Begegnung sofort Empathie ausstrahlte, eine Gabe, die Kunz zweifellos immer gefehlt hatte. Es war diese Ausstrahlung von Vertrautheit und Nähe, die vor vierzig Jahren den jungen Brillenträger Stelio angezogen und zu der Illusion verführt hatte, hinter der Freundschaft mit ihm verberge sich noch ein anderes Gefühl. Als er sich der Tatsache bewusst wurde, dass dem jedoch nicht so war und Petra nicht im Geringsten daran dachte, sich mit ihm zu verloben, war die Enttäuschung bitter gewesen, wenn auch nicht gänzlich unerwartet.

Die Universität Triest wird übermorgen um 11 Uhr in der Aula A der Fakultät für Literatur und Philosophie zusammenkommen, um Ivo Radek die Ehrendoktorwürde zu verleihen. Der berühmte istrische Schriftsteller, 1925 in Parenzo geboren, hat seine Anwesenheit zugesichert, auch wenn er, wie wir alle wissen, das Licht der Öffentlichkeit scheut.
Radek trägt den Namen seiner Mutter, russischen Ursprungs, den er angenommen hat, um den Namen des Vaters, Furian, nicht führen zu müssen. Er war zu stark mit den tragischen Ereignissen des Exodus verknüpft.
Anlässlich der Verleihung werden seine beiden

Verleger, der adelige Titus Celsius aus dem angesehenen Verlagshaus Fondamenta, das auch die Rechte am Enthüllungsbuch »Der Kindheitsfreund« von 1955 hält, und Terenzio Tasca, der neue Verlagsleiter von Russo & Nobile, anwesend sein. Der Verlag hat alle anderen Bücher Radeks publiziert und möchte auch die Rechte seines jüngsten, streng geheimen Werkes erwerben, von dem bis heute nur der Titel »Unser Erdenleben« bekannt ist.
Die Schlacht zwischen Russo & Nobile und Fondamenta um das neue Buch ist in vollem Gange. Die mächtige Literaturagentin Rhoda Wallace, die Radeks Rechte weltweit vermarktet, lässt sich nicht in die Karten schauen. Bis zum heutigen Zeitpunkt weiß niemand, wovon dieses, sein letztes Werk handelt; ob es, wie wir vorhersagen, eine Art spirituelles Testament des istrischen Autors sein wird oder ob er im Gegenteil einen Roman, ein Werk der Fiktion vorlegen wird. Die Idee, einen Wettstreit der Verlage um ein Buch auszurufen, das ansonsten auch unbemerkt hätte bleiben können, in der Hoffnung, die Aufmerksamkeit darauf zu lenken, ist allerdings gewagt und mitnichten ein Erfolgsgarant auf einem mit kurzlebigen Wegwerfprodukten überschwemmten Markt. Müssen wir das Spiel mitspielen und ein uns fernliegendes Interesse heucheln für einen Autor, der zweifellos seine Zeit hatte? Gibt es nicht schon genug aufwendig angekündigte Meisterwerke, die sich, einmal erschienen, als wahrhaft überflüssig erwiesen haben?

Stelio Kunz hielt inne. Wie so oft hatte er sich hinreißen lassen. Er wollte nicht missgünstig und gallig klingen.

Schweren Herzens löschte er die letzten Zeilen und schrieb weiter.

Es ist ja kein Geheimnis, dass es Gianluigi Russo – Urenkel des Gründers des ruhmreichen Mailänder Verlagshauses und bis vor zwei Monaten noch allseits gefürchteter Verlagsleiter von Russo & Nobile –, noch gelungen ist, Radek das Versprechen abzuringen, ihm die Publikation seines neuen Werkes anzuvertrauen, bevor er so brutal vor die Tür gesetzt wurde. Doch dann hat das Erscheinen des jungen, frischgebackenen Verlegers Terenzio Tasca auf dem Parkett die Karten einmal mehr neu gemischt.
Es scheint, als schätze der greise Autor Veränderungen nicht, folglich läge die Vorstellung, dass er in Celsius' Arme zurückkehrt, nicht allzu fern. Umso mehr als Fondamenta nach wie vor alle Rechte am »Kindheitsfreund« hält, auch heute noch Radeks meistverkaufter Titel, ungeachtet der Tatsache, dass seit seinem Erscheinen fast sechzig Jahre vergangen sind. Mit einer halsabschneiderischen Klausel in dem Vertrag, der im fernen 1954 vom Autor mit Rufus Celsius, dem bereits verstorbenen Vater des heutigen Verlegers, geschlossen wurde, hat sich das Haus die Rechte an der Verbreitung des Werkes auf alle Zeiten gesichert. Eine Klausel, die Rhoda Wallace bereits auf allen möglichen Wegen versucht hat für nichtig erklären zu lassen, indem sie behauptete, sie sei dem Autor seinerzeit in betrügerischer Absicht abgepresst worden. Allerdings ohne Erfolg.
Wir erinnern uns, dass »Der Kindheitsfreund« in etwa zur gleichen Zeit wie »Der Leopard« und »Doktor Schiwago« erschienen ist, den ersten

echten Bestsellern des italienischen Verlagshauses, mit einer Auflage, die damals fast an eine Million verkaufte Exemplare heranreichte und Publikum wie Kritik spaltete, wie es bei so überraschenden und nicht ganz nachvollziehbaren Erfolgen üblich ist. Nach vielen Jahren wiedergelesen, lässt das Buch seine ganze stilistische Brüchigkeit erkennen und bestätigt den Eindruck eines im Grunde einfältigen, hemdsärmeligen Textes, dem es noch dazu nicht an Floskelhaftigkeit mangelt. Die Idee, die Parabel einer Freundschaft in Form eines langen, niemals abgeschickten Briefes zu erzählen, erweist sich in der Tat als ein erzählerischer Ansatz, der auf eine viel zu schlichte emotionale Wirkung abzielt. Es wäre wesentlich interessanter gewesen, und literarisch origineller, die Geschichte von beiden Parteien erzählen zu lassen, der des erzählerischen Ichs und der des verräterischen Freundes. Damit hätte sich eine bei Weitem kraftvollere Dynamik entwickeln lassen, und es wären auch jene Aspekte beleuchtet worden, die Radek im Dunkeln gelassen hat. So bleibt der kroatische Freund Toni unbestimmt und teilt damit das Schicksal so vieler schablonenhafter Figuren, die einen großen Teil der literarischen Produktion Italiens der letzten fünfzig Jahre bevölkern.

Stelio hielt wieder inne und fragte sich, ob er die letzte Spitze nicht auch wieder streichen sollte, entschied sich aber, sie stehen zu lassen. Es gab schon genug Heuchler unter den Kritikern, alle mit ihrem eigenen hübschen Manuskriptchen auf dem Rechner, die sich bei den Verlegern mit beschämend parteilichen Rezensionen lieb Kind machen wollten. Er hingegen, der seine Fehde mit der Verlagswelt längst verloren hatte, wusste Bescheid. Er konnte sich den Luxus erlauben, aufrichtig zu sein. Er hatte nicht Camilleris Glück gehabt, der an der Schwelle zu siebzig »entdeckt« worden war, er musste heute nicht, wie alle anderen, Krimis schreiben. Ja, in Wahrheit reagierte er allergisch auf die sogenannten Thriller. Wenn sie bei ihm eintrudelten in der Hoffnung auf eine Rezension, warf er sie unbesehen in den Altpapierkarton. Er hatte die literarischen Moden so unendlich satt.

Das Telefon klingelte, während er das Ende doch noch mal überarbeitete. Auch wenn er wusste, dass er im Recht war, musste er ja nicht unbedingt nachtreten.

»Du bist doch mit Radeks Frau befreundet, oder?«

Der Chefredakteur hatte die schlechte Angewohnheit, sich am Telefon nie mit Namen zu melden.

»Früher mal, ist eine Ewigkeit her.«

»Sehr gut. Also versuch doch mal, an ein Interview mit ihr zu kommen. Wenn der alte Bär sich weigert, den Mund aufzumachen, versuchen wir halt so rauszubekommen, wovon dieses neue, geheimnisumwitterte Buch handelt, um das sich die Verleger kloppen.«

Auch der Chefredakteur war in die Falle getappt. Stelio Kunz seufzte, er würde das Spiel mitmachen müssen, wie immer.

»Die Frau wird sich ganz sicher nicht gesprächig zeigen. Die schützt ihn doch schon immer.«

»Deshalb brauchen wir dich. Es darf halt nicht wie ein Interview klingen, sondern, was weiß ich, wie ein Gespräch über die Literatur von heute. Du rufst sie an, um mit ihr, anlässlich der Verleihung der Ehrendoktorwürde, über das Gesamtwerk ihres Mannes zu reden, und mit deinen diabolischen Fähigkeiten, die dich so einzigartig machen, bringst du sie dazu, dir irgendetwas anzuvertrauen …«

»Wie ich sie kenne, wird sie nicht darauf hereinfallen.«

»Und du probierst es trotzdem. Frag sie vielleicht nach ihrer Meinung zu einem Buch, das du schreiben willst. Immerhin bist du ja auch ein anerkannter Schriftsteller. Die Ehefrauen von Autoren lassen sich doch nur zu gern als Expertinnen zurate ziehen, eine weitverbreitete Schwäche. Schmeichle ihr irgendwie, erfinde irgendwas, aber wir müssen unter allen Umständen die Ersten sein, die rausbekommen, wovon es handelt. Radek übertreibt es wirklich mit seiner Geheimniskrämerei. Das geht mir auf die Nerven. Sieh zu, dass du das hinkriegst.«

Es würde nicht leicht werden, er war noch nie gut darin gewesen, sich zu verstellen. Aber wenigstens würde ihm das einen Vorwand liefern, um Petra wiederzusehen.

»Einverstanden.«

Kunz drehte sich zum Fenster um und betrachtete mit etwas mehr Wohlwollen die Abendröte, die Triest einhüllte. Diese Idee des Chefredakteurs war wirklich nicht schlecht. Er würde die Gelegenheit nutzen, um Petra sein neues Manuskript mitzubringen. Er war sich sicher, dass es ihr gefallen würde. Als sie noch miteinander befreundet waren, hatte er ihre Fähigkeit, seine Arbeit zu beurteilen und ihn dabei zu ermutigen und anzuspornen, immer sehr geschätzt. Vielleicht gelang es ihm ja, sie zu einem kurzen Satz über den Roman zu verleiten, ein Schlaglicht, das er dann dem Ehemann zuschreiben konnte. Und das könnte ausschlaggebend sein, um die Aufmerksamkeit von Titus Celsius zu wecken.

»Rhoda Wallace kommt nach Triest!«

Carla Benussi machte gerade Toasts, als ihr Mann Ettore ganz aufgeregt mit dem iPad in der Hand hereinkam. »Sie kommt zur Verleihung der Ehrendoktorwürde an Ivo Radek. Was meinst du? Ob ich sie um einen Termin bitten könnte?«

Der verblüffte Ausdruck, der sich auf dem müden Gesicht seiner Frau abzeichnete, sprach Bände.

»Vielleicht, wenn ich mit ihr sprechen könnte, wenn ich ihr persönlich erklären könnte …«, fuhr Benussi hoffnungsvoll fort. »Immerhin bin ich ein echter Kommissar, vielleicht macht sie das neugierig.«

»Wenn sie dir bis jetzt nicht geantwortet hat, bezweifle ich, dass sie ihre Meinung ändert, wenn sie dich sieht.«

»Aber du hast doch auch gesagt, dass mein Krimi funktioniert und dir gefallen hat. Oder hast du das nur so gesagt?«

»Er hat mir gut gefallen, ja, aber wenn ich in den Buchladen gehe und die Berge von Thrillern sehe, die da im Regal stehen, dann frage ich mich, welche Chancen deiner hat, überhaupt bemerkt zu werden. Das ist alles.«

»Also bist du schon sicher, dass sowieso keiner ihn veröffentlichen würde, und selbst wenn, dass niemand ihn kaufen würde. Na, vielen Dank für die Ermutigung.«

»Ich versuche nur, dich vor einer Enttäuschung zu bewahren. Du hast so hart daran gearbeitet, du hast es nicht verdient, dass man sich nur nebenbei mit dir beschäftigt.«

»Ich weiß, was du mir sagen willst, Carla. Ich kann zwischen den Zeilen lesen. Du denkst, ich hätte meine Zeit nur verschwendet, und hast nicht den Mut, es mir zu sagen.«

»Nein, da gibt's nichts zwischen den Zeilen zu lesen, Ettore«, seufzte sie gereizt. »Mach, was du willst.«

Mehr als die Worte war es der ungeduldige Ton, der ihn wütend machte. »Red nicht so von oben herab mit mir wie eine Lehrerin, das halte ich nicht aus!«

Benussi stürmte aus der Küche und stieß dabei einen Stuhl um. Carla versuchte, ihn zurückzurufen. Sie wollte den Tag nicht so beginnen.

»Ettore! Komm schon, stell dich nicht so an. Komm zurück, ich bitte dich! Komm und frühstücke mit mir.«

In diesem Augenblick betrat ein Mädchen die Küche, in einem überlangen schwarzen T-Shirt, zerzaust und mit nackten Füßen, und trat wortlos an den Kühlschrank.

»Guten Morgen, Livia. Gut geschlafen?«

Ein achselzuckendes Grunzen war die einzige Antwort.

Carla hatte jetzt wirklich genug von den Launen ihrer Familie. Nach der schrecklichen Entführung durch einen Verrückten, die sie vor sechs Monaten hatte durchmachen müssen, war ihre sprichwörtliche Geduld brüchig geworden. Ohne noch etwas zu sagen, warf sie die Kanne mit dem frisch gekochten Kaffee ins Spülbecken und verließ die Küche.

»Ey, was ist denn hier heute Morgen los?«, protestierte Livia. »Erst rennt mich Papa fast um, und jetzt haust du einfach so ab!«

Carla steckte noch einmal kurz den Kopf zur Tür herein: »Willst du wirklich wissen, was mit mir los ist, Livia? Ich hab's satt, ich hab das alles hier gründlich satt! Ihr behandelt mich wie einen Kleiderständer, lasst eure ganzen schlechten Launen an mir aus. Aber es steht nirgendwo geschrieben, dass ich bleiben und das alles ertragen muss.«

Die Tochter starrte sie verblüfft an, als erkenne sie sie nicht wieder.

»Aber ich hab doch gar nichts von dir gewollt!«

»Genau. Ab und zu mal ein ›Guten Morgen, Mama, wie geht's?‹ wär nicht schlecht.«

Als Carla ins Schlafzimmer kam und Ettore auf dem Bett sitzen sah, in der Bewegung erstarrt, einen Socken in der Hand, überkam sie eine Anwandlung von Zärtlichkeit. Mit einem Schlag löste sich der Ärger in Luft auf. Seit dem Vorfall, der ihn vor acht Monaten beinahe das Leben gekostet hätte, fielen ihm bestimmte Bewegungen schwer, wie zum Beispiel sich vorzubeugen, um sich die Socken anzuziehen. Normalerweise tat er das im Stehen, stützte sich an der Wand ab und hob jeweils ein Bein, wie ein unbeholfener Storch, aber heute Morgen hatte er nachgegeben. Carla trat zu ihm und half ihm, ohne etwas zu sagen. Ettore betrachtete sie schweigend, sein Ausbruch von eben reute ihn bereits.

»Vermutlich hast du recht. Vielleicht würde ich mich lächerlich machen.«

»Ich habe eine bessere Idee. Du könntest Cristina bitten, zu vermitteln. Ich weiß, dass sie sie gut kennt.«

»Radeks Tochter? Triffst du dich noch mit ihr?«

»Ab und zu.«

»Ist die immer noch mit dem Irren zusammen?«

»Leider ja.«

»Und die Tochter, Ada, die von zu Hause weggelaufen ist?«

»Ist zu den Großeltern gezogen. Sie will nicht mehr mit diesem Mann unter einem Dach leben.«

»Das wundert mich nicht. Bei allem, was er ihr angetan hat …«

»Ich verstehe einfach nicht, warum Cristina immer noch mit ihm zusammen ist und sogar ihre Beziehung zu Ada dafür aufs Spiel setzt. Wofür? Na, wer weiß!«

»Und der Vater?«

»Wieder verschwunden.«

»Wirklich eine nicht ganz geheure Familie ...«

»Und du beschwerst dich über unsere!«

Ettore strich seiner Frau über die Wange. Dafür liebte er sie. Auch wenn sie nach der Entführung kantiger und ungeduldiger geworden war, ließ Carla es nie zu, dass etwas Belastendes zwischen ihnen stand. Dass beide beinahe gestorben wären, hatte sie noch stärker miteinander verbunden und aufmerksamer füreinander gemacht.

»Geh doch morgen zu der Feier für Radek in die Universität. Ich bitte Cristina, dass sie dir einen Platz in der Nähe von Wallace besorgt, der Rest liegt dann bei dir. Du brauchst nur noch so zu tun, als sei das alles Zufall. Das wäre schon anders, oder?«

»Und du glaubst, Cristina würde das für mich machen?«

»Ich wüsste nicht, warum nicht.«

Das Handy klingelte auf Ettores Nachttisch. Carla gab es ihm.

»Guten Morgen, Morin! Ist etwas passiert? Gut, ich komme.«

Der Kommissar stand auf und hauchte seiner Frau einen Kuss auf die Wange.

»Ich muss los.«

2 *Heute war ich beim Arzt, und er hat mir bestätigt, was ich bereits wusste. Ich habe nur noch wenige Monate zu leben. Auf dem Heimweg, mühsam auf den Stock mit dem Delfingriff gestützt, den mir dein Vater vor mehr als achtzig Jahren geschenkt hat, ist mir klar geworden, dass jetzt der Zeitpunkt gekommen ist, um mich der Vergangenheit zu stellen, das Schweigen zu brechen, das seit mehr als einem halben Jahrhundert herrscht und das sowieso keinerlei Daseinsberechtigung mehr hat.*

Das Herannahen des Todes hat etwas Schönes, das alles weniger dramatisch macht und im Grunde auch weniger wichtig. Ich habe auch schon viel zu lange im Schweigen verharrt. Ich hätte sofort die Auseinandersetzung mit dir suchen müssen, als ich das Buch gelesen habe, vor fünfzig Jahren. Aber damals war es mir nicht möglich. Ich war gerade der Hölle auf Erden entkommen, was sollte es mich kümmern zu hören, wie mich einer einen Verräter nennt, den ich für meinen besten Freund gehalten habe? Es gab wesentlich Schlimmeres als eine Verleumdung. Und ich hatte es alles am eigenen Leib erfahren.

Alles, außer dem Tod.

Heute Morgen bin ich aufs Meer hinausgefahren, wie ich es seit mehr als fünfzig Jahren tue. Es hilft, mir die Zeit zu vertreiben und nicht zu viel nachzudenken. Als ich so die Fische beobachtete, wie sie im Netz zappelten, kam mir der Gedanke, dass auch wir vor sechzig Jahren im Grunde wie diese Fische waren. Der einzige Unterschied ist, dass du einen Fluchtweg gefunden und dich in Sicherheit gebracht hast, während ich hängen geblieben bin, ohne auch nur den Trost eines schnellen Endes.

Aber ich fische so gut wie überhaupt nicht mehr. Ich sehe nicht mehr gut, meine Hände sind von der Arthritis verkrümmt, und doch steige ich jeden Morgen in meinen alten Kutter und werfe den Motor an. Das Meer kann mir immer noch so etwas wie Frieden schenken und dieser Tragikomödie, die das Leben ist, einen Sinn geben.

Ich bereite mich allmählich auf den Tod vor.

Warum dir schreiben, nach all den Jahren? Im Grunde kennen wir uns doch kaum. Wir sind zwei Unbekannte, die aber zusammen ein Geheimnis bewahren. Ein Geheimnis, das ihre Leben gezeichnet hat, und nicht nur ihre. Jetzt ist der Moment gekommen, sich dem zu stellen. Ich könnte nicht gehen, ohne vorher alles geklärt zu haben, ohne dir den Teil der Geschichte erzählt zu haben, den du nicht kennst oder den nicht zu kennen du dich entschieden hast. Und dabei wäre es doch für dich gar nicht schwer gewesen, zu mir zu kommen und mich zu fragen, ob wirklich ich es war, der dich verraten hat. Du hast den leichten Weg vorgezogen, das Leben desjenigen, der zum Opfer geworden ist, und darauf hast du deine Legende aufgebaut.

Wie war es doch einfach in jenen manichäischen Zeiten, als das Gute auf der einen und das Schlechte auf der gegenüberliegenden Seite war. Unsere einzige Aufgabe bestand darin zu versuchen, den kriminellen Fanatismus zu überleben, der unsere Leben in einen primitiven und brutalen Kampf ums Überleben verwandelt hatte. Nicht dass ich mich nach jenen Jahren zurücksehnen würde. Gott weiß, wie sehr wir gelitten haben. Ich sage nur, dass es einfacher war, sich besser zu fühlen, als man ganz real wusste, dass man selbst es war, der gegen einen stumpfen und ignoranten Feind zu kämpfen hatte. Einen Feind, der uns zu verschreckten Opfern eines ungerechten Schicksals gemacht hatte und uns gleichzeitig von der Verantwortung befreite, uns mit den Schatten in unseren Herzen auseinanderzusetzen.

Ich erinnere mich noch an jenen Tag, als sei es gestern gewesen.

Deine Mutter wie versteinert, dein Vater weinend neben dem Lastwagen voller Hausrat, den Blick verloren ins Nichts gerichtet. Du, der du mich voller Hass anstarrtest, als wäre ich es gewesen, der die Fabrik enteignet hätte, der euch aus dem Haus gejagt, in dem du geboren worden warst, und unsere Freundschaft verraten hätte. Ich habe noch versucht, dir zu erklären, dass ich nichts damit zu tun hatte, dass mein Vater mich gezwungen hatte, in Titos Miliz einzutreten, weil er tatsächlich an diesen Traum von der Freiheit glaubte: Auch ich sollte meinen Teil dazu beitragen, als Jugoslawe, als Kommunist, als Kroate. Glaube nicht, dass ich mich nicht dagegen aufgelehnt hätte. Ich habe mich nie »gegen« etwas eingestellt gefühlt, sondern immer »für« etwas. Und du weißt das genau. Wir haben die vulgäre Überheblichkeit der Faschisten so gehasst, ihre ordinären und primitiven Methoden, ihre dumme Gewalttätigkeit! Weißt du noch, wie wir uns gefreut haben, als wir erfuhren, dass Badoglio den Waffenstillstand unterzeichnet hatte? Wir konnten es kaum glauben! Der Krieg schien zu Ende zu sein, unser schönes istrisches Land für immer von den Faschisten befreit.

Aber mitnichten. Stattdessen war es nichts anderes als der Beginn eines neuen und noch grausameren Krieges. Eines inneren Krieges, heimtückisch, der im Verborgenen geführt wurde, ohne jemals offiziell erklärt worden zu sein, doch deshalb nicht weniger erbarmungslos und gewalttätig als der, den wir gerade erlebt hatten. Ein Krieg, der auch unsere Ideale verriet und gegen den wir uns nicht zur Wehr zu setzen wussten.

Als ganze Familien zu verschwinden begannen, wie vom Erdboden verschluckt, sagte mir mein Vater, es seien Faschisten gewesen, die aus Angst vor Repressalien geflohen seien. Aber wir wussten, dass das nicht stimmte. Leas Vater war nie Faschist gewesen, wie viele andere, er hatte sich nur schweigend gefügt, um leben und arbeiten zu können. Als er eines Morgens nicht nach Hause zurückkam, lief Lea zu mir. Sie wollte, dass ich ihr half, ihn zu finden. Ich habe versucht, ihr zu erklären, dass ich nichts davon wusste, dass, auch wenn ich eine Uniform trug, ich nichts anderes war als eine wehrlose Spielfigur, die in einen Krieg hineingeschleudert worden war, den ich nicht richtig finden konnte. Aber sie glaubte mir nicht. Sie lief zu dir, und du hast es vorgezogen, dich voller Empörung auf ihre Seite zu stellen.

Es war unser erster – und letzter – Streit.

Noch nie hatte ich dich so wütend gesehen. Als wären all die gemeinsam verbrachten Jahre mit einem Schlag von einem unbekannten Dämon vernichtet worden. Du hast mich nicht einmal mehr angehört, auf einmal war ich für dich zum Feind geworden. Du hast es nicht geschafft, mir zu glauben. Unsere Leben waren immer ineinander verflochten wie die Stränge eines Taus. Weihnachten, Ostern, Geburtstage, alles haben wir geteilt. Mein Vater fischte für die Sardinenfabrik deines Vaters, wie schon unsere Großväter vor ihnen. Meine Mutter kochte und bügelte für euch. Wir haben uns die Knie auf demselben Kies in eurem Garten aufgeschlagen, wir haben in der Schule nebeneinander in derselben Bank gesessen. Zwanzig Jahre lang hatten wir alles geteilt, Streifzüge, Bücher, Träume und Empörungen.

Auch wenn du inzwischen die Schrecken des Kommunismus anprangerst, glaubtest du damals genauso wie ich daran. Vielleicht sogar mehr. Er erschien uns wie die Lösung für alle Übel der Welt. Wir konnten nicht wissen, was geschehen würde. Du wusstest es nicht, und ich wusste es ebenso wenig. Es ist leicht, mit dem späten Wissen Urteile von sich zu geben. Aber wenn du zusammen mit Millionen anderer Menschen in einer ungestümen Strömung navigierst, ist es schwer, mit dem eigenen Kopf zu denken.

Es war nicht Tito, der uns getrennt hat, und das weißt du. Zumindest nicht am Anfang.

Es war Lea.

Wir hatten uns in dasselbe Mädchen verliebt.

Als der Leichnam von Leas Vater an einem Strand gefunden wurde und ihre verzweifelte Mutter beschloss, nach Triest wegzugehen, versuchte Lea, sich dagegen aufzulehnen, aber sie wurde gezwungen mitzugehen. Sie war erst siebzehn. Sie wollte uns nicht verlassen, sie brauchte uns wie die Luft zum Atmen. Frano und Ivo. Frano, der sportliche, Frano, der Fischer, Frano, der es verstand, ihr das Gefühl zu geben, schon eine Frau zu sein. Ivo, der Dichter, Ivo, der Sohn des Herrn, Ivo, der sie nicht anzurühren wagte aus zu viel Liebe.

Ivo, der ein Buch über unsere Dreierbeziehung schreiben würde, in dem er mich als niederträchtigen Verräter unserer Freundschaft darstellen und mit dem Finger auf eine blaue Uniform zeigen würde, die mir nichts bedeutete und die ich gezwungen worden war zu tragen, und der der Welt erzählen würde, dass es meine Familie gewesen war, die seine aus ihrer Villa gejagt hatte, aus ihrer Fabrik, aus ihrem Land.

Meine Familie! Mein Vater und meine Mutter, dargestellt als fanatische Werkzeuge der titoistischen Obsession, alle Italiener aus dem Land jagen zu müssen. Nein, lieber Ivo, meine Familie hatte damit überhaupt nichts zu tun. Wenn sie an jenem Morgen nicht gekommen waren, um sich von euch zu verabschieden, dann weil mein Vater einen Herzinfarkt erlitten und meine Mutter ihn ins Krankenhaus gebracht hatte. Siehst du, wie viel einfacher es war? Du wolltest in ihrer Abwesenheit einen Verrat sehen, den es nie gegeben hat.

Wir sind es gewesen, die von Tito verraten wurden. Aber das ist eine andere Geschichte, die ich dir morgen erzählen werde. Jetzt bin ich müde, mir tun die Knochen weh, ich muss mich hinlegen.

3

Das ebenholzfarbene Gesicht war in stille Tränen gebadet. Inspektorin Elettra Morin war beeindruckt von der Würde und dem absoluten Schmerz, den die eritreische Frau ausstrahlte, die den Leichnam eines vielleicht zwei Jahre alten Mädchens im Arm hielt, von dem sie sich nicht trennen wollte.

Pater Florence, dessen Einrichtung die fünf blinden Passagiere anvertraut worden waren, die in Basovizza in einem Lastwagen entdeckt worden waren, kniete vor der jungen Mutter und versuchte, auf Englisch mit ihr zu sprechen, um sie davon zu überzeugen, ihnen die Leiche ihrer Tochter anzuvertrauen.

Die Szene zerriss Elettra das Herz, die gar nicht daran denken wollte, welche Opfer und unzählige Erniedrigungen diese arme junge Frau durchgemacht haben musste, um hierherzukommen. Sie selbst, dachte Elettra, hätte es mit Sicherheit nicht überlebt.

Als sie Kommissar Benussi kommen sah, immer noch hinkend, ging Elettra ihm entgegen und zog im Gehen das Notizbuch aus der Tasche.

»Guten Morgen, Commissario.«

»Guten Morgen, Morin. Was gibt's?«

»Ein tschechischer Lkw, aus Ancona kommend, der Ersatzteile für Motoren transportierte. Der Fahrer, ein Georgier, behauptet, er wisse von nichts. Er schwört, dass er nicht wüsste, wo die blinden Passagiere zugestiegen sind. Aber Ispettore Gargiulos Einschätzung nach, der ihn auf dem Präsidium vernimmt, lügt er.«

»Er hat etwas von einem Toten gesagt.«

»Im Augenblick sind es zwei. Ein Mann von etwa dreißig Jahren und ein kleines Mädchen von zwei Jahren. Dehydrierung. Sie haben die Hitze im Transportraum nicht ausgehalten. Die Kleine war mit ihrer Mutter unterwegs, das andere Opfer ist der Vater. Sie kommen vom Horn von Afrika.«

Pater Florence trat zu ihnen.

»Morgen, Commissario.«

»Wie geht's ihr?«, fragte Benussi und deutete zu der Frau hinüber.

»Nichts zu machen, sie will sich nicht von ihrer Tochter trennen. Sie sagt, dass sie nicht tot ist, sondern nur schläft. Ich habe nach Violeta geschickt. Vielleicht schafft sie es ja, sie zu überzeugen.«

Der Priester sah erschöpft aus, wie immer. Die erste Hitze, die über Triest hereingebrochen war, hatte ihn unvorbereitet getroffen, und jetzt rann ihm der Schweiß in Strömen unter dem zerknitterten Hemd.

»Das ist sowieso ein Exodus von biblischen Ausmaßen, Commissario. Diese hier kommen aus Eritrea. Sie sind vor einem Flüchtlingscamp im Sudan entführt worden. Und wissen Sie, warum diese Leute entführt werden? Um von den Familien Lösegeld zu erpressen. Und wer nicht zahlen kann, wird als Sklave verkauft oder ihm wird ein Organ entnommen. Für diese Leute sind das keine Menschen, sondern nichts als Ware. Ich weiß nicht, warum die UNO nicht längst irgendetwas unternimmt, um diese gnadenlosen Händler des Todes aufzuhalten! Wir machen Milliarden Dollar auf den Rücken dieser armen Leute, deren einzige Schuld darin besteht, in Ländern geboren worden zu sein, die von Gewalt und Hunger verheert sind.«

Es war ein verlorener Kampf, den Pater Florence führte, und das wusste er. Doch davon ließ er sich nicht beeindrucken. Niemals würde er aufgeben, er würde bis zu seinem Tod weiter versuchen, ein bisschen Menschlichkeit und Wärme in jene »verlorenen Leben« zu bringen, die ihm so kostbar waren.

»Ah, Sie sind wieder im Dienst, Commissario!« Eine gut aussehende Frau mit krausem Haar und dunklem Teint um die vierzig kam mit ausgestreckter Hand auf ihn zu. »Das heißt, es geht Ihnen besser!«

Benussi errötete unwillkürlich und schüttelte ihr die Hand.

»Ja, danke, Violeta. Sehr viel besser.«

»Und Ihre Frau? Hat sie sich auch wieder erholt?«

»Sie geht wieder zur Arbeit. Aber Sie wissen ja, Frauen sind sowieso härter im Nehmen. Wie geht es Ihnen?«

Violeta antwortete nicht mehr, sie saß schon bei der jungen Mutter und sprach leise mit ihr.

»Und die anderen Überlebenden?«, fragte Benussi.

»Sind noch nicht vernehmungsfähig«, antwortete Elettra. »Sie sind zu stark erschöpft.«

»Ich versuche, später mit Ihnen zu sprechen«, bot Pater Florence an. »Kümmern Sie sich lieber um den Fahrer. Oft sind das auch arme Kerle, die sich vom schnellen Geld verführen lassen ...«

Elettras Handy klingelte in der bunten Tasche, die sie um den Hals hängen hatte. »Hallo, Valerio ... Ja, er steht hier bei mir. Wir kommen sofort.«

Benussi sah seine Untergebene fragend an.

»Der Fahrer hat angefangen zu reden.«

»Gut, dann gehen wir mal. Bis bald, Pater Florence.«

»Bis bald, Commissario.«

Als er den Vorplatz verließ, hielt Benussi Ausschau nach Violeta, die sich zusammen mit der jungen Mutter in Luft aufgelöst zu haben schien. Er hätte gern mal länger mit ihr gesprochen. »Und grüßen Sie mir Violeta«, setzte er noch, vielleicht ein wenig zu laut, hinzu.

Am Abend berichtete Elettra Morin ihrem Kollegen Valerio Gargiulo von der Schwäche des Kommissars.

»Du hättest ihn mal sehen sollen, wie er Violeta heute Morgen angeschaut hat. Es war fast schon peinlich.«

»*Mamma mia,* du bist aber auch streng, meine Elettra!«, spottete der junge neapolitanische Inspektor. »Nach allem, was passiert ist, nach dem Unfall und der Entführung seiner Frau, darfst du ihm ruhig eine kleine Schwärmerei für die schöne Brasilianerin zugestehen! Man kann ja nie wissen!«

Morin lachte laut, als sie die schalkhafte Miene Valerios sah, der gerade die Pasta abgoss.

»Ihr seid doch alle gleich, ihr Männer, immer bereit, euch gegenseitig in Schutz zu nehmen!«

»Seit wann denn das!«

»Hast du Bier gekauft?«

»Steht im Kühlschrank. Nimm dir nur.«

Ein Stückchen Meer war zu sehen von der Terrasse aus, die zu Valerio Gargiulos Wohnung in der Via Economo gehörte. Elettra trug die beiden Flaschen zu dem liebevoll gedeckten Tischchen, das in einer Ecke neben zwei Blumenkästen mit weißen und roten Geranien stand.

Die Ankunft des Sommers hatte in den beiden jungen Polizisten große Lust auf Urlaub und Meer geweckt; eine

Lust, die sich derzeit mit einem Abendessen im Freien begnügen musste. Die Wahl war gezwungenermaßen auf Valerios Haus gefallen, da die Zweizimmerwohnung, in der Elettra wohnte, an sonnigen Sommerabenden noch melancholischer war als gewöhnlich.

Sie sprachen nicht über den gerade zu Ende gegangenen Arbeitstag. Das hatten sie schon am Anfang ihrer zerbrechlichen Beziehung vereinbart, die sie allerdings niemals in den Stand einer wirklichen gegenseitigen Verpflichtung erhoben hatten. Und das ganz sicher nicht, weil Valerio Gargiulo es nicht gewollt hätte, der sich als echter Neapolitaner gerne in eine leidenschaftliche Geschichte gestürzt hätte, ohne ständig das Gefühl zu haben, gefährlich nah an einem unsichtbaren – und für ihn unverständlichen – Abgrund zu balancieren. Elettra konnte nämlich nicht nur sehr plötzlich und unerwartet verschwinden, sondern auch, und das wesentlich häufiger, sehr hart sein. Eine Härte, die ihre Erklärung in ihrer Familiengeschichte fand – die junge Polizistin war nach der Geburt in einem Waisenhaus zurückgelassen worden und hatte vor wenigen Monaten ihre geliebte Adoptivmutter verloren –, die Valerio aber ganz und gar nicht akzeptieren konnte.

Es war, als hätte Elettra Angst, sich einem tiefen Gefühl zu ergeben und zöge es vor, in der sehnsüchtigen Erinnerung an eine imaginäre Verbindung zu ihrer natürlichen Mutter – die sie nie kennengelernt hatte – versunken zu leben, statt sich darauf einzulassen, eine konkrete Beziehung aufzubauen. In den vergangenen Monaten hatten sie oft und lange darüber gesprochen, ohne jedoch irgendeinen nennenswerten Kurswechsel erreicht zu haben. Elettra wollte sich nicht verpflichten, wiederholte sie immer wieder, sie fühle sich nicht bereit dazu.

»Morgen kommen meine Eltern«, sagte Valerio und trank den letzten Schluck Bier aus der Flasche.

»Wieso das denn?«, fragte Elettra misstrauisch.

»Ganz ruhig, sie kommen nicht, um dich kennenzulernen. Sie wissen gar nichts von dir. Ich hatte dir doch gesagt, dass meine Mutter eine Leidenschaft für Ivo Radek hat, und als sie erfahren hat, dass es eine Gelegenheit gibt, ihn persönlich zu erleben, in der Universität, hat sie meinen Vater dazu überredet, sie zu begleiten.«

»Und sie schlafen bei dir?«

»Das wäre keine schlechte Idee«, lächelte Valerio. »Dann müsste ich bei dir übernachten. Du würdest mich doch nicht auf dem Sofa schlafen lassen, oder?«

Elettra wich seinem Blick aus, während die Gabel, die sie gerade zum Mund führen wollte, klappernd auf den Teller fiel.

»Also, ich …«

Valerio konnte nichts dagegen machen, ihre Reaktion verletzte ihn. Aber er ging mit einer Leichtigkeit darüber hinweg, die weit davon entfernt war, aufrichtig zu sein.

»Das war ein Witz, Ely. Sie übernachten im *Duchi d'Aosta*! Niemals würde der große Avvocato Gargiulo sich dazu herablassen, in einem Loch wie diesem zu übernachten. Du kennst meinen Vater nicht!«

Die Erleichterung war Elettra anzusehen, auch wenn sie versuchte, sie zu überspielen, indem sie das Thema wechselte.

»Gestern habe ich einen Anruf von der Sozialarbeiterin bekommen.«

»Hat sie etwas herausgefunden?«

»Vielleicht.«

»Und das sagst du mir so nebenbei?«

»Es ist nichts Sicheres. Nur eine Spur. Aber konkreter als die anderen.«

»Spann mich nicht auf die Folter.«

»Meine Mutter war siebzehn, als sie mich zur Welt gebracht hat. Ich denke, die Idee, mich zur Adoption freizugeben, kam nicht von ihr. Es sieht danach aus, als käme sie aus einer Bauunternehmerfamilie aus Udine.«

»Und was fängst du jetzt damit an?«

»Nichts.«

»Wie nichts?«

»Nichts, erst einmal.«

Valerio blickte sie ungläubig an. Seit Monaten sprach Elettra von nichts anderem als den Gesprächen, die sie mit den verschiedenen Behördenmitarbeitern geführt hatte, um Informationen zu erhalten, auf die Adoptivkinder, die älter als fünfundzwanzig Jahre waren, nach italienischem Recht sowieso ein Anrecht hatten. Es hatte immer danach ausgesehen, als gäbe es nichts Wichtigeres als das, und jetzt, wo sie nur noch einen Schritt davon entfernt war, das Geheimnis zu lüften, schien sie plötzlich jeden Elan verloren zu haben.

Als hätte sie seine Gedanken gelesen, versuchte Elettra ihm zu erklären, was sie empfand.

»Das ist nicht leicht, Valerio. Jahrelang habe ich nichts anderes getan, als über die Person nachzudenken, die mich zur Welt gebracht hat, über ihre Geschichte, ihre Motive. Ich habe sie gehasst, bemitleidet, geliebt und verachtet. Es war eine Besessenheit, die mich immer begleitet hat, die es mir erlaubt hat, mich anders als die anderen zu fühlen, verletzlicher, aber auch irgendwie als etwas Besonderes. Ich kann dir das nicht richtig erklären. Wenn ich jetzt herausfinden würde, wer meine Mutter wirklich ist, müsste ich mein Denken von Grund auf ändern. Ich müsste mich mit einer Frau auseinandersetzen, die wahrscheinlich immer eine Fremde für mich bleiben wird genauso wie ich für sie … Ich müsste sie mit Gewalt in mein Leben zwingen.«

»Also wirst du sie nicht suchen?«

Elettra antwortete nicht gleich. Sie schaute in die Ferne, zum Meer, und trank einen Schluck von dem eiskalten Bier.

»Ich weiß nicht«, murmelte sie. »Ja, wahrscheinlich doch, eines Tages. Aber nicht sofort.«

Elettra stand auf, ging zu Valerio, setzte sich auf seinen Schoß und kuschelte sich an ihn.

»Du würdest mich niemals verlassen, oder?«

Das Herz des jungen Inspektors begann wie wild zu schlagen. Wer sollte diese Frau verstehen? Also lieber den günstigen Moment nicht verstreichen lassen.

»Niemals, das schwöre ich dir«, antwortete er und umarmte sie.

»Kann ich heute Nacht bei dir schlafen?«

»Das fragst du noch?«

4

Rhoda Wallace erreichte mitten in der Nacht, vollkommen erschöpft, das kleine Hotel in Cavana, das sie im Internet gebucht hatte. Die Reise hatte schier unendlich gedauert. Am Morgen in London aufgebrochen, hatte sie zwei Arbeitstreffen in Mailand vereinbart und war überzeugt gewesen, dass sie am Nachmittag den letzten Flug nach Triest nehmen könnte.

Allerdings hatte sie die Rechnung ohne die Fluglotsen gemacht, die es satthatten, auf eine nicht sehr wahrscheinliche Verbesserung ihrer Arbeitsbedingungen zu hoffen, und daher ausgerechnet am Nachmittag jenes 25. Juni zu streiken begonnen hatten. Sie war gezwungen gewesen, sich einem alten, dreckigen Frecciabianca der italienischen Bahn anzuvertrauen, mit einer wankelmütigen Klimaanlage, blockierten Fenstern und ekelerregenden Toiletten, der sie mit gut einer Stunde Verspätung nach Mestre gebracht hatte, sodass sie den letzten Anschluss nach Triest nicht mehr bekommen hatte.

Einen Augenblick lang war sie versucht gewesen, in dieser kleinen Stadt vor den Toren Venedigs, die sie so trostlos fand, zu übernachten und auf den ersten Zug am Morgen zu warten, aber dann hatte die Öde um sie herum sie von dieser Idee abgebracht. Lieber ein schrecklich teures Taxi nehmen und in dem sauberen, gemütlichen Hotel ankommen, das sie im Netz gesehen hatte. Trotz ihrer sprichwörtlichen Flexibilität hätte sie es nach dieser schrecklichen Reise nicht mehr ausgehalten, auch noch in einem hässlichen Zimmer in einem heruntergekommenen Vorstadthotel schlafen zu müssen.

»Triest ist unerreichbar, wappnen Sie sich«, hatte Petra Radek ihr vor vielen Jahren einmal am Telefon gesagt, als sie ihr einen Besuch bei ihrem berühmten Mann gestattet hatte. »Anscheinend hält Italien es immer noch für eine Stadt im Ausland. Es gibt keine direkten Zugverbindungen, nur ganz wenige Flüge, die oft auch noch ausfallen … Von der Autobahn mal ganz zu schweigen, die in einem vollkommen hirnrissigen Trichter von nur wenigen Metern Länge endet, der zwischen Felsen hindurch gebaut wurde und regelmäßig für kilometerlange Staus sorgt.«

Damals hatte sie keine Probleme gehabt, das war 1998 gewesen. Der Flug von London über Frankfurt war pünktlich am Flughafen Ronchi dei Legionari eingetroffen, wo sie bereits von Radeks Frau erwartet wurde, in ihrem alten blauen Citroen DS 19, einem Überbleibsel aus den sagenumwobenen Sechzigerjahren. Rhoda war so aufgeregt und gerührt gewesen, weil es ihr endlich gelungen war, Ivo Radek zu treffen, dass ihr die Reise, selbst wenn sie mit einer Kutsche hätte kommen müssen, überaus kurz erschienen war.

Seit Rhoda Wallace vor zwei Jahren die mächtige Literaturagentur John W. Barrow verlassen hatte, um sich selbstständig zu machen, war Ivo Radek die erste echte Herausforderung. Wenn es ihr gelänge, den abweisenden, rätselhaften Schriftsteller davon zu überzeugen, sich von ihr vertreten zu lassen, würde das ihrem Ruf mit einem Schlag zu einem Höhenflug verhelfen, und die europäischen Verleger würden aufhören, sie für zu jung, zu hübsch und zu weiblich zu halten, um wirklich ernst genommen zu werden. Immerhin war sie schon fast dreißig.

Die literarische Welt in England, in der sie ihre ersten Schritte im Berufsleben gemacht hatte, war überwiegend männlich und versnobt. Deshalb hatte Rhoda sich so bald wie möglich ins Ausland begeben, nach Italien, Frankreich und Deutschland, wo die Branche seit einigen Jahren neue, begeisterte Höhenflüge erlebte, die einer Schwemme von Bestsellern junger, unbekannter Autoren geschuldet war, die den erstarrten und verstaubten Buchmarkt belebt hatten.

Dank ihres unternehmerischen Elans und ihres sympathischen Wesens war es Rhoda bald gelungen, an die zwanzig aufstrebende Autoren unter Vertrag zu nehmen, darunter Italiener, Deutsche und Franzosen, aber sie hatte das Gefühl, dass sie unbedingt noch einen starken Namen brauchte, um sich durchzusetzen. Ein Talent, über jeden Zweifel erhaben. Und so hatte sie, nachdem sie in einer englischen Wochenzeitung ein Interview mit Radeks Frau gelesen hatte, entschieden, dass er es sein musste, der berühmte Autor von »Der Kindheitsfreund«, ihr Ass, ihre Trumpfkarte.

Petra Radek hatte dem Journalisten gesagt, dass die Entscheidung ihres Mannes, seit nunmehr dreißig Jahren nicht mehr öffentlich in Erscheinung zu treten, nicht seiner Überheblichkeit geschuldet war, wie viele böse Zungen behaupteten, sondern einer verzweifelten Zerbrechlichkeit. Zu viel Bosheit, üble Nachrede, Neid hatten ihm die Jahre nach seinem Erfolg vergällt. Sie hatten ihm alles Mögliche vorgeworfen, er sei eiskalt berechnend, ein Faschist, der seiner Heimat aus Angst vor Repressalien den Rücken gekehrt habe, ein mittelmäßiger Schreiberling, der seinen Ruhm ausschließlich einem geheimen Lektor verdanke, der ihm das Buch praktisch neu geschrieben habe, ein hohler Angeber, der abgedroschene Ideen in sentimentale Floskeln verpackte, und dergleichen Zumutungen. Und je höher die Auflage des Buches stieg, desto grausamer wurden die Anwürfe, wie es immer allen geschieht, die das Pech haben, überraschend Erfolg zu haben. Inzwischen war das alles Schnee von gestern, hatte Petra Radek in dem Interview betont, zumindest für viele seiner Verleumder, die längst vergessen waren – und ihn vergessen hatten –, aber nicht für ihren Mann, der immer noch darunter litt.

Kaum hatte sie zu Ende gelesen, hatte Rhoda Wallace den Kontakt zu Petra gesucht und sie gebeten, sie treffen zu dürfen. Rhoda hatte das Glück, perfekt Italienisch zu sprechen, da sie die Tochter einer Florentinerin war, die mit achtzehn nach London gegangen war, um in Cambridge zu studieren und am Schluss geblieben war, weil sie ihren Literaturprofessor geheiratet hatte.

Eine Woche später war die junge Engländerin Ivo Radeks Agentin geworden, und die literarische Welt hörte auf, sie nur für ein hübsches Mädchen mit allzu hochfliegenden Ambitionen zu halten.

Während sie am nächsten Morgen eine lange, belebende Dusche genoss, erinnerte sich Rhoda Wallace an die Begegnung mit Ivo, die nun auch schon fünfzehn Jahre zurücklag, und lächelte. Was hatte sie für eine schreckliche Angst vor dem Treffen gehabt und dass es ihr nicht gelingen könnte, ihn zu überzeugen! Als Tochter eines mürrischen und unnachsichtigen Vaters fürchtete sie, dass Radek sie einschüchtern, sie befangen machen würde, wie es ihr Vater stets getan hatte.

Und stattdessen hatte sie einen Heranwachsenden von dreiundsiebzig Jahren getroffen. Der alte Schriftsteller war ihr barfuß entgegengekommen, in einem weißen Hemd und ausgewaschenen Jeans, die weißen Haare zerzaust über blauen, klaren Augen, die sie freundlich anschauten. Er hatte ein Frettchen auf dem Arm.

Rhoda war ihm auf der Stelle verfallen.

»Ivo lebt in einer anderen Welt als wir«, hatte ihr Petra noch an der Tür zugeflüstert. »Fangen Sie nicht gleich mit den Büchern an. Lassen Sie ihm Zeit, selbst darüber zu sprechen. Erzwingen Sie es nicht.«

Und so hatten sie jenen ersten Tag damit verbracht, über Frettchen zu sprechen, Hunde, Anekdoten von anderen Tieren, über die Ivo einfach alles zu wissen schien, über Reisen und Bücher, die sie als Kinder gelesen hatten. Erst am Schluss, als Rhoda schon jede Hoffnung verlor und immer sicherer war, dass sie es nicht schaffen würde, hatte Ivo sich in einen kleinen Sessel im Salon gesetzt, ihr bedeutet, sie solle sich ihm gegenübersetzen. Dann war er direkt zum Thema gekommen.

»Petra hat mir gesagt, Sie wollten meine Agentin werden.«

»Ja, so ist es.«

»Nun, ich glaube nicht, dass Sie da ein gutes Geschäft machen. Meine Bücher verkaufen sich schlecht, ich mache keine Schlagzeilen mehr. Ich bin ein Dinosaurier der Literatur.«

»Aber das stimmt doch nicht!«, hatte Rhoda ausgerufen. »Sie sind ein Mythos für viele Menschen. Es wäre mir eine Ehre!«

Ivo hatte gelächelt.

»Auch wenn ich nie wieder irgendetwas schreibe?«

Petra hatte Rhoda einen komplizenhaften Blick zugeworfen, als wollte sie sagen: »Geben Sie nichts darauf, das sagt er immer und dann …«

Rhoda hatte gehört, wie ihr das Herz in der Brust schneller schlug. Vielleicht schaffte sie es ja doch noch! Instinktiv hatte sie seine Hand ergriffen, sie zwischen ihre beiden Hände genommen und ihn mit leuchtenden Augen angesehen.

»Ich sage es Ihnen noch einmal, Signor Radek. Für mich wäre es eine Ehre, wenn ich Ihr Werk vertreten dürfte. In vielen europäischen Ländern sind die Rechte ausgelaufen, und ich würde sie gern neu verkaufen.«

»Ich glaube nicht, dass Sie da auf große Begeisterung stoßen werden, meine Liebe. Ich bin nicht mehr zeitgemäß für eine Welt, die mit mir nichts mehr anfangen kann.«

»Wenn es Ihnen nichts ausmacht, würde ich gern versuchen, Sie zu widerlegen!«

Ivo hatte sie lange schweigend angesehen, als dächte er nach, dann war er plötzlich aufgestanden und hatte das Zimmer ohne ein weiteres Wort verlassen. Rhoda hatte Petra einen alarmierten Blick zugeworfen, die mit einem Hündchen auf dem Arm auf einem kleinen Sofa saß.

»Was habe ich Schlimmes gesagt?«, hatte sie sie beschämt gefragt.

Petra hatte nur mit einer Handbewegung reagiert, sie aufgefordert abzuwarten. Eine Minute später war Ivo mit einer Flasche Prosecco und drei Gläsern wieder zurückgekommen.

»Dann lasst uns darauf trinken! Ich liebe Verrückte. Und Sie, das können Sie mir glauben, sind verrückt wie ein zweiköpfiges Huhn, wenn Sie glauben, Sie könnten einen alten Schriftsteller wieder bekannt machen, dessen Bücher keiner mehr lesen will. Aber ich werde ganz sicher nicht derjenige sein, der Sie daran hindert!«

Vor lauter Rührung war Rhoda das Glas aus der Hand gerutscht.

Ermuntert von der Dusche, klappte Rhoda die Schutzhülle ihres iPads auf, um ihre E-Mails abzurufen. So entdeckte sie, dass Terenzio Tasca sie zum Mittagessen ins *Città di Cherso* eingeladen hatte, eines der renommiertesten Restaurants von Triest.

Lächelnd dachte sie an die zermürbenden Verhandlungen, die sie mit seinem Vorgänger Gianluigi Russo um »Unser Erdenleben« geführt hatte. Sein plötzlicher – und unerwarteter – Rauswurf hatte die Arbeit von Monaten zunichtegemacht. Jetzt war alles anders. Radek hatte schon angekündigt, dass er nicht mehr bei einem Verlagshaus bleiben wolle, das mit Menschen wie mit austauschbaren Kegeln umsprang. Er hatte Gianluigi Russo ins Herz geschlossen, hatte erzählt, wie oft Russo nach Triest gekommen war, um ihn zu besuchen, und dass es jetzt, wo er nicht mehr da sei, undenkbar sei, sein letztes kostbares Werk einem unbekannten jungen Manager auszuliefern, der aus einem anderen Verlag kam.

Radek zog Titus Celsius bei Weitem vor, der anders als sein Vater, zu dem die Beziehung vor seinem Tod abgekühlt war, wusste, wie man seiner Eitelkeit schmeichelte und ihm lange, mit Füllfederhalter geschriebene Briefe auf bläulichem Papier schickte, in denen er seine Bücher lobte und immer wieder beteuerte, wie sehr er sich geehrt fühlen würde, wenn er wieder sein Verleger sein dürfe.

Rhoda hingegen wollte Radek dazu bringen, sich mit Tasca zu treffen, der schon ungeduldig darauf drang, einen Vertrag zu schließen, den er bereits sicher unter Dach und Fach zu haben glaubte. Beide Verleger hatten das Manuskript bekommen, und sie konnten die Angelegenheit nicht noch länger hinauszögern. Sie konnte die Beweggründe ihres Klienten nachvollziehen, aber sie wusste auch, dass Russo & Nobile immer noch eines der mächtigsten Verlagshäuser Italiens war, auch weil es über eine engmaschig im ganzen Land verteilte Buchhandelskette verfügte. Außerdem war sie nicht davon überzeugt, dass Titus Celsius, ungeachtet des Rufes, den er in der Verlagswelt genoss, für Radek wirklich die richtige Wahl war.

Es stimmte, dass, im Unterschied zu seinem Vater Rufus, der ein ausgefuchstes Schlitzohr war, Titus hatte durchblicken lassen, er wäre sogar bereit, die fesselnde Klausel noch einmal anzusehen, wenn er dafür die Rechte an dem Buch bekommen könnte. Dennoch gelang es Rhoda nicht, ihm ganz zu vertrauen. Er schaffte es immer wieder, ihr ein Gefühl von Unzulänglichkeit zu vermitteln. Außerdem verabscheute auch Gianluigi Russo Celsius und sein Gebaren als »Großer Verleger Unsterblicher Werke«. Ein Gefühl, das im Übrigen auch von seinem adeligen Nachfolger geteilt wurde, der keine Gelegenheit ausließ, um Spitzen gegen Verlage abzufeuern, die, wie seiner Meinung nach Russo & Nobile, zu Sammelbecken für Schundliteratur und lächerliche Bestseller von Köchen, Fußballspielern, Sängern und Fernsehjournalisten verkommen waren.

Rhoda seufzte. In Wirklichkeit hatte sie bereits eine Verabredung mit Titus Celsius im Hotel *Duchi d'Aosta* um 13 Uhr, aber das würde sie ganz sicher nicht Terenzio Tasca wissen lassen. Also schickte sie ihm eine kurze Nachricht, in der sie ihm mitteilte, dass sie sehr gern auf einen Espresso zu ihm in sein Hotel an der Uferstraße, den Rive, kommen werde.

»Das Wichtigste für einen Literaturagenten ist die Diplomatie«, hatte Rhoda einmal einer jungen, ängstlichen Studentin erklärt, die hoffte, in ihrer Branche Fuß zu fassen. »Jeder Verleger, Verlagschef oder Lektor möchte als der Einzige gelten, dem Aufmerksamkeit gebührt, der Beste, der Scharfsinnigste und der Ausgefuchsteste. Und ich habe keinerlei Schwierigkeiten damit, jeden von ihnen das glauben zu machen.« Ohne die Eitelkeit, den Betrug und den Neid könnte die Welt der Bücher – und nicht nur sie – nicht überleben und blühen, hatte Rhoda gesagt. Es war ein Kampf bis aufs Messer zwischen den verschiedenen Verlagen, die sich gegenseitig die berühmtesten Namen abjagten, um die Leser mit Anzeigenkampagnen zu überziehen, die immer übertriebenere Versprechungen machten, um einen unbekannten Debütanten für einen Apfel und ein Ei unter Vertrag zu nehmen, in der Hoffnung, aus ihm den neuen Super-Bestseller der Saison zu machen.

Wenn sie die verschiedenen Veröffentlichungen der Verlagshäuser las, die gratis in den Buchhandlungen auslagen, dann gab es da nichts als absolute Meisterwerke, um Haaresbreite gewonnene Millionenversteigerungen und lautstark mitgeteilte Schicksale, die bewegen, erschüttern und Millionen potenzieller Leser anziehen sollten. Die Tatsache, dass in Europa immer weniger gelesen wurde und selbst die stärksten Leser seit Langem wie benommen und angewidert von den massenhaften Veröffentlichungen waren, die die Regale der Buchhandlungen und multimedialer Megastores füllten und damit die wenigen literarischen Bücher zum Verschwinden brachten, die diesen Namen verdienten, schien die Verleger nicht im Mindesten zu beunruhigen.

Zum Glück musste Rhoda Wallace sich mit der prekären wirtschaftlichen Lage der verschiedenen Verlage, mit denen sie zu tun hatte, nicht beschäftigen. Ihre Aufgabe war im Grunde eine privilegierte. An ihr war es, die Hoffnungen der diversen Russos, Celsius und Kollegen zu wecken, unter den Lawinen von Dateien und Manuskripten, die täglich auf ihrem Tisch landeten, das eine Manuskript zu entdecken, das das Vielversprechendste, Ungewöhnlichste, am besten zu den Erwartungen der verschiedenen Verlage Passende war.

Das war keine leichte Aufgabe. Heute hielten sich ja alle für Schriftsteller. Manchmal war sie sogar versucht zu glauben, dass sich jeder Bewohner unseres Kulturkreises heutzutage dazu berufen fühlte, den anderen mittels eines Buches die eigene Sicht der Welt, die eigenen Abneigungen, die eigene private Moral aufzudrängen, weil es keine allgemein gültigen Werte mehr gab, die den gesellschaftlichen und moralischen Zusammenhalt garantierten. Manuskripte, die vor Kraftausdrücken, Schimpfwörtern, Gewalt, Geschlechtsverkehr in allen Spielarten nur so strotzten, schossen wie Pilze aus dem Boden und sollten nach Meinung ihrer Urheber das schlafende Bewusstsein all derjenigen verstören und wiedererwecken, die immer noch nicht verstanden hatten, dass die Welt, in der sie lebten, scheiße war.

Das war keine begeisternde Lektüre für die arme Rhoda und ihre Mitarbeiter. Auch wenn viele Werke schon nach zehn Seiten in den Papierkorb wanderten, blieben ein schmutziges Gefühl, Traurigkeit und Ekel noch tagelang hängen und nahm ihnen die Lust, sich dem von Neuem auszusetzen.

Manchmal jedoch wurde die englische Agentin angenehm von einem frischen und ungewöhnlichen Buch überrascht, das elegant geschrieben war, mit Kommas an den richtigen Stellen, wenigen passenden Adjektiven, einer überraschenden Sprachbeherrschung und einem fesselnden Plot. Dann war die Dankbarkeit so groß, dass Rhoda den Autor sofort anrief – um die Wahrheit zu sagen, handelte es sich dann meistens um eine Autorin – und unter Vertrag nahm.

Und dann waren da noch die Krimis. Die aktuelle literarische Mode. Mehr als die Hälfte der Manuskripte, die sie von überall aus der Welt erreichten, waren Kriminalromane. Leider – weil werdende Schriftsteller, zumindest in den ersten tastenden Versuchen, sich nur allzu leicht vom Zeitgeist und dem, was schon geschrieben wurde und Erfolg hatte, beeinflussen lassen – wimmelte es in den meisten von psychopathischen Serienmördern mit unmöglichen Namen, die sich daran delektierten, ihre Opfer auf immer abstoßendere Art und Weise zu Tode zu bringen und sich in Städten bewegten ohne Namen, aber eindeutig amerikanischer oder in letzter Zeit vermehrt skandinavischer Prägung.

Auch wenn sie in den allermeisten Fällen enttäuscht wurde, zog Rhoda diese Art von Literatur bei Weitem vor. Wenigstens war in diesen Büchern der Schuldige eine körperlich existierende Person, die reale und in die Handlung eingebundene Hindernisse überwinden musste. Normalerweise verspürte der Autor nicht den Drang, Seite um Seite mit elaborierten Schilderungen von Verstimmungen und privaten Schicksalsschlägen zu füllen, noch beschränkte er sich darauf, Verhaltensweisen – überwiegend sexuelle, die überhaupt niemanden interessierten – eines vom Leben enttäuschten und verärgerten »erzählerischen Ichs« zu schildern, wie es in den meisten Manuskripten unbekannter Autoren, die sie erreichten, der Fall war.

Im Zug hatte sie gerade zwei Thriller gelesen, die zur Abwechslung mal in italienischen Provinzstädten spielten. Sie waren gar nicht so schlecht, auch wenn Rhoda allmählich die einsamen, schlampigen Kommissare ohne auch nur die Spur einer Familie leid war, die auf der Jagd nach den üblichen Drogendealer-Banden, den üblichen Waffenhändlern – oder Organhändlern oder Menschenhändlern – oder den üblichen zynischen, genießerischen Prostituiertenkunden die Städte durchstreiften.

Auch der, den sie am vorigen Abend zu Ende gelesen und der schon ein paar Wochen herumgelegen hatte, wies denselben Fehler vieler Dilettanten auf. Er verlor sich in Beschreibungen von Orten, technischen Abläufen und langen juristischen Erläuterungen, die die Handlung belasteten. Die Geschichte aber war nicht schlecht, sie spielte in Triest – was ein Vorteil war, weil das eine Stadt war, die viele europäische Verleger faszinierte – und war dazu auch noch gut geschrieben, temporeich und mit einem angenehm überraschenden Ende. Mit einem guten Lektorat würde sie ihn ohne große Schwierigkeiten unterbringen können.

Die Tatsache, dass der Autor ein echter Polizeikommissar war – und nicht hauptberuflicher Schriftsteller – konnte ein Pluspunkt sein, wenn es darum ging, die Leser noch neugieriger zu machen, wie es bei Richter De Cataldo, Magistrat Carofiglio oder dem Arzt Vitali der Fall gewesen war. Wenn dann dieser Kommissar Benussi noch eitel genug war, um sich willig auf eine lange Werbetour durch ganz Italien zu begeben – wie es heutzutage die meisten Verlage sowieso von ihren Autoren verlangten, um wenigstens die dreitausend Exemplare zu verkaufen, die die Kosten wieder einspielten –, dann wäre ihm wahrscheinlich sogar einiger Erfolg beschieden.

Beflügelt von der Idee, einen potenziellen Erfolg in den Fingern zu haben, beschloss Rhoda Wallace, den Autor anzurufen, um einen Termin mit ihm zu vereinbaren.

5

Petra Radek war unruhig an jenem Morgen. Wie eine gepeinigte Seele wanderte sie durchs Haus. Ada, die Enkelin, die bei ihnen lebte, hatte vor Kurzem das Haus verlassen und war zur Segelschule gegangen, während Ivo sich weigerte, das Bett zu verlassen.

Seit ein paar Tagen verhielt sich ihr Mann seltsam, wortkarg, antwortete nicht, wenn man ihn fragte, und schien geistesabwesend. Er sagte, er fühle sich nicht gut. Giorgio, ein befreundeter Arzt, hatte vorbeigeschaut, aber nichts Außergewöhnliches festgestellt. Abgesehen vom Herzen, das gelegentlich aus dem Tritt kam, was er aber leicht mit Tabletten korrigieren konnte, war Ivo mit einer eisernen Gesundheit gesegnet, auch dank des ganzen Sports, den er in seinem Leben getrieben hatte, und wegen des einstündigen Spaziergangs, den er jeden Morgen machte.

Als Petra mit dem Frühstückstablett ins Schlafzimmer zurückkehrte, fand sie den betagten Gatten immer noch im Bett liegend, ein Kissen auf dem Gesicht. Nicht einmal Tommy und Ricky, die beiden Hündchen, die neben ihm schliefen, schienen ihn aufzumuntern. Petra, die die Bedeutung des Kissens auf dem Gesicht leider nur allzu gut kannte, seufzte verzweifelt. Ivo suchte nach einem Vorwand, um am nächsten Tag nicht in die Universität gehen und seine Ehrendoktorwürde in Empfang nehmen zu müssen.

»Ivo, was ist nur los mit dir?«, sagte sie müde und stellte das Tablett auf das Nachttischchen neben dem Bett.

Von unter dem Kissen kam nur ein Grunzen.

Petra verdrehte die Augen, setzte sich auf die Bettkante und ergriff seine ausgemergelte Hand, die von dicken, hervorstehenden Adern überzogen war.

»Ich bitte dich, Ivo. Stell dich nicht so an. Dieses Mal nicht!«

Der greise Schriftsteller schleuderte gereizt das Kissen auf den Boden.

»Was soll mich denn so ein Stück Papier mit fast neunzig Jahren noch interessieren! Sollen sie's doch behalten! Oder besser noch, du gehst hin und holst es ab. Das wird doch sowieso ein Witz, nichts als langweilige Gespräche mit lauter Nervensägen. Lass uns einfach sagen, ich hätte Fieber, dass ich mich bedanke und sie, wenn es ihnen nun so furchtbar wichtig ist, dir die Urkunde geben sollen.«

Petra versuchte, die Ruhe zu bewahren. Es stand zu viel auf dem Spiel.

»Ich bitte dich, sei nicht kindisch. Es ist zu spät, um alles abzublasen. Außerdem wird es nicht lange dauern. Du gehst hin, hältst eine kurze Rede, nimmst die Ehrendoktorwürde entgegen, und dann bringe ich dich nach Hause zurück. Kein Empfang, kein gesellschaftliches Schaulaufen. Du kannst nicht alle enttäuschen. Deine Verleger sind extra aus Mailand gekommen, sogar Rhoda ist da und deine Kinder, deine Enkelkinder. Alle sind stolz auf dich! Na komm, stell dich nicht so an.«

Ivo schlug die Augen auf und sah seine Frau streng an.

»Ich habe dir gesagt, dass ich mich nicht gut fühle. Mein Gott, ich bin fast neunzig Jahre alt! Da werde ich doch wohl noch das Recht haben, mich aus irgendwelchen offiziellen Schauläufen herauszuziehen!«

Petra riss der Geduldsfaden. Sie sprang auf und warf vor Wut die Teetasse auf den Boden.

»Mach doch, was du willst! Aber zähle dabei nicht auf mich. Wenn es dir wirklich schlecht geht, dann steh auf und ruf den Rektor an, deine Verleger, deine Agentin und erklär ihnen, dass du alles absagst. Ich werde keinen Finger dafür krumm machen. Ganz im Gegenteil, ich gehe aus und treffe mich mit Stelio Kunz, der mich im Café erwartet, und erzähle ihm, dass der große Ivo Radek nichts anderes ist als ein verwöhnter und unerträglicher Bengel.«

Mit diesen Worten rauschte sie aus dem Zimmer und schlug die Tür hinter sich zu.

Erschreckt sprangen die beiden Hündchen winselnd vom Bett und versteckten sich unter dem Sessel.

Ivo blieb liegen und schaute die Tür an, die immer noch vibrierte. Er wusste nicht, was er tun sollte. Natürlich hatte seine Frau recht, aber für einen Augenblick hatte er tatsächlich gehofft, sie herumzukriegen. Wie anstrengend, so zu tun, als wäre man ein normaler Mensch, wenn einem doch jede Faser sagte, dass man es nicht war. Tja, aber wie sollte er das der Welt verständlich machen, ohne als undankbarer Nörgler abgestempelt zu werden? Seufzend angelte Ivo Radek das Kissen vom Boden und legte es sich wieder auf den Kopf.

Als ob sie spürten, dass wieder Friede und Stille im Haus einkehrten, kamen Tommy und Ricky unter dem Sessel hervor, sprangen aufs Bett und kuschelten sich mit ihren kleinen Körpern an den mageren, knochigen ihres Herrn.

Kaum hatte sie das Haus verlassen, fühlte Petra Radek sich besser. Sie hatte den Sommer immer geliebt, und ein langer Spaziergang bis zur Piazza Unità, wo sie sich mit Kunz verabredet hatte, schien ihr genau das Richtige, um Kopf und Herz von unnützen Ängsten zu befreien.

Sie würde Ivo sowieso nicht mehr ändern, das wusste sie.

Er war, wie er war.

Man musste ihn so nehmen, auch wenn es ihr, nach fast vierzig Jahren Ehe, immer noch schwerfiel, sich mit dem Starrsinn abzufinden, mit dem ihr Mann sich den einfachsten Dingen verweigerte. Die Verleihung der Ehrendoktorwürde hätte für sie alle ein schönes Ereignis sein können. Wenn er es nur im richtigen Licht sehen würde.

Als eine Ehre, wie der Name schon sagte.

Radek hatte schwer gelitten, jahrelang, als die Verlagswelt ihn völlig vergessen zu haben schien. Es war nicht leicht, wieder nur einer von vielen zu werden, nach einem so durchschlagenden Erfolg. Und ausgerechnet jetzt, wo die Gerüchte immer konkreter wurden, als Kandidat für den Nobelpreis gehandelt zu werden, jetzt, wo er sein vielleicht schönstes Buch geschrieben hatte, jetzt, wo die Verleger sich um ihn rissen wie vor fünfzig Jahren, da wurde er bockig?

Wie geduldig man mit Ivo sein musste, dachte Petra, während sie am Meer entlangging und in vollen Zügen die salzige Luft einsog.

Der Anblick des Golfs von Triest erfreute sie wie am ersten Tag. Seit sie Florenz verlassen hatte, Mitte der Sechzigerjahre, um in dieser Stadt zu studieren, hatte sie das Gefühl nie verlassen, in einer besonderen, fast magischen Dimension außerhalb der Zeit zu leben.

Dieser kurze Spaziergang, den sie beinahe jeden Morgen machte, von zu Hause zur Piazza Unità, häufig bis Sant' Antonio, ließ bei ihr immer das Gefühl aufkommen, privilegiert zu sein. Im Gegensatz zu seinen Einwohnern, die sich oft als verschlossen und misstrauisch entpuppten, erschien ihr Triest als eine einladende, strahlende Stadt, gleichzeitig nüchtern und elegant, faszinierend und bescheiden zugleich.

Also die ideale Stadt zum Leben.

»Aber hasst ihr euch in Triest denn immer so?« Sie hatte über den berühmten Ausspruch von Eugenio Montale gelacht, als sie ihn zum ersten Mal hörte, auch wenn sie inzwischen, nachdem sie fast ein ganzes Leben in der Stadt verbracht hatte, verstand, dass die Feindseligkeit, die Lästerei und der Groll, mit denen die Triester sich überzogen, mehr eine aristokratische Abwehr gegen den Rest der Welt war als ein Charakterzug. Petra hatte viele faszinierende und freundliche, fröhliche und hilfsbereite Menschen kennengelernt, auch wenn sie hatte zugeben müssen, dass sie fast alle in einen Schleier österreichungarischer Melancholie gehüllt waren. Aber andererseits war Melancholie wiederum ein Zeichen von Sensibilität und Intelligenz, und das waren die beiden Eigenschaften, die Petra letztlich immer in einem Menschen suchte.

Während sie die prächtige Fläche der Piazza Unità überquerte und noch einmal das Meer bewunderte, das sich vor ihr öffnete, immer in Bewegung, golden glitzernd unter der heißer werdenden Sonne, die von unzähligen kleinen Wellen reflektiert wurde, fühlte Petra endlich, wie sie ruhig wurde.

Es würde sich alles zum Guten wenden.

Ivo würde eine fantastische Rede halten, und am Schluss der Zeremonie würde er darauf bestehen, noch zu bleiben und mit allen zu reden. Trotz seines misanthropischen Rufes konnte ihr Mann sehr gesellig sein, wenn er wollte. Von Natur aus neugierig, war jede Begegnung für ihn ein steter Quell von Informationen und Überraschungen. Er erfreute sich wie ein Kind daran, Fragen zu stellen, und faszinierte alle mit seinem Humor. Sie würde ihn nur mit Mühe dazu bringen, den Empfang zu verlassen, das wusste sie.

»Es tut mir leid, dass ich dich habe warten lassen, aber mir ist noch etwas dazwischengekommen.«

Die Frau, die Stelio Kunz ins *Caffè Tommaseo* hereinkommen sah, konnte sein Herz immer noch höher schlagen lassen. Sie trug ihre achtundsechzig Jahre mit der Sorglosigkeit eines jungen Mädchens, die kurz geschnittenen schneeweißen Haare brachten ihr schönes Gesicht zum Leuchten und machten es noch faszinierender. Wie immer perfekt gekleidet, kaschierte sie ihre Rundlichkeit elegant mit einem weiten weichen indischen Gewand in Dunkelrot, zu dem sie ein leichtes Tuch aus orangefarbener Seide trug. An den Füßen ledergeflochtene Sandalen, aus denen dunkelrot lackierte Fußnägel schauten.

»Was nimmst du?«, fragte Stelio, während er sich erhob.

Petra lachte auf. »Du hast dich nicht verändert, lieber Kunz. Immer noch ein Feind langer Vorreden. Habe ich dich eigentlich jemals ›Guten Tag, wie geht's? Du siehst gut aus‹ sagen hören? Unterm Strich müssen es jetzt sechs Jahre sein, dass wir uns nicht mehr gesehen haben, wenn nicht sogar mehr.«

Stelio lächelte.

»Ich fürchte, es ist zu spät, um sich jetzt noch zu ändern. Abgesehen davon hast du auch nicht gelernt, mich mit Vornamen anzusprechen.«

»Entschuldige, aber für mich bist du halt Kunz. Aber wenn du willst, kann ich mich bemühen, dich Stelio zu nennen.«

»Ist nicht wichtig. Kunz passt schon. Auf jeden Fall siehst du ausgezeichnet aus, liebe … Gargelli.«

»Gargelli!«, rief Petra lachend aus. »Oh mein Gott, da fühle ich mich ja wieder wie auf dem Gymnasium! Lass dich mal ansehen. Du siehst erschöpft aus. Ich wette, du hast mit deiner Art alle Frauen abgeschreckt, die bereit gewesen wären, sich um dich zu kümmern.«

»Die Einzige, die das hätte tun können, wollte mich nicht. Sie hat einen schöneren und berühmteren Mann vorgezogen. Was übrigens vollkommen verständlich ist …«

Petra schaute ihn belustigt an.

»Immer noch dieselbe Geschichte! Das muss doch schon vierzig Jahre her sein! Und außerdem kannte ich Radek noch gar nicht, als du angefangen hast, mir den Hof zu machen.«

»Ich habe dir nie den Hof gemacht. Ich verabscheue diesen schrecklichen Ausdruck. Und es wundert mich sehr, dass du ihn benutzt.«

Petra legte lächelnd ihre Hand über seine. »Entspanne dich, Kunz! In unserem Alter ist es nicht mehr wichtig, immer zum Duell bereit zu sein. Das ist nicht gut fürs Herz. Also, was nehmen wir?«

Touché, wie immer, dachte Stelio bitter. Wie sehr er sich wünschte, ihre Leichtigkeit zu haben, mit der sie im Nu alles weniger dramatisch machen konnte.

»Einen *capo deca*, wenn ich mich recht erinnere?«, wagte sich Kunz vor.

»Sehr gut«, antwortete Petra und sah dabei auf die Uhr. »Leider habe ich nicht viel Zeit. Du hast am Telefon gesagt, du müsstest mich dringend sprechen. Es ginge um Leben und Tod. Ist etwas passiert? Geht's dir nicht gut?«

»Mir geht's schon nicht gut, seit ich auf die Welt gekommen bin, wenn's danach ginge. Ich habe es nie ganz geschafft, mich mit der lumpigen Banalität des Lebens abzufinden, wie es dir gelungen zu sein scheint.«

Petra wurde unwillig, was sie auch nicht zu verbergen versuchte. »Wie ich sehe, hast du deinen missmutigen Schwung nicht verloren. Wenn du mir Vorwürfe machen willst, ist das heute nicht der richtige Tag.« Mit diesen Worten stand sie auf, um zu gehen. »Auf Wiedersehen, lieber Kunz.«

Stelio legte ihr die Hand auf den Arm und hielt sie reumütig auf.

»Entschuldige, bitte, geh nicht. Ich muss wirklich mit dir sprechen. Nur du kannst mir helfen.«

Seufzend schaute Petra ihn an, unentschieden.

»Wenn du mir versprichst, keine weiteren Bosheiten von dir zu geben und nicht schlecht über meinen Mann zu sprechen, wie du es seit Jahren öffentlich tust, dann bekommst du eine Viertelstunde.«

»Ich rede gar nicht schlecht über Radek. Ich bin Kritiker, ich sage nur, was ich denke.«

»Was man so oder so machen kann. Es ist nicht Radeks Schuld, wenn du nicht den Erfolg gehabt hast, den du verdient hast. Er hat dir nichts weggenommen.«

Stelio Kunz zog es vor, das Thema zu wechseln, aus Angst, alles zu verderben. Er durfte keinen Streit vom Zaun brechen, musste vielmehr Vertrauen erwecken.

»In Wirklichkeit wollte ich mit dir über den Roman sprechen, den ich gerade zu Ende geschrieben habe. Ich muss immer daran denken, dass du die Erste warst, die mich dazu ermutigt hat, damals im Studium. Im Grunde habe ich dir mein erstes Buch zu verdanken. Ich habe gehofft, dass du mir mit dem jüngsten auch helfen kannst …«

Petras Blick wurde gleich etwas misstrauisch.

»Oh, prima! Von den Beleidigungen direkt zur Schmeichelei! Aber darauf falle ich nicht herein, lieber Kunz. Spuck's aus! Was willst du wirklich von mir?«

Kunz zog ein zerknirschtes Gesicht wie ein geschlagener Hund.

»Du hast ja recht, ich habe einen üblen Charakter, niemand hält es mit mir aus, einschließlich mir selber. Aber manchmal braucht auch ein bissiger Hund ein paar Streicheleinheiten, ein bisschen Wärme. Und die einzige Wärme, die ich in meinem unglückseligen Leben erfahren habe, kam von dir. Du warst die Einzige, die Geduld mit mir hatte, die hinter meine polemische Fassade geblickt und wirkliche Sorgen gesehen hat. Ich kann das nicht vergessen.«

Stelio ergriff ihre auf dem Tisch liegende Hand und drückte sie fest.

»Ich bin an einem toten Punkt in meinem Leben angekommen, Petra. Entweder mache ich Schluss und werfe mich von einer Brücke vor den Zug, oder ich schaffe es, dieses Buch zu veröffentlichen, dem ich die letzten zehn Jahre gewidmet habe. Es gibt keine andere Lösung. Wie du siehst, geht es wirklich um Leben und Tod.«

Auch wenn sie Stelio immer noch nicht ganz traute, schenkte Petra ihm ihre volle Aufmerksamkeit und hörte teilnahmsvoll zu. Dieser Mann verstand es wirklich, sich unerträglich für andere zu machen, aber sie hatte ihn einmal sehr gemocht und mochte ihn im Grunde immer noch. Als sie jung waren, hatte sie auf alle möglichen Arten versucht, ihm zu helfen, ihn zu ermutigen, seiner verzweifelten Intelligenz einen Funken Menschlichkeit zu entlocken, wirkliche Empathie, jedoch ohne spürbaren Erfolg. Ein einziges Mal hatte sie ihn wirklich glücklich gesehen, als Fondamenta sein drittes Buch angenommen hatte, vor fast vierzig Jahren. Leider hatte sich nach der anfänglichen Begeisterung des Verlegers jedoch nicht der erhoffte Erfolg eingestellt, und so war er wieder in die dicht gedrängten Reihen der enttäuschten Schriftsteller zurückgetreten, immer im Krieg gegen die Welt. Heute, an seinem Lebensabend, hatten sich all die schlechten Gedanken, der Neid, die schmerzlichen Erinnerungen und die Einsamkeit in das zerfurchte, ungesunde und blasse Gesicht eingeschrieben, das sie vor sich sah. Das Fehlen der Liebe hatte ihn ausgedörrt, und heute erntete er, was er einst gesät hatte. Sie hatte Mitleid mit ihm.

»Leider habe nicht einmal ich einen Zauberstab, lieber Kunz.«

»Ich brauche deine Hilfe, Petra. Du weißt doch, wie viel schwieriger es ist, ein Buch zu veröffentlichen, wenn seine Vorgänger keinen Erfolg hatten. Du musst Ivo dazu überreden, einen Satz darüber zu schreiben, nur einen einzigen Satz …«

Petras Miene hatte sich verfinstert.

»Es tut mir leid, Stelio. Du weißt doch, dass Ivo so etwas nicht macht.«

»Natürlich weiß ich das. Aber könntest nicht du es für ihn machen? Im Namen unserer alten Freundschaft. Für mich wäre das wirklich ein großes Geschenk. Ich bitte dich, Petra. Was kostet es dich? Ich hatte nicht so unverschämtes Glück wie dein Mann … Und du weißt, dass ich sehr viel besser bin als er!«

Petra seufzte und schüttelte verzweifelt den Kopf. »Womit wir wieder beim Üblichen wären, Kunz. Es ist einfach stärker als du. Du weißt, wie ich diese Art zu argumentieren hasse. Was soll denn das heißen, in der Literatur besser zu sein? Wer entscheidet das? Und dann, was ändert es? Es gibt Bücher, die mehr Glück haben als andere, die genau den Geschmack der Leser zu dem Zeitpunkt treffen, zu dem sie erscheinen, ohne dass sie Meisterwerke wären, genauso wie es andere gibt, die unbeachtet bleiben und dann Jahrzehnte später wiederentdeckt werden, wie Sándor Márai oder John Williams, der Autor von ›Stoner‹. Hast du das übrigens gelesen?«

»Noch nicht.«

»Solltest du. Es handelt von einem ganz normalen Mann, der ein ganz normales und doch interessantes, überraschendes Leben führt. Reine Literatur.«

Petras Handy klingelte in ihrer Tasche. Sie sah auf das Display, bevor sie den Anruf annahm.

»Was gibt's, Lorenzo? Er ist nicht da? Mach dir keine Sorgen, er vertritt sich bestimmt nur die Beine. Er wird bald zurückkommen. Ich komme auch gleich. Ciao.«

Ein eifersüchtiger Stich jagte ihm durchs Herz. Wie gern wäre er an Stelle dieses aufgeblasenen Wichtigtuers, der ihr Mann war! Er versuchte, ruhig zu bleiben und eine Gleichgültigkeit vorzuspielen, von der er weit entfernt war.

»Schwierigkeiten?«, fragte er teilnahmsvoll.

»Nein, das war mein Enkel. Er wollte Ivo besuchen, aber hat ihn nicht angetroffen.«

»Es heißt, er hätte ein neues Buch fertig.«

»Ja, und es ist wirklich das Schönste, das er je geschrieben hat. Auch wenn er wie immer denkt, dass er es hätte noch besser machen können.«

»Und wer wird es verlegen? Wieder Russo & Nobile?«

»Das haben wir noch nicht entschieden.«

»Wovon handelt es denn?«

»Du weißt, dass ich darüber nicht sprechen darf«, erwiderte Petra und stand auf.

Stelio hielt sie auf. »Ich schwöre, dass es unter uns bleibt. Ich frage dich als alter Freund, nicht als Journalist.«

»Und ich traue weiterhin keinem Journalisten, selbst wenn er ein alter Freund ist.«

Wütend ließ Stelio ihren Arm los und schubste Petra gegen den Stuhl. »Jetzt reicht's mir aber mit dieser lächerlichen Geheimniskrämerei!«, polterte er los. »Was soll er denn schon geschrieben haben, der große Ivo Radek. Eines seiner üblichen Machwerke voller Floskeln, die uns sagen wollen, wie wir die Welt zu verstehen haben! Was für ein Scheiß!«

»Der Neid ist ein hässliches Tier, lieber Kunz«, antwortete Petra ungerührt. »Er verdeckt die wenigen guten Eigenschaften, die jeder von uns hegen und pflegen sollte, um unseren kurzen Aufenthalt auf der Erde nicht vergebens zu machen.«

Sie ging, ohne sich von ihm zu verabschieden.

6 Cristina Radek wartete am Molo della Lanterna auf ihre Tochter, deren Segelkurs zu Ende ging. Es war heiß an diesem Morgen. Eine unerwartete Hitze, noch schwerer erträglich durch den Scirocco, der einem unwiderstehliche Lust auf das Meer machte.

Wie gern wäre sie jetzt ins Pedocin gegangen, wie früher, als Ada noch klein war. Ihre Tochter liebte das alte Triester Schwimmbad, durch das seit mehr als hundert Jahren eine Mauer verlief, die den Frauenbereich vom Männerbereich trennte. Eine echte Institution in Triest, auf die keiner seiner Einwohner jemals verzichten wollen würde, trotz des nicht bestreitbaren Anachronismus. Sie war so glücklich gewesen, die Kleine, wenn sie im Wasser sein und schwimmen und ihr immer neue Steine als Geschenk bringen durfte. Es war alles noch viel einfacher gewesen, als Ada fünf oder sechs Jahre alt war und nicht über alles und jedes diskutierte, wie sie das heute tat. Warum bleiben die Kinder nicht immer klein?, seufzte sie. Warum verwandeln sie sich von einem auf den anderen Tag in unbekannte Feinde?

Seit sie ausgezogen war, versuchte Ada, ihr unter allen Umständen aus dem Weg zu gehen. Sie ging nicht ans Handy, ließ sich verleugnen, wenn sie im Haus ihres Großvaters Ivo war. Cristina konnte das nicht ertragen. Wenn es nach ihr gegangen wäre, hätte sie Ada gezwungen, nach Hause zurückzukehren, aber Bruno wollte davon nichts hören. Sie hatten sich nie gemocht, ihre Tochter und ihr Lebensgefährte. Von Anfang an hatte Abneigung zwischen den beiden geherrscht. Eine Abneigung, die vor einigen Monaten in einem bedauerlichen Zusammenstoß gegipfelt hatte, infolgedessen Ada von zu Hause weggelaufen war und beschlossen hatte, zu den Großeltern zu ziehen. Sicher, wenn sie eine gute Mutter gewesen wäre – sie wusste, dass sie das nicht war –, hätte sie mit Bruno reden können, ihm sagen, dass er es übertrieben hatte, dass er so nicht mit ihrer Tochter umgehen durfte. Aber dieses Mädchen hatte etwas an sich, das sie schon immer beunruhigt hatte, seit sie klein gewesen war. Dass sie sich jetzt nicht mehr ständig ihren Schweigeperioden und schlechten Launen aussetzen musste, war ihr nicht unlieb.

Wie viel Geduld man da braucht, seufzte Cristina. Niemand versetzt sich je in meine Lage! Nein. Alle lebten sie ihre schlechten Seiten aus, ohne sich jemals um sie zu kümmern. War es vielleicht ihre Schuld, dass dieser Unglücksmensch von ihrem Mann vom Erdboden verschwunden war, nachdem er die Versicherung betrogen hatte? War es auch ihre Schuld, dass ihre Mutter gestorben war, als sie diesen unglückseligen Fabio zur Welt gebracht hatte, und dass ihr Vater nie auch nur ein freundliches Wort für sie übrig gehabt hatte, sondern sich immer zum Schreiben in seinem Arbeitszimmer eingeschlossen hatte? War es ihre Schuld, dass dann diese schreckliche Petra erschienen war, die sich in ihrem Haus breitgemacht hatte, als wäre sie die Hausherrin, und sie dem Vater noch mehr entfremdet hatte?

Nein, das alles war ganz sicher nicht ihre Schuld.

Aber das schien niemanden zu interessieren, schon seit sie ein kleines Mädchen war nicht.

Ganz zu schweigen von den Großeltern väterlicherseits, die sie in ihrem Haus aufgenommen hatten, aber sie immer hatten spüren lassen, welche Mühe ihnen das bereitete. Und dann all die Reden des Großvaters über Parenzo, Istrien, die Sardinenfabrik und die verlorene Villa! Sie konnte es wirklich nicht mehr hören, die ewigen Tiraden über die verräterischen *sc'iavi,* Titos Partisanenbrigaden, die ihnen ihr Paradies auf Erden weggenommen hatten. Wie unerträglich es war, wenn die Großmutter mit der Litanei über ihre goldene Kindheit in St. Petersburg anfing, über die wilden Bolschewisten, die ihren Vater dazu gezwungen hatten, nach Wien zu fliehen, 1917. Die kleine Cristina konnte es kaum abwarten, bis sie endlich volljährig wurde und dieses Haus verlassen konnte mit all seinem unerträglichen Ballast. Mit einundzwanzig war sie nach Rom gegangen, zu einer entfernten Cousine ihres Vaters, und war dort geblieben, bis sie fast vierzig war, hatte so getan, als würde sie am Theater als Bühnenbildnerin arbeiten. Dabei war sie nur gerade so über die Runden gekommen dank des monatlichen mageren Schecks, den ihr Vater ihr schickte, und der Großzügigkeit ihrer Freunde, die ihr immer unter die Arme griffen, wenn sie es nicht schaffte, die Miete zu zahlen oder die Stromrechnung. An ihrem vierzigsten Geburtstag, vor einem traurigen Glas Prosecco, auf einer römischen Terrasse voller betrunkener und enthemmter Menschen, hatte sie erkannt, dass die Zeit gekommen war, wieder nach Triest zurückzukehren. Die Großeltern waren tot, und ihr Vater hatte ihr die große Wohnung in der Via Diaz angeboten.

Dann war Giorgio gekommen, mit seinen schönen

Worten und seinen wundervollen schwarzen Haaren. »Du hast den schönsten Mann von Triest geheiratet«, hatte ihr am Tag ihrer Hochzeit in San Giusto ihre Freundin Carla ins Ohr geflüstert. Ja, schön und ein Schwindler, dachte Cristina, während sie auf die Uhr sah. Warum nur kam Ada nicht aus der Umkleidekabine? Tja, der schöne Giorgio Piazza hoffte, sein Schäfchen ins Trockene zu bringen. Und es wäre ihm auch gelungen, wenn er sich damit zufriedengegeben hätte, das Antiquariat auf Vordermann zu bringen, das sein Vater für sie übernommen hatte. Ein großzügiger Verkaufsraum mit einem Schaufenster auf die Rive hinaus. Aber was hatte er stattdessen ausgeheckt, als nach ein paar Jahren die Dinge nicht so liefen, wie er es sich erhofft hatte, ihr großartiger Gatte? Ein hübsches Feuerchen zu legen, nachts, in der Hoffnung, dass die Versicherung ihm nicht auf die Schliche kam und Millionen zahlte. Dummerweise waren ihm die Sachverständigen doch draufgekommen, aber wie! Und er hatte gut daran getan zu verschwinden, ohne eine Adresse zu hinterlassen. Einen schönen Vater hatte sie da für Ada ausgesucht! Einen Vater, der plötzlich vor ein paar Monaten wieder aufgetaucht war, als das Mädchen verschwunden zu sein schien, und sie sogar gefunden hatte, wer weiß wie, nur um sich dann nach seinem kurzen Auftritt erneut in Luft aufzulösen.

Da war ja Ada. Mein Gott, musste sie immer so abgerissen herumlaufen? Mit diesen ausgewaschenen Jeans und diesen Trägerhemden wie die Sportler aus dem Osten. Sie könnte so hübsch sein, wenn sie sich nur mal die Haare ein bisschen wachsen lassen und nicht immer darauf bestehen würde, sich wie ein Junge anzuziehen.

»Ada! Hier bin ich!«, rief Cristina und hob den Arm, um sich bemerkbar zu machen.

Das Mädchen tat, als hätte es sie nicht gesehen, und ging zu seinem Fahrrad, das an einen Pfosten gekettet war.

»Signorina! Tu nicht so, als hättest du mich nicht gesehen. Seit einer Viertelstunde warte ich hier in der glühenden Sonne auf dich. Ein bisschen Respekt bitte.«

»Nenn mich nicht Signorina!«

»Ich nenne dich, wie ich will. Du bist meine Tochter.«

»Leider.«

»Wollen wir etwas zusammen essen, hast du Lust?«, fragte Cristina versöhnlich.

»Die Großeltern warten auf mich.«

Sie hatte einen dermaßen unnachgiebigen Ton an sich, ihre Tochter, dass sie ihr beinahe Angst machte. »Ich kann sie anrufen und sie benachrichtigen.«

»Lieber nicht. Großvater ist total aufgeregt wegen morgen, und Großmutter hat mich gebeten …«

»Petra ist nicht deine Großmutter. Deine Großmutter hieß Lea.«

»Für mich ist sie meine Großmutter.«

Cristina beschloss, das Thema zu wechseln. Es war zu heiß zum Streiten. »Was ziehst du zu der Zeremonie an? Ich hoffe doch, du gehst nicht in so einem Aufzug da hin.«

»Nein, Mamma. Ich zieh mir einen rosa Minirock an und eine Bluse mit Straußenfedern. Wie du es gern hättest.«

Die Ohrfeige klatschte in Adas Gesicht, bevor Cristina wusste, was sie tat.

»So redest du nicht mit mir!«

Das Gesicht ihrer Tochter lief feuerrot an, und ihre Augen verwandelten sich in zwei eiskalte Gletscherspalten. Sie trat zu ihrem Fahrrad, schloss es los und stieg auf, ohne ihre Mutter noch eines einzigen Blickes zu würdigen.

»Ada! Du kommst sofort zurück!«, schrie Cristina, aber die einzige Reaktion war ein erhobener Mittelfinger, der sich in Richtung der Rive entfernte. Was hätte ich nur mit diesem wilden Mädchen machen sollen?, fragte sie sich verzweifelt, während sie zu ihrem Auto zurückging.

Als sie nach Hause kam, fand Ada ihren Cousin Lorenzo vor, der auf sie wartete. Sie freute sich, ihn zu sehen. Lorenzo war der einzige echte Freund, den sie in der Familie hatte.

»Und Großmutter?«, fragte Ada, während sie den Rucksack fallen ließ.

»Ist weg, Großvater suchen.«

»Warum, wo ist er denn hin?«

»Das weiß keiner. Ich bin um halb elf gekommen, und er war nicht da. Normalerweise ist er, wenn er einen Spaziergang macht, nach einer Stunde wieder zu Hause. Großmutter sah aus, als würde sie sich Sorgen machen.«

Ada brach unwillkürlich in Lachen aus. »Der ist bestimmt weggelaufen, damit er morgen nicht zu der Feier muss.«

»Sag so was nicht, nicht mal im Scherz!«

Das Mädchen bereute den unglückseligen Ausspruch und wechselte sofort das Thema.

»Ich hab einen Mordshunger.«

»Sie hat uns was zu essen dagelassen. Sie hat gesagt, wir sollen schon ohne sie anfangen.«

In der Küche fanden sie einen gedeckten Tisch und zwei einladende Teller Wiener Schnitzel mit Pommes frites. Heißhungrig, als hätten sie seit Monaten nichts zu essen bekommen, verschlangen sie alles. Sie vergötterten Petra für die Sorgfalt, mit der sie alles zubereitete, und für ihre einladende Freundlichkeit. Bei ihr fühlten sie sich verhätschelt und verwöhnt, wie sie es in ihren eigentlichen Familien ganz sicher nie erlebt hatten.

Lorenzos Eltern waren nicht so unfähig wie die von Ada, aber sie arbeiteten ständig. Sie führten ein Restaurant auf dem Karst, wo sie alle drei wohnten, und konnten ihrem einzigen Sohn nicht viel Zeit schenken. Er war ebenso einsam und schweigsam aufgewachsen wie seine Cousine.

Nachdem sie sich die ersten dreizehn Jahre ihres Lebens eigentlich nicht begegnet waren – ihre Eltern hatten sich noch nie leiden können, obwohl sie Geschwister waren –, hatten Ada und Lorenzo sich Weihnachten vor zwei Jahren »entdeckt«, hier im Haus der Großeltern. Adas Mutter war mit ihrem psychopathischen Freund auf Reisen gewesen, und Lorenzos Eltern hatten das Restaurant nicht verlassen können, also waren die beiden miteinander ins Gespräch gekommen. Sie hatten sich die ganze Nacht hindurch unterhalten und dabei entdeckt, wie viel sie gemeinsam hatten.

Lorenzo zog ein gebundenes Manuskript aus dem Rucksack und schob es zu ihr hinüber. »Hast du Lust, mal einen Blick darauf zu werfen?«

Vor einigen Monaten hatte Lorenzo angefangen, Erzählungen zu schreiben, wozu Radek ihn ermuntert hatte, und heute hatte er sie ausgedruckt, um sie Ada zu lesen zu geben. Ada teilte die Begeisterung ihres Cousins für Literatur allerdings nicht und verspürte überhaupt keine Lust, sich seine ersten literarischen Versuche anzutun.

»Ich hab ein bisschen Kopfweh. Später vielleicht …«

Das traf Lorenzo hart. »Du hättest dir wenigstens eine bessere Entschuldigung einfallen lassen können.«

»Nein, das sind keine vorgeschobenen Kopfschmerzen! Mir platzt echt der Kopf. Ich hab Streit mit meiner Mutter gehabt, wie immer.«

Angesichts dieser Nachricht schien Lorenzo sich zu beruhigen. »Wo hast du sie denn gesehen?«

»Sie wollte mich von der Segelschule abholen.«

»Und warum habt ihr euch diesmal gestritten?«

»Wie ich mich anziehe, zur Abwechslung mal! Die würde mich am liebsten in so eine hüftschwenkende Barbie verwandeln, wie sie eine ist. Die macht mich noch wahnsinnig!«

»Glaubst du, der Irre kommt auch zur Universität?«

Ada verdrehte die Augen. »Gott bewahre! Ganz sicher nicht. Er kann Großvater auf den Tod nicht ausstehen, warum sollte er das machen?«

»Aber er liebt die feine Gesellschaft, und morgen wird alles, was in Triest Rang und Namen hat, dabei sein.«

»Ich hoffe wirklich, dass er nicht kommt. Der würde allen das Fest versauen.«

»Dann wette ich, dass er kommt.«

Lorenzo schob den Teller beiseite und zog ein blaues Büchlein aus der Tasche.

»Was ist denn das?«

»Hat mir Großvater gestern gegeben.«

Ada legte den Kopf schief und las: »›Brief an einen jungen Dichter‹.«

»Hat er das geschrieben?«

»Nein, das ist von Rilke.«

»Der in Duino war?«

»Genau der. Hör mal zu: ›Sie fragen, ob Ihre Verse gut sind. Sie fragen mich. Sie haben vorher andere gefragt …‹«

»Warum siezt er ihn, wenn's doch ein junger Schriftsteller ist?«, unterbrach ihn Ada.

»Weil man das damals so gemacht hat. Wenn's dich nicht interessiert, les ich nicht weiter«, antwortete Lorenzo gereizt.

»Doch, klar interessiert mich das. Entschuldigung, mach weiter.«

»›Sie sehen nach außen, und das vor allem dürften Sie jetzt nicht tun. Niemand kann Ihnen raten und helfen, niemand. Es gibt nur ein einziges Mittel. Gehen Sie in sich. Erforschen Sie den Grund, der Sie schreiben heißt … Fragen Sie sich in der stillsten Stunde Ihrer Nacht: *muss* ich schreiben? Graben Sie in sich nach einer tiefen Antwort …‹«

»Und, hast du in dir gegraben?«, fragte Ada belustigt.

Lorenzo sprang beleidigt auf. »Macht dir das Spaß, dich über mich lustig zu machen?«

Ada ging zu ihm und nahm ihn bei der Hand. »Ich mach mich nicht über dich lustig, Cousin! Im Gegenteil, ich muss dir sagen, dass ich ziemlich neidisch auf dich bin, weil du einen Traum für dein Leben hast. Ich hab keinen. Wenn's nach mir ginge, könnte ich mich morgen auch umbringen.«

»Mann, sag doch so was nicht.«

In diesem Moment kam Petra zurück, verschwitzt und aufgewühlt.

»Sagt mir, dass er angerufen hat!«

»Wer?«

»Na wer schon? Großvater!«

Die zwei Jugendlichen warfen sich einen bestürzten Blick zu, dann sagte Ada: »Nein, Großmutter. Hier hat keiner angerufen!«

Petra ließ sich erschöpft auf einen Stuhl fallen und stützte den Kopf zwischen die Hände.

»Aber wo steckt er nur, dieser vermaledeite Mann! An der Sacchetta ist er nicht, am Passeggio Sant'Andrea auch nicht. Ich bin bis zur Lanterna gegangen, nichts. Seit Jahrzehnten macht er immer den gleichen Spaziergang, und ausgerechnet heute entschließt er sich, einen anderen Weg zu nehmen? Gebt mir einen Schluck Wasser! Ich fühle mich, als hätte ich einen Sonnenstich!«

»Sollen wir los und ihn suchen, mit den Fahrrädern?«

»Das ist lieb von euch, aber ich glaube, ich rufe Commissario Benussi an. Der kann die Polizei losschicken … Ich suche mal seine Nummer heraus.«

Die beiden jungen Leute sahen ihr schweigend nach, als sie hinausging. Sie hatten sie noch nie so aufgeregt gesehen.

7 Es war schon nach zwei, als Kommissar Benussi den Anruf von Petra Radek bekam. Er war noch im Büro und sortierte mit Inspektor Gargiulo die Unterlagen zum Fall der illegalen Eritreer, wollte aber demnächst gehen. Die Hitze im Präsidium war inzwischen unerträglich geworden. »Commissario Benussi«, meldete er sich barsch, als er den Anruf entgegennahm. Er hoffte nur, dass es nichts Ernstes war, er wollte unter allen Umständen noch zu Hause vorbeigehen, um einmal zu duschen und sich auf den wichtigsten Termin seines Lebens vorzubereiten.

»Ah, guten Tag, Signora Radek. Nein, Sie stören nicht. Was kann ich für Sie tun? … Wie? Ihr Mann? Und seit wann? Vier Stunden?« Erleichterung breitete sich auf seiner Miene aus. »Das ist zu kurz für eine Vermisstenanzeige. Ja, sicher, ich verstehe … Sie haben recht … Machen Sie sich keine Sorgen. Ich lasse Sie gleich von Ispettore Gargiulo zurückrufen, der wird sich darum kümmern, Ihnen zu helfen. Leider muss ich noch einen dringenden Fall lösen, aber Sie sind bei ihm in guten Händen. Auf Wiedersehen.«

Er legte auf, tippte etwas aufs Display, ohne Valerio anzusehen, der sich bereitzuhalten schien. Dann stand er auf und ging zur Tür.

»*Napoli*, kümmern Sie sich bitte darum. Ich hab Ihnen die Handynummer von Signora Radek geschickt. Offenbar hat ihr Mann vor vier Stunden das Haus verlassen und ist noch nicht zurück. Sie hat Angst, dass er irgendwo einen Schwächeanfall bekommen hat. Er hat ein schwaches Herz. Er muss unbedingt gefunden werden. Morgen soll er die Ehrendoktorwürde entgegennehmen. Rufen Sie sie an und lassen Sie sich ein aktuelles Foto geben, das wir an die Streifen verteilen können. Absolute Priorität. Schlimmstenfalls rufen Sie auch Morin zurück. Die Illegalen können warten. Ich muss jetzt wirklich los.«

»Zu Befehl«, antwortete der Inspektor, etwas überrascht von der plötzlichen Eile seines Vorgesetzten. Noch nie hatte er ihn so seltsam aufgeregt gesehen. Wo zum Teufel wollte er hin? Und warum diese Geheimniskrämerei? Nun, es ging ihn nichts an.

Als er die SMS mit der Nummer von Petra Radek eingehen hörte, machte sich Valerio sofort an die Arbeit. Bei der Hitze konnte ein Mann dieses Alters, noch dazu mit einer Herzerkrankung, in ernsthafter Gefahr schweben. Elettra wollte er nicht gleich hinzuziehen, sie war gerade im Offenen Haus von Pater Florence, um den einzigen Illegalen zu vernehmen, der überhaupt in der Lage war zu reden. Er würde sie später anrufen.

»Signora Radek, Ispettore Gargiulo hier«, sagte er, als er Petra Radeks Stimme hörte. »Könnte ich bei Ihnen vorbeikommen und ein aktuelles Foto Ihres Mannes bekommen? Die im Internet zirkulieren sind ziemlich alt. Es würde uns bei der Fahndung helfen … Einverstanden. Ich komme sofort.«

Elettra hatte den jungen Illegalen im Speisesaal der Einrichtung gefunden. Er aß mit Mühe etwas Suppe, unterstützt von Violeta. Er war beängstigend dünn und hatte den toten Blick derjenigen, die zu viele schreckliche Sachen gesehen hatten.

»Er spricht ein bisschen Italienisch«, informierte Violeta sie, als Elettra sich ihm gegenüber hinsetzte. »Er hat es gelernt, weil er hierherkommen wollte …«

Morin nickte und musterte ihn teilnahmsvoll.

»Ciao, ich heiße Elettra, ich arbeite für die italienische Polizei. Ich würde dir gern ein paar Fragen stellen. Einverstanden?«

Der Junge nickte müde.

»Wie heißt du?«

»Tahir.«

»Wie alt bist du?«

»Achtzehn.«

Elettra musterte ihn und merkte, dass er log.

»Ziehen wir mal zwei ab. Hast du Papiere?«

Der Junge schüttelte den Kopf.

Elettra holte eine Afrikakarte aus der Tasche und breitete sie vor ihm aus. »Ich möchte, dass du mir deine Reise beschreibst.«

Als der Junge den Umriss des großen Kontinents erblickte, quollen stumme Tränen aus seinen Augen.

»Von wo bist du aufgebrochen?«

Tahirs dunkler, knochiger Finger zeigte auf ein Dorf in der Nähe von Massaua, in Eritrea.

»Wann?«

»September.«

»Vor neun Monaten?«

Violeta und Morin wechselten einen raschen Blick.

»Warum hast du dein Land verlassen müssen?«

»Meine Mutter ist gestorben. In Asmara Bürgerkrieg, ich nicht Soldat sein will. Mein Onkel wohnt Mailand. Mir Geld geben für Reise.«

»Und warum hast du so lange gebraucht?«

»Niemand hat Visum für Italien, Frankreich oder Spanien, also ich bezahle Männer, die Reise durch Libyen versprechen. Aber im Sudan gelassen und Geld gestohlen.«

»Und dann?«

»Beduinen mich in Wüste gefangen. Sehr schlechte Leute.«

»Wo haben Sie dich entführt?«

»Vor Flüchtlingscamp. Sudan.«

»Und wohin haben sie dich gebracht?«

Tahirs Finger fuhr die Route nach, die er genommen hatte. »Hier, Süden von Ägypten, und Onkel nach mehr Geld gefragt. Viele Geld. Aber Onkel hatte keine mehr. Und dann geschlagen, gefoltert. Dann operiert.«

»Operiert?«

Der Junge zog das T-Shirt hoch und zeigte eine lange, schlecht verheilte Narbe an seiner Seite.

»Haben Niere genommen.«

Elettra erbleichte und versuchte, die Übelkeit zu unterdrücken, die plötzlich in ihr aufstieg. Der arme Junge!

»Und wo ist das passiert?«, murmelte sie einen Augenblick später.

»Kleines Krankenhaus. Sehr schmutzig. Ich Angst. Viel schlimm, Infektion. Fast gestorben.«

»Und dann?«

»Dann, als ich besser, an andere Männer verkauft und sechs Monate gearbeitet, um neue Reise zu bezahlen.«

»Und wo hast du gearbeitet?«

»Waffenfabrik.«

»Und dann?«

»Danach uns zum Suez-Kanal gebracht, auf Ölschiff, und dann Türkei, Istanbul gekommen. Viele Tage mit viele Leute in schmutzige Haus eingesperrt. Wollten noch mehr Geld. Sie sagen, sie schneiden mir ein Ohr ab und ich wieder Onkel anrufen und er schicken Geld. Als Money Transfer gekommen, sie mich in Container auf Schiff gebracht. Und so Ancona angekommen. Und da Lastwagen gefunden.«

»Also kanntest du die anderen nicht, die mit dir gefahren sind?«

»Im Container kennengelernt. Wie geht dem Mädchen?«

»Sie hat es leider nicht geschafft. Und ihr Vater auch nicht.«

Als er das hörte, drehte Tahir sich weg und fing an zu weinen. Violeta nahm ihn in den Arm, und er ließ sich fallen wie ein kleines Kind.

Elettra beschloss, dass es genug war, faltete die Afrikakarte wieder zusammen und verabschiedete sich mit einem Nicken von der Brasilianerin. Sie trat in die warme Juniluft hinaus, atmete tief durch und dankte Gott dafür, in Italien geboren worden zu sein. Während sie noch in den schwülen Himmel blickte, der selbst das kleinste erfrischende Wölkchen von seinem Antlitz getilgt zu haben schien, hörte sie das Telefon in der Tasche klingeln.

»Buongiorno, Valerio«, antwortete sie und versuchte, das bisschen Freude zurückzugewinnen, dass ihr noch geblieben war. »Ich bin gerade fertig. Wo bist du? Wer? Der Schriftsteller? Und seit wann? Verstehe. Ich bin gleich da.«

»Liebe Rhoda, geben Sie sich einen Ruck, lassen Sie mich nicht noch länger warten! Sie wissen doch sehr gut, dass es in Italien kein angeseheneres Verlagshaus gibt als meines. Was hat Ivo Radek denn zwischen all diesen Fußballern, Köchen, Schauspielern verloren, die ihr eigenes Leben erzählen? Er ist ein Klassiker, um Himmels willen, und muss in einem Haus bleiben, das nur Werke mit Klasse verlegt.«

»Ich schätze Ihr Angebot sehr, Signor Celsius, und ich weiß, dass auch Radek ernsthaft darüber nachdenkt. Gleichwohl …«

»Gleichwohl was? Beleidigen Sie meine Intelligenz nicht, versuchen Sie nicht, mich glauben zu machen, dass er noch darüber nachdenkt, das Buch an diesen Gemischtwarenladen zu verscherbeln, der sich Russo & Nobile schimpft! Ich weiß nicht, was die Ihnen geboten haben, ganz sicher eine exorbitante Summe – die, wie Sie im Übrigen genau wissen, bei der derzeitigen Krise niemals wieder eingespielt werden wird –, aber so käuflich kann man doch nicht sein, dass man einen großen Autor wie Radek an jemanden verscherbelt, der mit Schund Millionen gemacht hat! Gut, Sie sind Engländerin, und vielleicht entgehen Ihnen ein paar der feineren Schattierungen …«

»Ich bitte Sie, beleidigen Sie mich nicht. Meine Mutter war Italienerin, und mir entgehen keinerlei Schattierungen.«

»Ich wollte Sie nicht beleidigen, Signora. Aber, wo wir gerade von Schattierungen sprechen, Sie hätten doch sicher einige Salto mortale geschlagen, um an die diversen Schattierungen Grau, Schwarz oder Rot zu kommen, die den Weltmarkt überschwemmen, geben Sie's zu. Ich wette, Sie haben die ›Fifty Shades‹ auch gierig verschlungen …«

Rhoda Wallace hatte allmählich genug von diesem gehässigen Zwerg mit seinen aufdringlichen Blicken, der sie immer noch wie eine Anfängerin behandelte.

»Ich bin Literaturagentin, Signor Celsius. Ich verdiene mein Geld damit, Bücher zu lesen, zu entdecken und zu empfehlen. Ich bin nicht in eine wohlhabende Familie hineingeboren wie Sie, und ich kann es mir nicht leisten, wählerisch zu sein, wenn ich ein Buch in die Finger bekomme, das Millionenauflagen bringen könnte. Und daher lautet meine Antwort: Ja, es hätte mir gefallen, wenn ich das erste dieser Bücher von James entdeckt hätte, auch wenn, das gebe ich zu, sie wirklich nicht zu meiner Lieblingslektüre zählen. Können wir jetzt weitermachen?«

Titus Celsius war die direkte Art von Rhoda Wallace nicht gewöhnt, sie wurde ihm etwas unheimlich. Aber diese Genugtuung konnte er ihr auf keinen Fall gönnen.

»Als ich angefangen habe, hatte ich es mit Gentlemen wie Erich Lindner zu tun, von dem Sie trotz Ihres jugendlichen Alters sicher schon gehört haben. Menschen, die noch wussten, was richtige Bücher waren. Wie sehr ich diese Zeiten vermisse, das können Sie mir glauben.«

Rhoda Wallace nahm ihr iPad vom Tisch und stand verärgert auf. »Auch ich sehne mich nach den Zeiten zurück, als die Menschen noch gut erzogen und anständig waren. Schönen Tag noch.«

»Aber was machen Sie denn da? Bleiben Sie hier! Man wird doch wohl noch mal einen Witz machen dürfen!«

»Was Sie einen Witz nennen, nennen andere eine Unverschämtheit.«

»Wissen Sie, wenn Sie so wütend werden, sehen Sie noch schöner aus.«

Das war wirklich zu viel. Musste sie sich tatsächlich diesen bis zum Erbrechen wiedergekäuten Macho-Allgemeinplatz anhören? Von welchem Planeten stammte der Kerl?

»Eine Gefahr, die Ihnen nicht droht, Signor Celsius!«

Und ohne noch etwas hinzuzufügen, ging Rhoda zum Ausgang.

»Also lehnen Sie mein Angebot ab?«, rief Celsius ihr nach.

»Ich lehne gar nichts ab. Wir sprechen noch mal darüber, wenn Sie aufhören, mich wie eine Idiotin zu behandeln.«

Als sie auf der Straße war, atmete Rhoda ein paarmal tief durch. Nach dieser Begegnung musste sie unbedingt mit jemandem sprechen, den sie mochte, mit einer Freundin, und so wählte sie Petras Nummer, aber ihr Telefon klingelte ins Leere.

Vielleicht ruhen sie sich gerade aus.

Besser, sie in Ruhe zu lassen.

Petra hatte beschlossen, keins der beiden Kinder einzuweihen. Dass ihr Vater verschwunden war, hätte nur noch mehr Verwirrung gestiftet. Sie war sich sicher, dass sie, mit Unterstützung der Polizei, Ivo innerhalb kürzester Zeit zurück zu Hause haben würde. Vielleicht hatte er sich verlaufen, vielleicht hatte er wirklich einen Schwächeanfall erlitten. Es war einfach zu heiß, und er hatte Hitze noch nie gut vertragen können.

Aber warum zum Teufel war er überhaupt weggegangen? Manchmal spürte sie, wie eine unfassbare Wut in ihr heranwuchs. Das machte er oft, einfach so verschwinden, ohne Bescheid zu sagen. Aber warum ausgerechnet heute!

Petra schloss die Augen und atmete tief durch. Sie hatte sich aufs Sofa gelegt, im Halbschatten. Die Vorhänge wallten leicht im Wind, die Motorengeräusche der Autos auf den Rive vermischten sich mit den Schreien der Möwen, die mit ihren Flugbahnen den Himmel bestickten.

Die Enkel hatte sie ans Meer geschickt. Es brachte ja

nichts, wenn sie hier mit ihr warteten. Sie wollte nicht, dass die beiden mitbekamen, wie sehr sie sich ängstigte, da blieb sie lieber allein. Und wenn ihm wirklich etwas zugestoßen war? Wenn er nicht mehr zurückkäme? Das war ein Gedanke, den sie nicht einmal in Erwägung ziehen wollte.

Wenn er wenigstens ein Telefon dabeihätte. »Alle haben heutzutage ein Handy, Ivo! Du musst es ja nicht benutzen, aber es würde mich beruhigen, wenn du eines dabeihättest, wenn du allein weggehst.« Er hatte nichts davon wissen wollen. »Das ist doch eine Krankheit von euch, dass ihr immer erreichbar sein wollt«, hatte er treuherzig geantwortet. »Ich habe kein Problem damit.« – »Aber ich hab eins, wenn du dich nicht gut fühlst und ich nicht weiß, wo du bist.« An jenem Tag war er guter Laune gewesen und hatte sich über sie lustig gemacht. »Keine Sorge, wenn ich mich schlecht fühle, halte ich den Ersten an, der mir über den Weg läuft, und rufe dich an.« Tja, und wenn er einen Infarkt gehabt hatte?

Mit einem Mal kam ihr ein Gedanke. Sie stand auf, ging ins Schlafzimmer und zog die Schublade seines Nachtschränkchens auf. Seine Brieftasche mit allen Papieren war da, wie sie es vermutet hatte. Wie sollte ein Passant wissen, wer er war, wenn er tatsächlich auf der Straße einen Schwächeanfall gehabt hatte?

Petra wurde schwindelig, und sie musste sich aufs Bett setzen. Sofort kamen die beiden Hündchen angerannt und setzten sich glücklich winselnd neben sie. Sie drückte sie an sich und schloss die Augen, versuchte, den inneren Aufruhr zu besänftigen. Sie konnte nichts tun. Gar nichts. Nur warten.

8 *Ich weiß nicht, was mir in den Kopf gekommen ist, dass ich angefangen habe, diesen langen Brief an dich zu schreiben. Warum sollte ich meine stillen und abgeschiedenen Tage durcheinanderbringen, indem ich mich zwinge, all das noch einmal zu durchleben, was ich gehofft hatte, vergessen zu haben? Das habe ich mich noch heute Morgen gefragt, als ich mich auf die Terrasse setzte, um die Morgenröte heraufziehen zu sehen.*

Vielleicht, weil es mir nicht gelingt zu vergessen.

Vor einiger Zeit habe ich im Fernsehen ein altes Interview mit Primo Levi gesehen. Die Journalistin fragte ihn, ob man mit den Erinnerungen weiterleben konnte, und er antwortete, ja, das sei möglich. Ihm sei es gelungen, er dächte nicht mehr an das schreckliche Jahr, das er in Auschwitz verbracht hatte. Er machte einen aufrichtigen, friedlichen Eindruck. Aber dann hat er sich, an die zehn Jahre später, im Treppenhaus übers Geländer gestürzt.

Ich könnte das nie, vielleicht weil ich hier lebe, am Meer, und weil die Natur es immer wieder schafft, meine Gedanken weniger düster zu machen. Mein schlechter Charakter hält mich auf Abstand zur Schäbigkeit und Dummheit der anderen menschlichen Wesen, und das ist ebenfalls sehr gesund für meine Seele.

Wenn es Gott wirklich gibt und wenn ich das Vergnügen haben werde, ihn nach meinem Tod kennenzulernen, dann werde ich ihm nur eine einzige Frage stellen: Warum der Mensch? Was hast du dir nur dabei gedacht, in diesen wunderschönen, blühenden Garten eine so unvollkommene, grausame und verabscheuenswürdige Kreatur zu setzen? Wenn du dich wirklich einsam gefühlt und Gesellschaft gebraucht hast, reichten dir da nicht die Vögel, die anderen Tiere, die Berge, die großen Flüsse? Warum den Samen der Zwietracht und des grundlosen Hasses säen? Seit er auf der Erde erschienen ist, hat der Mensch nichts anderes getan als zu kämpfen, zu töten und seine Mitmenschen zu erniedrigen, unter unbestreitbar lächerlichen Vorwänden.

Mein Freund, der Priester ist, der einzige Mensch, der sich noch traut, mich zu besuchen, sagt, unser Leben sei nichts anderes als ein Weg zur Weisheit. Gott habe das Böse zugelassen, um uns die Möglichkeit zu verschaffen, für das Gute zu kämpfen. Aber ich antworte ihm, dass das keinen Sinn ergibt. Wenn es das Gute ist, zu dem wir alle neigen, warum uns dann schon bei der Geburt den Keim des Hasses und der Verachtung ins Herz legen? Das werde ich nie verstehen.

An den klarsten Abenden kann ich die italienische Küste in der Entfernung sehen, und ich stelle mir vor, dass auch du von deiner Terrasse aus deine verlorene Heimat sehen kannst. Wenige Kilometer trennen uns, eine Bootsfahrt würde reichen, ein Ausflug mit dem Auto, um die Entfernung zu überwinden. Und doch hat es keiner von uns je geschafft. Aus Stolz? Vielleicht bei dir. Für mich war es eine Frage der Müdigkeit. Ich hätte dir alles schreiben, dir alles erzählen wollen, aber ich hatte keine Worte mehr. Und warum dann jetzt? Was erhoffe ich mir davon? Spä-

tes Mitleid? Was soll mir dein Mitleid nützen nach allem, was ich erleiden musste? Dein Schweigen war mehr als beredt. Für dich existiere ich nicht mehr. Du hast dich darauf beschränkt, den Kopf abzuwenden und mich aus deinem Leben zu tilgen.

Aber es ist der Moment gekommen, dass auch du Bescheid wissen sollst. Dass ihr Bescheid wissen sollt. Es ist wichtig für mich, für dich und für diejenigen, die diesen Brief nach dir lesen. Und du weißt, wen ich meine.

Ihr wart schon seit eineinhalb Jahren weg, als sie gekommen sind, um mich zu holen. Ich schlief noch, und für einen Augenblick dachte ich, ich würde diese Nacht von 1942 noch einmal erleben, als die Faschisten gekommen waren und meinen Onkel verhaftet hatten. Dieselbe Anmaßung, dieselben besessenen Gesichter, dieselbe vulgäre Arroganz. Vor sieben Jahren hatte die Schuld meines Onkels darin bestanden, Jude zu sein, meine hingegen bestand darin, Stalinist zu sein. Mein Onkel Milo ist an den Entbehrungen im Konzentrationslager auf der Insel Rab gestorben, und mir wäre es beinahe wenige Kilometer von ihm entfernt auf einer anderen Insel genauso ergangen, auf Goli Otok.

Jude, Stalinist, Slawe, Italiener, Faschist, Ustascha. Ein Wort genügt, um einen Menschen zu verurteilen. Ein einziges, kurzes Wort. Es spielt keine Rolle, welches, es reicht, dass es in einem spezifischen historischen Augenblick den jeweils aktuellen Feind bezeichnet, und die Bestie, die in jedem Menschen steckt, wird von der Kette gelassen. Denn nur so können sich menschliche Wesen lebendig fühlen, indem sie hassen, vernichten, erniedrigen.

Was war geschehen? Heute weiß man es, aber damals verstanden wir überhaupt nichts. 1948, als Stalin Tito aus der Kominform geworfen hatte, wurde plötzlich jeder, der weiter an die Freundschaft der kommunistischen Völker glaubte, wie er es bis zu diesem Augenblick auch getan hatte, zu einem »auszurottenden Feind«. Sie fingen damit an, »Gegner« zu verhaften, die schrecklichen Torturen unterworfen wurden, mit denen man sie zwang, Geständnisse abzulegen und ihre Freunde zu verraten. Es war eine für viele von uns unverständliche Eskalation der Gewalt, deren Ausmaß wir nicht glauben wollten. Wenige Monate später reichten die jugoslawischen Gefängnisse nicht mehr, um alle »Verräter« aufzunehmen, und so begannen die Deportationen. Ich, du weißt es, gehörte zu Titos Miliz und fühlte mich, dummerweise, vor diesem Irrwitz sicher. Doch der Tag, an dem ich mich weigerte, einen meiner Freunde zu verhaften, bedeutete für mich das Ende. Sie ließen mir nicht einmal mehr Zeit, um mich von meiner Mutter zu verabschieden.

Goli Otok, die nackte Insel, das Straflager, das dem kranken Hirn von Titos rechter Hand, Edvard Kardelj, entsprungen war. Wenige Hundert Quadratmeter Steine, nicht weit entfernt von der anderen Lagerinsel der Faschisten, Rab. Andere Zeiten, andere Peiniger, unterschiedliche politische Fanatismen, aber immer dieselbe blinde, unmenschliche Grausamkeit.

Heute weiß ich, dass Touristen zum Baden auf diese Inseln fahren, es gibt Prospekte, die dazu einladen, das wunderschöne Meer von diesen »paradiesischen Winkeln« aus zu genießen. Aber wenn du auf diesen Felsen ankamst, war das, was du fandest, der Vorhof zur Hölle. Wir legten an der Insel an, ohne zu wissen, wo wir waren. Wir sahen nichts, nur Schreckensschreie und bedrohliche Kommandos waren zu hören. Sie schickten uns durch eine Gasse von Menschen, die uns beleidigten, uns stießen, uns anspuckten und immer wieder schrien: »Tod den Verrätern! Tod den Stalinisten!« Der Pfad war voller scharfkantiger Steine, die in die Fußsohlen einschnitten.

Ich bin ein Jahr und acht Monate in dieser Hölle auf Erden gewesen. Eine Zeit, in der sie mit allen Mitteln versucht haben, mir meine Seele zu entreißen, mich zu einem Tier, wie sie es waren, zu machen, ohne dass es ihnen gelang. Es gab absolut nichts auf dieser Insel zu tun, und um unseren rebellischen Geist zu brechen, zwangen sie uns, schwere Steine auf langen Holztragen von einer Seite der Insel zur anderen zu transportieren, von morgens bis abends, Sommer wie Winter, unter Sonne und Regen, ein zermürbender Lauf in einem Hamsterrad unter ständigen Schlägen und Tritten, der immer neue und tiefere Wunden in unseren Füßen und in den geschundenen Händen aufriss. Mit dem wenigen Wasser, das sie uns zu trinken gaben, mussten wir uns auch waschen. Wir aßen nur dünne Wassersuppen mit altbackenem Brot. Wer während der Arbeit mit den Steinen stürzte, wurde sofort der Sabotage beschuldigt und bis aufs Blut ausgepeitscht.

Das Schlimmste war aber nicht die körperliche Erschöpfung, sondern die Auslöschung des Gewissens. Sie wollten uns alle zu Denunzianten machen, zu Folterern unserer Leidensgenossen, indem sie uns Erleichterungen von den Qualen versprachen. Wir mussten diejenigen, die noch nicht gestanden hatten, dazu bringen, zu gestehen. Und viele von uns wurden, leider, um zu überleben, unbarmherziger als ihre Peiniger selbst.

Wer sich weigerte zu reden, wurde dem »Bojkot« unterzogen. Auch ich musste ihn erleiden, vier lange Monate, nur weil ich mich weigerte, die Namen meiner »stalinistischen« Freunde zu nennen, die in Parenzo geblieben waren. Es waren die schrecklichsten Monate meines Le-

bens. Ich durfte nicht sprechen, nicht essen, nicht rauchen. Ich musste barfuß immer schwerere Steine schleppen. Ich schlief wie ein Aussätziger von den anderen isoliert, jede zweite Nacht musste ich an den Latrinen Wache stehen und mich zwingen, nicht auf die Schläge, Drohungen und Beleidigungen meiner Kameraden zu reagieren. Und das alles, um mich zum wahren Kommunismus Titos »umzuerziehen«. Wenn ich in jenen Monaten nicht den Verstand verloren habe, dann verdanke ich das einer einzigen List. Eines Nachts beschloss ich, dass ich nun auch zu einem Stein geworden war wie die, die meinen Körper zerfleischten. Ich würde weder Schmerz noch Hunger noch Durst empfinden. Niemand könnte mich mehr verletzen, weil mein Körper zu Stein geworden war.

Josip Broz, der edle Vater der Nation, der Kommunist mit menschlichem Antlitz, derjenige, der den Mut hatte, gegen Stalins Übermacht zu rebellieren! Du kannst dir nicht vorstellen, wie viele Leute ihm hier immer noch nachtrauern. »Unter ihm hatten wir immer zu essen und ein Dach über dem Kopf, er hat für alles gesorgt«, wiederholen die Alten, die sich nicht an diesen Wilden Westen der Korruption, Vulgarität und Anarchie gewöhnen können, der uns umgibt. Aus einem bestimmten Blickwinkel kann man es ihnen nicht einmal übel nehmen. Früher wurden ihnen alle Entscheidungen abgenommen, sie konnten sich einfach mit der Strömung treiben lassen. Sie mussten nicht entscheiden, nur gehorchen. Aber zu welchem Preis? Vielleicht haben sie es vergessen. Ich nicht. Ich kann nicht vergessen. Es gibt Leute, die behaupten, wenn Tito heute noch am Leben wäre, hätte es den Krieg, der unser Land vor zwanzig Jahren auseinandergerissen hat, nicht gegeben. »Damals fühlten wir uns alle als Jugoslawen.« Noch so ein schönes Märchen, um die gegen-

seitigen Völkermorde zu rechtfertigen. Wo sind denn all die lieben jugoslawischen Brüder geblieben?

Ich war nur noch ein Schatten meiner selbst, als sie mich entließen. Eine leere Hülle. Viele meiner Kameraden haben sich nie wieder davon erholt. Fast dreißig Jahre lang wurde ich kontrolliert, verfolgt, bedroht von »schützenden Engeln«, die extrem überzeugend waren mit ihren verschleierten Drohungen. Die Parole lautete: Nichts darf bekannt werden. Goli Otok hat es nie gegeben. Der große Vater Tito durfte nicht für Vernichtungslager verantwortlich sein, die denen Hitlers so sehr ähnelten. Sein Kommunismus mit menschlichem Antlitz durfte nicht von so einem kleinen, notwendigen »Zwischenfall« beschmutzt werden. Und ich, wie alle meiner Kameraden, habe geschwiegen. Nicht aus Feigheit, sondern um nicht das Leben meiner Eltern und meiner Geschwister aufs Spiel zu setzen. Habe ich schlecht daran getan? Das habe ich mich oft gefragt in jenen Jahren. Ich bin zu keiner Antwort gelangt.

Aber selbst wenn, was hätte ich gewonnen? All die Denunzierungen, die Empörung, die Verurteilungen, das »nie wieder«, die in den letzten Jahrzehnten Seite um Seite bedruckten Papiers gefüllt haben, was haben sie genützt? Kriege, Massenvernichtung und Massaker folgen einander rund um den Erdball, ohne dass die Ursache beseitigt würde. Es nützt nichts, sich etwas vorzumachen. Das Gute wird nie über das Böse siegen. Die Intelligenz, die Kultur und die Vernunft werden nie die Dummheit, den Blutdurst und den Fanatismus des Menschen besiegen. Es ist ein verlorener Kampf. Mein einziger Trost besteht darin, zu wissen, dass ich in Kürze gehen werde.

Aber vorher muss ich noch eine Sache erledigen.

Zwei, um ehrlich zu sein.

9 Rhoda Wallace kam fünf Minuten zu spät zu dem Treffen mit Terenzio Tasca, dem neuen Verlagsleiter von Russo & Nobile. Als sie auf das renovierte Hotel *Savoia Excelsior* an den Rive zuging, in dem sich die Bar befand, war sie angenehm beeindruckt von der einladenden Eleganz der großen Hotelhalle.

Vor fünfzehn Jahren, als sie hier zwei Nächte geschlafen hatte, war die Einrichtung noch kalt und unpersönlich gewesen und nicht gerade geschmackvoll. Seit die jüngsten Renovierungen abgeschlossen waren, musste das Hotel mit Sicherheit mehr Gäste haben.

Sie sah Terenzio Tasca in einer Ecke sitzen, wie er gerade eine Mail auf seinem iPad schrieb. Bevor sie zu ihm ging, blieb sie kurz stehen, um ihn zu mustern. Groß, sportlich, hellbraunes Haar, ein bisschen verwuschelt, man sah ihm seine vierzig Jahre nicht an. Die legere Kleidung – Jeans und blaues Lacoste-Shirt mit langen Ärmeln – sprach von einer gewissen Unabhängigkeit von den Moden, die ihr nicht missfiel. Er war auf jeden Fall ein schöner Mann, und das wusste er auch. Plötzlich löste Tasca den Blick vom iPad und sah sie. Er sprang auf und begrüßte sie mit einem sonnigen, ansteckenden Lächeln, während er ihr warmherzig die Hand schüttelte.

»Da sind Sie ja, Rhoda. Wie schön, Sie zu sehen!«

Rhoda bemerkte, dass er ein Grübchen im Kinn hatte, wie Kirk Douglas. Sie musste aufpassen, sich nicht von der unzweifelhaften Attraktivität des Mannes ablenken zu lassen.

»Entschuldigen Sie die Verspätung«, sagte sie, während sie sich auf den Platz ihm gegenüber setzte.

»Kein Problem. Was möchten Sie?«

»Einen Caffè, sonst nichts, danke.«

»Wann sind Sie angekommen?«

»Gestern Nacht.«

»Und wie? Ich wusste gar nicht, dass es auch Nachtflüge gibt.«

»Reden wir lieber nicht darüber, es war eine grauenvolle Reise! Wie ertragt ihr das nur alle mit diesen ewigen wilden Streiks in Italien?«

»Wir versuchen, nicht zu fliegen.«

»Aber auch die Züge … Ich bin mit einer Stunde Verspätung in Mestre angekommen und habe den letzten Anschlusszug verpasst.«

Tasca schüttelte belustigt den Kopf.

»Was glauben Sie, warum ich mit dem Auto gekommen bin?«

Noch bevor sie anfingen, schlug Terenzio Tasca eine Mappe auf und holte ein paar Umschlagentwürfe heraus, die er auf dem Tisch vor Rhoda ausbreitete.

»Ich hab ein bisschen vorgearbeitet. Die Grafiker haben Überstunden gemacht, um diese Vorschläge fertig zu bekommen. Was meinen Sie?«

Rhoda schaute ihn verblüfft an, dann brach sie in Lachen aus.

»Entschuldigen Sie, aber was soll das sein?«

»Die Umschlagentwürfe für Radeks neues Buch! Auch

wenn Russo nicht mehr da ist, will der Verlag unter allen Umständen den Vertrag schließen. Wir denken daran, es schon im Oktober herauszubringen, um noch vom Weihnachtsgeschäft profitieren zu können.«

Rhoda streckte abwehrend die Handflächen nach vorn, ohne jedoch mit dem Lächeln aufzuhören.

»Halt, Terenzio! Meinen Sie nicht, Sie sind ein bisschen voreilig? Radek hat seine Entscheidung noch nicht getroffen, und ich kann nicht ...«

»Ach kommen Sie, Rhoda! Wenn es eine Frage des Geldes ist, nennen Sie eine Zahl, und wir werden sehen, wie wir Sie zufriedenstellen können, auch wenn Sie anerkennen müssen, dass unser Verlagshaus schon wirklich das Maximum für einen Autor getan hat, der seit Jahrzehnten kein wirklich erfolgreiches Buch mehr geschrieben hat. Wie Sie genau wissen, verkauft sich die Backlist kaum nennenswert. Ich habe eine kleine Aufstellung dabei, falls Sie die Zahlen nicht mehr präsent haben ...«

Unbeirrbar zog Terenzio Tasca eine ausgedruckte Excel-Liste mit den Verkaufszahlen aus der Mappe, die er ihr vorlegte. Dieser Mann ist wirklich raffiniert, dachte Rhoda. Er argumentierte aus mehreren Richtungen, schmeichelte einerseits und erpresste andererseits.

»Lieber Terenzio, ich kenne die Zahlen. Das ist mein Job. Und glauben Sie mir, es ist nicht einmal eine Frage des Geldes. Radek hat noch nie große Vorschüsse genommen. Er zieht es vor, hinterher zu verdienen, wenn die Verkäufe gut laufen, das ist ihm lieber, als sich einem Verleger gegenüber moralisch schuldig zu fühlen. Auch deshalb hat er sich immer geweigert, einen Vertrag zu unterschreiben, bevor er ein Buch fertig hatte. Die Frage, die sich stellt, ist heikler. Er hatte engen Kontakt zu Gianluigi Russo, und seine Entlassung hat ihn sehr verstört.«

Terenzio Tasca lächelte, als hätte er diese Wendung erwartet.

»Liebe Rhoda, ich weiß doch, wie sehr Freundschaften in unserer Branche zählen. Was wären wir alle ohne unsere Freunde? Trotzdem möchte ich Ihnen versichern, dass Russo & Nobile trotz der Krise, trotz des Einbruchs der Verkaufszahlen und trotz des schwachen Buchmarktes ganz besonders daran festhält, einen so großen Autor wie Ivo Radek zu publizieren.«

»Auch wenn er dieses Jahr nicht den Nobelpreis gewinnen würde?«

Das Lächeln auf Terenzio Tascas Gesicht erlosch kurz, um dann noch leuchtender zu erstrahlen. »Na, kommen Sie, Rhoda. Wir wissen doch beide, dass nicht einmal mehr ein Nobelpreis noch mehr Bücher verkauft, wenn der Verlag nicht von sich aus stark genug ist und den Autor unterstützt. Haben Sie Le Clézio oder Herta Müller vergessen?«

Rhoda trank ihren Espresso aus, der längst kalt geworden war, und seufzte. »Wie auch immer, die letzte Entscheidung liegt bei Radek.«

»Aber Sie werden doch alles tun, um uns zu favorisieren, oder? Sie haben viele Autoren in unserem Verlag, und wir wollen doch unsere profitable Zusammenarbeit noch viele lange Jahre fortsetzen ...«

Rhoda musterte ihn belustigt. Er wollte die Partie um jeden Preis gewinnen. Der Gedanke, dass ihm das vielleicht nicht gelingen könnte, missfiel ihr.

»Ich werde versuchen, ein Treffen zu organisieren, nach der Zeremonie.«

»Wird Titus Celsius auch da sein?

»Ich glaube schon.«

»Beharrt er immer noch so auf seinen Entscheidungen?«

Rhoda tat, als fiele sie aus allen Wolken.

»Welche Entscheidungen?«

»Den ›Kindheitsfreund‹ zu behalten.«

»Wenn er den behalten will, kann er das tun. Wie man Ihnen vielleicht gesagt hat, gibt es eine bindende Klausel, die von Celsius' Vater und Radek selbst in den Fünfzigerjahren unterzeichnet wurde, die ihm die Rechte an dem Buch auf Ewigkeit garantiert.«

»Vielleicht, wenn ich mal mit ihm reden könnte ... Russo und er haben sich ja nicht sonderlich gut verstanden, das wissen wir, aber vielleicht würde ihm das ja auch entgegenkommen. Es ist ja nicht so, als liefe der Titel so gut ...«

»Ich fürchte, dass es auch da nicht ums Geld geht. Wenn er für Radek auf die Klausel verzichten würde, müsste er es bei allen anderen Autoren auch tun. Das wäre das Ende des Verlages.«

»Ich würde es trotzdem gern probieren. Wir kennen uns schon seit Jahren. Sie wissen, dass ich damals als Korrektor bei Fondamenta angefangen habe? Mein Onkel war mit Celsius' Frau befreundet.«

»Wirklich? Das wusste ich nicht!«

»Aber sicher. Dann bin ich weggegangen, weil er mich nicht übernehmen wollte, aber ich kenne das eine oder andere peinliche Geheimnis, das ihn in Schwierigkeiten bringen könnte.«

Rhodas Augen leuchteten vor Begeisterung und Neugierde auf.

»Was für ein Geheimnis denn?«

»Wenn ich es Ihnen verrate, ist es kein Geheimnis mehr, oder?«

Dieser junge Mann wusste, was er tat und würde es noch weit bringen, dachte Rhoda, während sie einen Blick auf die auf dem Tisch ausgebreiteten Umschlagentwürfe warf.

Valerio Gargiulos Eltern zogen im Triumph ins Hotel *Duchi d'Aosta* an der Piazza Unità ein, in Begleitung eines Gepäckträgers, der in einer Hand zwei Designerkoffer trug.

Avvocato Gargiulo blickte sich lächelnd um. Er liebte die großen Hotels und hatte in seinen fast siebzig Lebensjahren gut einhundertdreizehn Aschenbecher gesammelt, Erinnerungsstücke an die verschiedenen Aufenthalte auf seinen Reisen um die Welt. Es war eine Manie, die seine Frau Ulla zutiefst missbilligte, der sie aber nicht Einhalt zu gebieten vermochte.

»Und wo ist Valerio? Sollte er nicht eigentlich hier sein, um uns abzuholen?«, fragte der Anwalt verblüfft.

»Er hat mir eine SMS geschickt. Er sagt, dass er nur kurz weg kann, um uns zu begrüßen, dann aber sofort wieder zurückmuss. Ihm ist etwas dazwischengekommen«, antwortete seine Frau. »Ah, da ist er ja!«

Valerio kam verschwitzt hereingehetzt und schüttelte den Kopf.

»Entschuldigt, ich habe nur ganz wenig Zeit. Aber ich wollte euch wenigstens begrüßen. Hattet ihr eine gute Reise?«

»Bestens, mein Sohn. Aber schau dich mal an, du bist ja klapperdürr!«, sagte sein Vater und versetzte ihm einen Klaps auf die Schulter.

»Ich finde, er sieht sehr gut aus«, drängte sich Ulla dazwischen und hauchte ihm einen Kuss auf die Wange. »Begleitest du mich morgen in die Universität? Dein Vater weigert sich.«

»Ich kann nicht, Mamma. Ich muss arbeiten.«

»Es gibt reichlich Taxis, Ulla«, sagte Gargiulos Vater kurz. »Während du diese überaus langweiligen Reden in der Universität über dich ergehen lässt, werde ich eine schöne Runde durch die Trödelläden drehen.« Dann, sich schadenfroh an seinen Sohn wendend, schloss er: »Sehen wir uns zum Essen und lernen deine mysteriöse Elettra kennen?«

Valerio warf seiner Mutter einen vorwurfsvollen Blick zu, die schnell versuchte, sich zu rechtfertigen.

»Ich weiß, du hast mir gesagt, ich solle es ihm nicht sagen. Aber du kennst doch deinen Vater …«

Ja, leider kannte er ihn. Ständig dabei, sich in die privaten Dinge anderer einzumischen. Zum Glück hatte Elettra noch nichts davon mitbekommen, dass Valerio sich seiner Mutter anvertraut hatte. Er musste nur dafür sorgen, dass sie sich nie trafen.

»Nein, Papà. Ich komme allein.«

»Oh, wie geheimnisvoll! Hast du Angst, sie könnte mich faszinierender finden als dich? Ich verspreche dir, ihr nicht den Hof zu machen.«

»Fabrizio!«, rief ihn Ulla zur Ordnung. »Hör auf damit, das ist nicht lustig.«

Aber ihr Mann gab nicht nach und fuhr unbeirrt fort: »Auch wenn ich wirklich nicht verstehe, wie du dich so beschränken konntest, in diesem Postkartenstädtchen Polizist zu werden. Fehlt dir nicht das Leben in Neapel, mein Sohn? Hör mal, solltest du es dir noch anders überlegen, kannst du jederzeit deinen Platz einnehmen!«

Valerio versuchte, seinen Ärger niederzukämpfen. Sein Vater merkte wie üblich nicht, dass er bereits Aufsehen erregte. Die Blicke des Concierge und seiner Mitarbeiterin hinter dem Empfangstresen richteten sich einen Augenblick lang neugierig auf ihn.

»Papà, ich bitte dich. Sprich nicht so laut«, flehte Valerio ihn errötend an.

Doch der Mann lächelte und wandte sich mit verschwörerischer Miene an den stoischen Concierge: »Mein Sohn ist ein guter Junge, wissen Sie, aber er versteht mich nie. Er könnte zusammen mit seinem geschätzten Vater in der besten Anwaltskanzlei Neapels arbeiten und einen Haufen Geld verdienen, und was macht er? Hängt ein Juraexamen an den Nagel, um für einen Hungerlohn Taschendieben und Drogenhändlern nachzujagen. Verstehen Sie das?«

»Fabrizio, lass uns gehen. Ich bin müde«, mischte sich Ulla ein und nahm ihn am Arm.

»Aber was hab ich denn Schlimmes gesagt, Ulla? Es ist doch wahr!«

»Wenn Sie mir bitte folgen wollen«, sagte eine junge Frau in schwarzem Kostüm, die sie zum Aufzug begleitete.

Avvocato Gargiulo drehte sich um, um sich von seinem Sohn zu verabschieden, sah ihn aber nicht mehr. Valerio war gegangen, ohne etwas zu sagen.

»Was denn, ist er etwa beleidigt?«

»Was denkst du denn?«, antwortete Ulla und schob ihn in den Aufzug.

Als Valerio wieder zu Elettra ins Auto einstieg, sah er wütend und gereizt aus. Sie hatte vor dem Hotel auf ihn gewartet. Bevor er den Motor anließ und losfuhr, versetzte der Inspektor dem Lenkrad einen Schlag.

»Was ist denn mit dir los?«, fragte sie, überrascht von seinem plötzlichen Stimmungsumschwung.

»Mein Vater …«

»Was ist mit deinem Vater …«

»Er schafft es noch jedes Mal, mich auf die Palme zu bringen!«

»Was ist denn passiert?«

»Nichts. Er macht sich nur einen Spaß daraus, anderer Leute Privatangelegenheiten öffentlich zu machen. Es ist einfach stärker als er. Ich weiß nicht, wie meine Mutter das aushält mit ihm.«

»Wie lange werden sie denn bleiben?«

»Drei Tage, zum Glück. Dann fahren sie nach Istrien.«

Elettra musterte ihn verblüfft. Es geschah nicht oft, dass ihr Kollege die Beherrschung verlor. Sie war es gewöhnt, ihn stets ausgeglichen und heiter zu sehen, jederzeit zu einem Lächeln bereit. Was hatte sein Vater gesagt, das ihn so aufwühlte?

Sie beschloss, nicht weiter nachzufragen. Was auch immer es gewesen war, es ging nur Valerio etwas an. Außerdem hatten sie Radek noch immer nicht gefunden und durften sich keinesfalls ablenken lassen. Radeks Frau war bereits mit den Nerven am Ende. Seit sechs Stunden war er verschwunden.

»Die *Delfino Verde* läuft bald wieder ein. Im Hafen von Grado haben sie gesagt, ein älterer Herr sei an Bord gegangen, auf den die Beschreibung zutrifft. Lass uns mal nachsehen.«

Valerio nickte. »Aber vorher muss ich erst etwas essen. Ich habe ein richtiges Loch im Magen. Leistest du mir Gesellschaft?«

Elettra schaute auf die Uhr und sah, dass es schon fast vier war. Auch sie hatte nicht zu Mittag gegessen, und ihr drehte sich allmählich der Kopf.

»Einverstanden.«

»Was hältst du von einem Kebab?«

»Mit pikantem Hummus?«

»Und danach zwei von diesen teuflischen Süßigkeiten aus Honig und Kokos?«

»Wenn schon, denn schon. Na los!«

10

Cristina Radek war nach dem Zusammenstoß mit Ada wirklich am Boden zerstört. Wie gern hätte sie zumindest eine Freundin gehabt, bei der sie sich aussprechen und ihr Herz ausschütten konnte, aber ihre unangenehme Art hatte dafür gesorgt, dass alle auf Distanz zu ihr gegangen waren.

Das Zusammenleben mit Bruno Kosovitz hatte sich, sie konnte sich nicht länger etwas vormachen, als frustrierend und enttäuschend herausgestellt. Er war ganz und gar nicht derjenige, den sie sich erhofft hatte. Er war ein von Paranoia geplagter, zwanghafter Egozentriker, der sie ihren Mitmenschen noch weiter entfremdet hatte. Cristina hätte gern den Mut aufgebracht, sich von ihm zu trennen, ihn aus dem Haus zu jagen, aber Bruno verfügte über die teuflische Fähigkeit, ihr immer das Gefühl zu vermitteln, sie sei dumm und unzureichend. Die Tatsache, dass sie aus den Zuwendungen, die ihr Vater ihr jeden Monat zukommen ließ, alle Ausgaben bestritt, war für Kosovitz das Mindeste, was sie für das Privileg tun konnte, mit einem so überlegenen Geist wie ihm zusammenzuleben. Immer wieder sagte er ihr, dass er nur noch einen Schritt davon entfernt war, die Formel zu entdecken, die die vier fundamentalen Kräfte vereinte, eine Formel, an der Einstein bis zu seinem Tod gearbeitet hatte, ohne sie zu finden.

»Ich werde es sein, der den Nobelpreis erhält, meine Liebe. Nicht dein Vater, der nichts anderes getan hat, als sentimentale Dummheiten zusammenzuklecksen.«

Doch je häufiger dieser Refrain wiederholt wurde, desto entschlossener schien sich ihm diese gesegnete Formel zu entziehen. Und desto schlechter wurde Brunos Laune. Als Erste hatte ihre Tochter Ada dafür bezahlen müssen, die im Unterschied zu ihr nicht bereit war, sich erniedrigen zu lassen, ohne sich zu wehren. Und so war sie, nach Kosovitz' x-tem Wutanfall, schließlich ausgezogen, um bei den Großeltern zu leben. Und Cristina hatte sie verloren.

Sie dachte an die Freude zurück, die sie empfunden hatte, als sie entdeckt hatte, dass sie schwanger war, mit dreiundvierzig Jahren. Sie hatte längst nicht mehr damit gerechnet. Und dann, als das Mädchen zur Welt gekommen war, so klein, so perfekt. So gesund. Sie hatte geweint vor Freude. Doch dann, fast unmittelbar danach, hatte die Hölle begonnen, nur noch Geschrei und Gezänk. Welche Mühen hatte sie auf sich genommen! Und wofür das alles?

Cristina schaute sich um. Wie sie dieses verstaubte und viel zu große Haus hasste, in dem sie sich sowieso wie eine Gefangene fühlte. In diesem Haus war sie aufgewachsen, zusammen mit ihrem Vater, den Großeltern väterlicherseits und ihrem älteren Bruder Fabio. In diesem Haus war sie zur Heranwachsenden und Rebellin geworden, genau wie ihre Tochter Ada. Von diesem Haus aus war sie im Triumph ausgezogen, um nach Rom zu gehen und zwanzig Jahre später mit eingezogenem Schwanz zurückzukehren, nur um diesen Schuft von Giorgio kennenzulernen und in ein neue Hölle zu geraten. Die Tatsache, dass ihr, und nicht ihrem Bruder Fabio, das Haus zur Nutzung überlassen worden war, bot nicht den geringsten Trost. Sie konnte es nicht vermieten, sie konnte es nicht verkaufen. Sie würde es nur eines Tages erben, nach dem Tod des Vaters. Sie hatte nichts, was nur ihr selbst gehörte. Weder eine Arbeit noch eine wirkliche Familie. Und das war, auf Dauer gesehen, deprimierend. Vor allem, wenn man fast sechzig Jahre alt war.

Manchmal dachte Cristina an Istrien, das Land ihrer Ahnen. Wenn sie wenigstens eine Entschädigung für die Güter bekommen könnte, derer sie enteignet worden waren! Es war ein riesiger Besitz gewesen, den die Großeltern Furian gehabt hatten. Zusätzlich zur Sardinenfabrik, in der Konserven hergestellt wurden, hatten sie auch hundert Hektar Ackerland besessen, eine herrschaftliche Villa und verschiedene Landarbeiterhäuser, was heute Millionen Euro wert war. Ihr Vater hatte nicht einmal davon reden hören wollen, wenn sie es angesprochen hatte. Für ihn war das ein abgeschlossenes Kapitel. Er hatte sich mit der lächerlichen Summe zufriedengegeben, die ihnen als verspätete Wiedergutmachung für die durch den Krieg erlittenen Schäden vom italienischen Staat überwiesen worden war, und hatte seine Tochter gebeten, die Sache ruhen zu lassen. Doch sie konnte das nicht. Sie musste weiter kämpfen. Wenn es ihr gelänge, eine substanzielle Summe herauszuschlagen, so dachte sie, dann könnte sie endlich Triest verlassen und nach Kenia gehen, um bei einer alten Schulfreundin zu leben, die dort ein Resort betrieb, und alles hinter sich lassen. Sie hatte sogar ihren Bruder Fabio gefragt, mit dem sie seit Jahren nicht mehr sprach und der ihr freie Hand gegeben hatte. Zusammen mit anderen Exilanten, die in Triest lebten, hatte Cristina Klage gegen den Ratspräsidenten und das Wirtschaftsministerium eingereicht, um eine angemessene Entschädigung zu erhalten, aber nach Jahren des Wartens war die Antwort des Kassationsgerichtshofs lapidar gewesen. Es war nicht der italienische Staat gewesen, der 1947 die Enteignungen verfügt hatte, sondern Jugoslawien, und folglich konnte er in keiner Weise dafür verantwortlich gemacht werden. Ende der Hoffnungen, Ende der Illusionen.

Cristina hasste die Slawen in allen ihren Ethnien. Ganz besonders jedoch die Kroaten. Ihrer Meinung nach waren sie Usurpatoren, Wilde, und niemals hätte sie mit ihnen irgendetwas zu tun haben wollen. Und doch träumte sie in langen, schlaflosen Nächten manchmal davon, das Tragflächenboot zu besteigen und nach Parenzo hinunterzufahren, als Touristin, um durch jene Straßen und über jenes Land zu gehen, das sie nur aus den Büchern ihres Vaters kannte. Es hätte ihr gefallen, die Villa ihrer Familie zu sehen, vielleicht jemanden zu finden, der ihre Mutter Lea gekannt hatte, von der sie so wenig wusste.

Wie hätte ihr Leben ausgesehen, fragte sie sich, wenn sie in jener kleinen Stadt am Meer lebte, in der jeder Stein von Jahrtausenden italienischer Zivilisation sprach und von ihr getränkt war, wie ihr Großvater immer wieder gesagt hatte? Sie wusste keine Antwort. Das Foto ihrer Mutter, das sie immer in der Brieftasche bei sich trug, zeigte sie, kaum dem Jugendalter entwachsen, vor einem kleinen venezianischen Palazzo. Unter den wenigen Fotos, die sie zu Hause gefunden hatte, hatte sie es allein aus einem Grund ausgewählt. Es war das Einzige, auf dem das Mädchen, das später ihre Mutter werden sollte, lächelte. Ihr Vater hatte ihr gesagt, dass der kleine Palazzo das Haus war, in dem sie geboren worden war, und dass Parenzo Venedig so ähnlich sah, weil die Venezianer es erbaut hatten, wie im Übrigen auch alle anderen Städte Istriens und

Dalmatiens, die seit den Zeiten der alten Römer zu Italien gehört hatten. Ein Grund mehr für Cristina, nicht in jenes Land zurückkehren zu wollen, das nicht nur die Italiener vertrieben hatte, die es seit einem Jahrtausend bevölkerten, sondern obendrein auch noch deren Geschichte und Zivilisation hatte auslöschen wollen.

Sie hatte keine Lust mehr, zu Hause zu bleiben, zumal Bruno bis zum Abend sowieso nicht aus seinem Arbeitszimmer kommen würde und sie wirklich einen Gin Tonic nötig hatte.

Als sie die Villa in der Via Diaz verließ, schlug Cristina erneut die Wärme des Scirocco entgegen, der sich einfach nicht legen wollte. Das Eiscafé *Jazzin*, unweit vom Haus gelegen, war voller junger Leute.

»Sind Sie Cristina Radek?«

Cristina drehte sich um und sah sich einem alten Mann gegenüber, der sich auf einen Gehstock mit einem Knauf in Delfinform stützte. Seine Hände waren von der Arthritis verkrümmt.

»Kennen wir uns?«, fragte sie abweisend und schaute forschend in sein müdes, von Falten durchfurchtes Gesicht.

»Leider nicht. Aber das könnten wir ändern, darf ich Sie zu einem Caffè einladen?«

Das Misstrauen gegenüber Fremden, das zu Cristinas ureigenem Wesen gehörte, wurde durch den kroatischen Akzent des Mannes noch verschärft, der allerdings ein gutes Italienisch zu sprechen schien. Die Tatsache, dass er sehr alt war, machte sie hingegen neugierig. Was konnte er von ihr wollen? Sie musterte ihn, ohne sich zu entscheiden. Es war der Mann, der schließlich ihren Widerstand brach.

»Ich kannte Ihre Mutter Lea gut.«

Cristina riss die Augen auf. War das eine Halluzination? Es schien, als hätte der Alte ihre Gedanken gelesen.

»Ich kann mich nicht erinnern, Sie schon mal gesehen zu haben.«

»Vielleicht, weil ich nicht in Triest lebe.«

»Und wie haben Sie mich gefunden?«

»Das war nicht schwer. Im Telefonbuch.«

Cristina sah ihn genauer an. Er hatte einen wehmütigen Blick, verletzt. Er hatte keine gute Gesichtsfarbe. Er sah krank aus, und das Sprechen strengte ihn an. Sie beschloss, dass es keinen Grund gab, nicht anzuhören, was er zu sagen hatte.

»Ich wollte gerade zur Piazza Unità gehen, um einen Aperitif zu trinken. Wollen wir dorthin gehen?«

»Sehr gut. Aber Sie müssen Geduld mit mir haben, ich gehe langsamer als Sie.«

Cristina und der unbekannte Alte gingen in Richtung der großen Piazza, die in genau diesem Augenblick durch die Schatten, die die Palazzi auf das Pflaster warfen, exakt in der Hälfte geteilt war.

Er atmete mühevoll, es war nicht zu übersehen, dass es ihn große Anstrengung gekostet hatte, bis hierher zu kommen. Cristina entschied sich für das *Audace*, um ihn nicht noch dazu zu zwingen, den ganzen Platz zu überqueren.

Und als sie schließlich an einem der runden Tischchen an der Bar an der Piazza Unità saßen, hörte Cristina alles, was sie nie über ihre Mutter Lea gewusst hatte. Und über ihren Vater.

Ettore Benussi kam etwas außer Atem im *Caffè San Marco* an und schaute sich um. Er hoffte, dass Rhoda Wallace noch nicht da war, damit er noch Zeit hatte, sich kurz frisch zu machen. Er hatte das Auto auf dem Parkplatz am Foro Ulpiano abstellen müssen, und der Fußweg unter der stechenden Sonne hatte ihn gleich erschöpft. Das Gehen strengte ihn an, auch weil er zu seinem großen Missvergnügen in den letzten Monaten wieder zugenommen hatte. Er hatte sich vergeblich Hoffnung gemacht, dass ihn der Sturz von der Klippe wundersamerweise vom Problem der überflüssigen Kilos befreit hätte, doch stattdessen hatten sich Tag um Tag, heimlich und in aller Stille, die verhassten Fettpolster wieder um seinen Bauch gelegt. Als reichte das nicht, war er auch noch schweißgebadet, und er wollte ganz sicher nicht jener Frau, die vielleicht seine Agentin werden würde, eine feuchte und klebrige Hand reichen.

»Commissario Benussi!«, sagte eine weibliche Stimme hinter ihm.

Verdammt! Er fuhr herum, rieb die Hand am Hemd ab, bereit, das Unvermeidliche zu tun, doch die Frau, die ihm gegenüberstand, war eine junge Frau, die auf keinen Fall Wallace sein konnte. Zu slawisch und vor allem viel zu bescheiden gekleidet.

»Ja?«

»Ich habe Sie sofort wiedererkannt. Erinnern Sie sich nicht mehr an mich?«

Ungeduldig warf Benussi einen Blick auf sie und schüttelte dabei den Kopf. Er verlor hier kostbare Minuten.

»Ich bin Irina! Irina Schatz!«

»Es tut mir leid, aber im Augenblick …«

»Ich war die Freundin von Sergio Cohen, dem Neffen von Ursula Cohen!«

Plötzlich erinnerte Benussi sich, aber er hatte trotzdem keine Zeit, um in Erinnerungen zu schwelgen.

»Ah ja, jetzt erkenne ich Sie. Wie geht es Ihnen? Sie

sehen gut aus … Entschuldigen Sie, aber ich muss wirklich weiter.«

»Ich habe von Ihrem Unfall gehört.«

In dem Augenblick trat eine gut aussehende Frau in einem Kleid aus feuerroter Seide zu flachen Schuhen in derselben Farbe mit einer schweren Aktentasche in der Hand durch die Schwingtür. Dem Foto nach, das er im Internet gesehen hatte, schloss Benussi, dass sie es war, Rhoda Wallace. Er musste sich beeilen.

»Können Sie mir einen Gefallen tun, Irina? Sehen Sie die Dame, die da gerade hereinkommt? Können Sie sie bitten, Platz zu nehmen, und ihr ausrichten, dass Commissario Benussi gleich bei ihr ist?«

»Ja, natürlich.«

»Danke!«

Ohne ein weiteres Wort erreichte Benussi endlich die Toilette.

Vor dem Spiegel versuchte er, sich mit den Augen der englischen Literaturagentin zu sehen. Er hätte gern ausgesehen wie Gianrico Carofiglio, doch stattdessen erinnerte er eher an Paolo Villaggio in der Komödie *Fantozzi*. Obwohl er geduscht und einen weißen Leinenanzug angezogen hatte, verlieh die natürliche Rauheit des Stoffs seiner nunmehr wieder rundlichen Erscheinung nicht die erhoffte aristokratische Eleganz. Als genügte das noch nicht, prangte ein Kaffeefleck auf dem blauen Hemd, dem zudem noch ein Knopf fehlte, ausgerechnet in der Nähe des Bauchnabels.

Immer mit der Ruhe, dachte Benussi und schloss mit einiger Mühe den mittleren Knopf der Jacke. Nicht einmal Camilleri, tröstete er sich, konnte sich als Leinwandschönheit bezeichnen, und das hatte ihn nicht daran gehindert, Erfolg zu haben. Genug der Übertreibungen! Er wusch sich Hände und Gesicht, dann wappnete er sich für das gefürchtete Verdikt. Der Moment der Wahrheit war endlich gekommen.

Rhoda Wallace saß an einem Tisch und telefonierte. Sie war wirklich eine schöne Frau, stellte der Kommissar fest. Um die vierzig, lange, dunkelbraune Haare, die zu einem schlichten Pferdeschwanz zusammengenommen waren und ihrem Gesicht ein Strahlen verliehen, das aus einer anderen Zeit zu stammen schien. Ungeschminkt, nur ein einfaches Korallenarmband ums Handgelenk, bewegte sie die freie Hand mit selbstsicherer Anmut, um dem unsichtbaren Gesprächspartner ihre Gründe zu erklären.

»Ich weiß, dass er müde ist, aber kannst du ihn wirklich nicht überzeugen?«

Rhoda sah auf und erblickte einen dicklichen, in Weiß gekleideten Mann, der sie lächelnd ansah.

»Entschuldige, ich muss Schluss machen. Er ist persönlich hier. Ich rufe dich nachher zurück.«

»Ich wollte Sie nicht unterbrechen«, sagte Benussi und streckte ihr die Hand hin.

»Macht nichts«, sagte die Frau, während sie aufstand und seinen Händedruck energisch erwiderte. »Rhoda Wallace, und Sie müssen Mario Benussi sein, richtig?«

»Mit Benussi liegen Sie richtig, aber nicht mit Mario. Ich heiße Ettore, zu Ehren meines berühmten Mitbürgers ...«

In Gedanken noch bei ihrem Telefongespräch, starrte Rhoda ihn verständnislos an.

»Ettore Schmitz, in der Welt der Kunst Italo Svevo«, erklärte Benussi lächelnd.

»Ah, natürlich! Ja, entschuldigen Sie. Und ich habe gerade darüber diskutiert ... aber gut, das spielt keine Rolle. Bestellen Sie etwas, Commissario?«

»Einen Spritz.«

»Und das wäre? Ich vergesse immer …«

»Ein typischer Aperitif unserer Gegend. Prosecco, Bitter, Mineralwasser. Nichts Besonderes, aber bei der Hitze ist er erfrischend.«

»Dann nehme ich auch einen.«

Benussi drehte sich um, um einen Kellner zu rufen, und sah Irina Schatz, die noch einmal mit einem Glas in der Hand auf ihn zukam.

»Sie wünschen?«

»Also arbeiten Sie hier!«

»Ja, seit drei Monaten …«

Als er den fragenden Ausdruck auf Rhoda Wallace' Gesicht sah, erklärte Benussi: »Ich kenne die Signorina von den Ermittlungen zu einem komplizierten Fall. Wissen Sie, bei meiner Arbeit passiert es leicht …«

»Und er hat sein Leben riskiert, um das eines jungen Mannes zu retten. Der Commissario ist ein echter Held«, sagte Irina voll aufrichtiger Bewunderung.

»Zwei Spritz!«, schnitt Benussi ihr das Wort ab, der endlich zu dem so sehnlich erwarteten Gespräch mit der Agentin kommen wollte.

»Sofort, Commissario.«

Rhoda Wallace lächelte und stellte den Klingelton ihres Smartphones leise.

»Das muss eine sehr schwierige Arbeit sein, die Sie da haben, Commissario.«

»Ein Buch zu schreiben, ist sehr viel schwieriger, glauben Sie mir.«

»Das freut mich zu hören. Sie wissen ja nicht, wie viele angehende Autoren mir beteuert haben, dass Schreiben für sie wie Atmen sei. Es reicht schon, sich an den Computer zu setzen und … paff … kommen die Wörter wie von allein.«

»Nun, mir ist es ganz sicher nicht so ergangen. Ich habe Monate gebraucht, um das Buch zur Welt zu bringen, das Sie gelesen haben. Um es zu schreiben und immer wieder umzuschreiben. Und jetzt noch, wenn ich es wieder lese, weiß ich sofort, was ich noch ändern würde.«

Wallace' Blick war teilnahmsvoll und aufmerksam.

»Ein weiterer Punkt zu Ihren Gunsten. Menschen, die ihrer selbst zu sicher sind, sind fast nie interessant.«

Irina kam mit den Spritz zurück und brachte dazu noch Nüsschen und Oliven, über die Benussi am liebsten gleich hergefallen wäre, er konnte sich aber im letzten Moment noch zusammenreißen. Er konnte es sich nicht leisten, hier den Vielfraß zu geben.

»Seit wann schreiben Sie, Commissario?«

»Oh, hm … Um die Wahrheit zu sagen, denke ich schon mein ganzes Leben daran, aber ich hatte nie den richtigen Zeitpunkt gefunden. Ich habe mir Notizen gemacht, Ideen zu Papier gebracht, ohne jemals … Also, das ist das erste Mal, dass ich wirklich ein Buch angefangen und zu Ende geschrieben habe. Ich war in Rekonvaleszenz zu Hause und hatte zu viel Zeit, also habe ich es am Ende wenigstens versucht. Ich hatte keine Ausrede mehr.«

»Wenn das so ist, muss ich Ihnen gratulieren. Sie haben wirklich einen guten Thriller geschrieben.«

Benussi wurde knallrot.

»Meinen Sie wirklich?«

»Warum sollte ich lügen?«

»Finden Sie nicht, dass noch viel Arbeit daran ist? Die Persönlichkeit des Organhändlers ist ein bisschen zu holzschnittartig …«

»Da stimme ich Ihnen zu. Die Handlung kommt einem ein bisschen bekannt vor, sie ist nicht so originell, aber die Figuren sind es. Man nimmt sofort Anteil an ihnen, und das ist heutzutage bei Thrillern selten der Fall. Das Gefühl, das sie durchdringt, wirkt echt, sodass man sich damit identifizieren kann, ganz anders als bei dem düsteren Zynismus, der in den Krimis herrscht, die in den letzten Jahren in Mode waren. Ihr Kommissar und seine Mitarbeiter haben etwas Vertrautes an sich, als würde man sie schon immer kennen. Haben Sie sich dabei vielleicht von realen Personen inspirieren lassen?«

Benussi dachte einen Augenblick darüber nach. »Würde ich nicht sagen. Vielleicht unbewusst.«

»Das soll keine Kritik sein, im Gegenteil. Es ist naheliegend, aus den eigenen Erfahrungen zu schöpfen, Commissario. Das Wichtige ist, dass man sie übertragen kann und sich nicht damit zufriedengibt, sklavisch selbst erlebte Dialoge oder Situationen zu referieren. Das tun wer weiß wie viele Leute. Sie verwechseln das Bedürfnis, etwas aus ihrem Leben zu erzählen, mit Literatur, und man kann ihnen einfach nicht erklären, dass das so nicht funktioniert.«

Benussi war Rhoda Wallace für diesen komplizenhaften Ton dankbar, sie verlieh ihm das Gefühl, als sei er bereits in die ersehnte literarische Welt aufgenommen. Das brachte ihn dazu, sich die möglichen Reaktionen seiner Mitbürger vorzustellen, wenn sie ein Buch von ihm in den Buchhandlungen der Stadt ausliegen sehen würden, als die kalte Dusche kam.

»Nachdem das gesagt ist, Commissario, kann ich Ihnen allerdings die Schwierigkeiten nicht verschweigen. Ein gutes Buch geschrieben zu haben, und Ihres ist gut, auch wenn noch Arbeit hineingesteckt werden muss, bedeutet nicht automatisch, es auch veröffentlicht zu sehen.«

Benussis Herz krampfte sich zusammen. Was versuchte sie ihm zu sagen?

»Die Lage auf dem Buchmarkt ist derzeit nicht gerade einfach.«

»Wollen Sie mir sagen, dass …«

»Ich sage, dass ich Ihnen nichts versprechen kann. Der Erfolg eines Buches hängt von so vielen Faktoren ab, und nicht alle sind steuerbar. Auch wenn man das Glück hat, einen Verleger zu finden, der bereit ist, auf einen Unbekannten zu setzen, ist nicht ausgemacht, dass die Rechnung aufgeht. Es hängt von der Jahreszeit ab, in der das Buch herauskommt, davon, ob es der Presseabteilung gelingt, es in den Medien besprechen zu lassen, von den Preisen, auf die es hoffen kann, von der Überzeugungsarbeit, die der Verleger bei den Käufern der großen Ketten oder den kleinen, unabhängigen Buchhändlern leisten kann. Nicht zuletzt vom Titel, der ein echter Knaller sein muss. Wie oft hat in den letzten Jahren ein Buch mit zweifelhaftem Inhalt aufgrund eines guten Titels gewonnen?«

Je mehr Informationen ihm Wallace hinschmiss, desto tiefer sank Benussis Moral. Diese freundliche Dame, die ihm da gegenübersaß, versuchte ihm überaus professionell und kenntnisreich dieselben Sachen zu sagen wie seine Frau Carla.

»Vergessen Sie eines nicht, Commissario. Ein Buch zu publizieren ist nicht das gottgegebene Recht eines Autors, sondern eine Herausforderung, in erster Linie eine wirtschaftliche, die man annimmt, wenn man sich entscheidet, es mit einem bereits gesättigten Markt aufzunehmen. Eine Herausforderung, die man gewinnen oder verlieren kann. Aber auf jeden Fall muss man zu zweit sein dafür. Ein Autor und ein Verleger. Zu publizieren bedeutet, einen Verleger zu überzeugen und die größtmögliche Zahl von Lesern zu gewinnen. Und um das zu erreichen, muss der

Autor, besonders wenn er wie Sie noch unbekannt ist, bereit sein, ein engagierter Reisender in Sachen seines eigenen Talents zu werden, der sich keiner Präsentation verweigert, keinen noch so kleinen Preis ausschlägt, keiner Podiumsdiskussion aus dem Weg geht, auch wenn sie tausend Kilometer von seinem Wohnort entfernt stattfindet und auch wenn am Ende nur sechs oder sieben Leute kommen, um zuzuhören. Das sind die Spielregeln. Wären Sie bereit, sich darauf einzulassen?«

Benussi lauschte ihr verblüfft und verunsichert. Er wusste nicht, was er antworten sollte, er fühlte sich schrecklich provinziell und unfähig.

»Die Manager der großen Verlagshäuser sind keine guten Samariter mehr, sondern Geschäftsleute, die in erster Linie versuchen, ihre Bilanzen aufgehen zu lassen und Profit daraus zu schlagen. Wenn Sie sich entscheiden, mir ihr Buch anzuvertrauen, werde ich auf allen Kanälen versuchen, es publizieren zu lassen. Das ist ja mein Job. Aber ich muss sicher sein, dass Sie auch bereit sind, mögliche Opfer auf sich zu nehmen. Ich möchte Ihnen da nichts vormachen.«

»Ist denn Ihrer Meinung nach ganz und gar ausgeschlossen, dass es erfolgreich wird?«

»Zäumen wir das Pferd nicht von hinten auf, Commissario. Ich wollte nur ehrlich zu Ihnen sein. Sie wissen ja nicht, wie viele Autoren mir vorwerfen, ich hätte sie getäuscht, weil sie nicht das erreicht haben, was sie sich erhofften. Als wäre das meine Schuld.«

»Also was raten Sie mir?«

»Als Erstes würde ich Ihnen gern den Kontakt zu einem guten Lektor vermitteln, der mit mir zusammenarbeitet. Er wird Ihnen die Schwachstellen Ihres Thrillers aufzeigen, an denen Sie dann gemeinsam arbeiten können. So, wie er im Moment ist, hat er nur geringe Aussichten darauf, gekauft zu werden. Ist Ihnen das recht?«

Das war nicht ganz, was er erhofft hatte, aber ihm blieb nichts anderes übrig, als zu nicken.

Rhoda Wallace sah ihn teilnahmsvoll an. Der Mann sah wirklich verschüchtert aus, vielleicht hatte sie es doch übertrieben, und das wollte sie wiedergutmachen.

»Können Sie sich morgen den Vormittag freinehmen, Commissario?«

»Warum?«

»Ich hätte gern, dass Sie mich zur Fakultät für Literatur und Philosophie begleiten. Morgen wird Ivo Radek die Ehrendoktorwürde verliehen, und ich bin sicher, dass das, was er in seiner Antrittsrede sagen wird, Ihnen sehr nützlich sein wird. Außerdem werden zwei wichtige Verleger dort sein. Ich könnte Sie mit ihnen bekannt machen und durchblicken lassen, dass ich ein aufsehenerregendes Buch in den Händen habe …«

Ihm fehlten die Worte. »Aber, wo Sie mir doch gerade gesagt haben, dass …«

»Schneller als die anderen zu sein, das ist es, was die Verleger begeistert. Wie ich sagte, seit ein paar Jahren werden am meisten Krimis nachgefragt. Wenn sie dann noch von einem echten Kommissar geschrieben sind, erregen sie noch mehr Neugier. Alle sind mehr auf der Suche nach Persönlichkeiten statt nach Schriftstellern. Und Sie haben alle Eigenschaften, um eine zu werden.«

»In welcher Hinsicht?«, fragte Benussi, verzweifelt.

»Lassen Sie mich nur machen … Wollen Sie nicht ans Telefon gehen?«

In der Tat klingelte das Telefon des Kommissars in seiner Tasche, aber er hatte ihr so konzentriert zugehört, dass er nicht wahrgenommen hatte, dass es seines war.

»Entschuldigen Sie«, sagte er und stand auf, um den Anruf anzunehmen. »Ja, Gargiulo? Neuigkeiten? Ihr habt ihn gefunden? Und wo?«

Auch Rhoda Wallace erhob sich, bereit zu gehen. Sie hatte die Aktentasche in der Hand und suchte mit dem Blick nach der Kellnerin.

»Nein, lassen Sie nur!«, rief Benussi ihr zu. »Das übernehme ich.« Dann in anderem Tonfall: »Nein, Sie meine ich nicht, *Napoli*. Ich rufe Sie zurück.«

Benussi brach das Gespräch unvermittelt ab und kehrte lächelnd zu seiner neuen Agentin zurück.

»Es hat mich sehr gefreut, Sie kennengelernt zu haben. Wir sehen uns morgen bei der Verleihung. Soll ich Sie abholen?«

»Nein, vielen Dank, aber mein Hotel ist ganz in der Nähe. Bis morgen.«

Als er ihr nachschaute, konnte er nicht umhin, noch einmal den sportlichen, vitalen Körper seiner neuen Agentin zu bewundern, und fragte sich, wer wohl der Glückliche war, der ihre Nächte teilen durfte.

Ivo Radek hatte am Morgen ein Einschreiben bekommen, kurz nachdem Petra das Haus verlassen hatte, um sich mit Kunz zu treffen. Er war allein zu Hause gewesen und hatte es nicht vermeiden können, dem Briefträger die Tür aufzumachen.

Normalerweise kümmerte er sich nicht um so weltliche Dinge, und nie schaute er die Briefe durch. Sie beunruhigten ihn mit ihrer impliziten Forderung nach Antworten, auf die er nie Lust hatte. Wörter, Wörter, Wörter. Bergeweise unnütze Wörter. Petra öffnete und sichtete sie und gab ihm nur die wichtigsten zu lesen, aber heute Morgen, wer weiß warum, war sein Blick von der Briefmarke angezogen worden, einer kroatischen, und vor allem vom Namen des Absenders. F. Mornar. War das möglich? Frano!

Der Umschlag war dick, wie der Brief auch. Gut zwanzig Seiten in der Handschrift, die er so gut kannte, auch wenn sie ein bisschen zittrig war. Er hätte die Lektüre gern aufgeschoben, den Brief irgendwo unter den Stapeln versteckt, die seit Wochen auf ihn warteten, aber hier verlangte etwas nach Aufmerksamkeit, und es schien dringlich zu sein. Etwas, das er nicht länger aufschieben konnte. Außerdem war es eine gute Möglichkeit, um den Tag herumzubringen, ohne an die Hölle denken zu müssen, die ihn morgen erwartete. Aber er hatte keine Lust gehabt, ihn hier zu lesen. Petra oder die Kinder hätten jederzeit zurückkommen können, er aber wollte eine lange Zeitspanne für sich haben, in Ruhe und ungestört.

Also hatte er sich angezogen, Petra einen Zettel geschrieben und war hinausgegangen, in der Absicht zu den Sitzbänken am Passeggio Sant' Andrea zu gehen. Dort wollte er lesen.

Dann, im Gehen, war sein Blick auf die vertraute Silhouette der *Delfino Verde* gefallen, die sich zur Abfahrt bereit machte, und so hatte er seine Pläne geändert und war an Bord gegangen. Gab es einen besseren Platz, um einen Brief zu lesen, der aus der Vergangenheit kam, als mitten auf jenem Meer, das den Hintergrund und das Bindemittel einer alten Freundschaft gebildet hatte?

Es war ein äußerst seltsamer Tag geworden, ein Spaziergang am Strand von Grado in Gesellschaft seiner Gespenster. Ein Tag, der so vieles infrage gestellt hatte. So vieles, dem er sich würde stellen müssen, so viele Beziehungen, die er würde ändern müssen in seinem Leben.

Aber er brauchte Zeit, um das zu tun. Er musste all diese Informationen erst einmal sacken lassen. Vor allem musste er diese verdammte Pinguin-Zeremonie hinter sich bringen. Er würde mit Petra sprechen, nachdem er sich ein bisschen erholt hatte, würde ihr den Brief zu lesen geben, und zusammen würden sie beschließen, wie mit dem Ganzen umzugehen sei. Sie würde ihm helfen, wie immer.

Vom Schiff aus kam ihm Triest in seiner ganzen müden Unentschiedenheit entgegen. Sieh nur, wie spät es ist! Schon vier! Wie schnell doch die Zeit vergangen war! So lange hatte er eigentlich gar nicht weg sein wollen.

Als er die Hand in die Tasche steckte, um nach der Brille zu tasten, geriet ihm ein Stückchen Papier zwischen die Finger. Er zog es heraus und erbleichte. Es war der Zettel, den er für Petra geschrieben hatte. Abgelenkt, wie er gewesen war, hatte er ihn geschrieben und dann in die Tasche gesteckt.

Daher wunderte er sich nicht, als ihm an der Stazione Marittima die beiden jungen Inspektoren gegenüberstanden, die sich damals um seine Enkelin Ada gekümmert hatten. Es musste zu Hause ordentlich Trara gegeben haben.

Sein entwaffnendstes Lächeln auf dem Gesicht ging er den Schiffssteg hinunter und wedelte dabei mit dem Zettelchen in der Hand.

11

Am Morgen des 27. Juni kündigte sich der Tag noch wärmer an als der vorige. Das Thermometer erreichte die fünfunddreißig Grad, wobei der schwüle Wind des Scirocco alles noch gefühlte fünf Grad wärmer erscheinen ließ.

Inspektor Valerio Gargiulo hatte in der Nacht kein Auge zugemacht, und nicht nur wegen der Wärme. Um Viertel nach sieben war er schon an der Strandpromenade von Barcola, um sich ins Wasser zu stürzen und sich von dem Felsblock zu befreien, der auf ihm lastete. Am Vorabend war tatsächlich geschehen, was er von ganzem Herzen gehofft hatte, verhindern zu können.

Elettra hatte seine Eltern kennengelernt.

Natürlich war das nicht geplant gewesen. Im Gegenteil, Gargiulo hatte alles dafür getan, um sich nicht festzulegen, aber gegen Schichtende hatte sie ihn gefragt, ob sie zusammen essen wollten, und es war ihm nicht gelungen zu verschweigen, dass er schon mit seinen Eltern im *Ritrovo Marittimo* verabredet war, dem besten Fischrestaurant der Stadt.

Ganz sicher hatte er überhaupt nicht damit gerechnet, dass seine Kollegin darauf bestehen würde mitzukommen, er wusste, dass sie keinen Fisch mochte, wie er übrigens auch nicht, und dass sie vor allem nicht gern neue Bekanntschaften machte. Aber es war nichts zu machen gewesen. Elettra wollte nicht allein sein und war außerdem neugierig darauf, Valerios Eltern kennenzulernen.

Der Abend hatte ganz gut angefangen. Seine Mutter Ulla musste ihren Mann vorher eingeschworen haben, und während der ersten halben Stunde hatte der brillante Anwalt seinen ganzen neapolitanischen Charme spielen lassen und lustige Anekdoten über Neapel und seine Einwohner erzählt.

Giulio, der Eigentümer und Chef des Restaurants, war mehrfach an den Tisch gerufen worden, um in aller Öffentlichkeit gelobt zu werden, und natürlich um ihm noch weitere Empfehlungen zu entlocken. Elettra hatte eine Fischlasagne probiert, die ihr wundersamerweise geschmeckt hatte, und Valerio hatte angefangen, sich zu entspannen, als das Nichtwiedergutzumachende geschah.

»Also, liebe Elettra, wann werden Sie uns denn in Neapel besuchen?«, hatte Fabrizio Gargiulo plötzlich mit unschuldiger Miene gefragt.

»Ach, ich weiß nicht … Irgendwann …«

»Valerio hat Ihnen wohl nicht gesagt, dass ihm die große Wohnung in Posillipo zu Verfügung steht? Der ideale Platz, um Kinder aufwachsen zu lassen.«

Elettra hatte dem erbleichenden Valerio einen fragenden Blick zugeworfen.

»Papà, ich bitte dich …«

»Warum, was habe ich denn gesagt? Wollt ihr etwa keine Kinder?«

»Fabrizio!«, hatte ihn Ulla ermahnt.

»Was denn? Ist es denn ein Verbrechen, zu hoffen, dass mein Sohn irgendwann Erben hat?«

Elettras Blick war eisig geworden.

»Ihr wollt es doch wohl nicht wie die jungen Leute von heute halten, die zusammenleben, ohne verheiratet zu sein?«, war der betagte Anwalt unbeirrt fortgefahren. »Mein Freund … meine Gefährtin … Was ist denn das? Seid ihr jetzt alle Kommunisten geworden?«

Valerio hatte gesehen, wie Elettra blass wurde und dann aufsprang und nach draußen ging.

»Was habe ich denn jetzt schon wieder Schlimmes gesagt?«, fragte Fabrizio Gargiulo seine Frau mit unschuldiger Miene.

»Du hattest versprochen, nichts zu sagen.«

»Das stimmt nicht. Du hattest mir gesagt, ich soll mich nicht dumm anstellen, aber nicht, dass ich mich nicht über die Zukunftspläne meines Sohnes informieren darf.«

Valerio hatte beiden tödliche Blicke zugeworfen und war dann nach draußen gelaufen, um Elettra zu suchen, die mit großen Schritten mitten auf der Straße marschierte.

»Lass mich in Ruhe!«, hatte sie geschrien, als er sie erreichte.

»Ich bitte dich, Ely …«

»Nenn mich nicht Ely! Das kann ich nicht ausstehen!«

Valerio hatte schneller gehen müssen, um mit ihr Schritt zu halten.

»Bleib doch bitte mal stehen. Lass mich das erklären.«

Mit einem Mal hatte sie sich umgedreht und ihn wütend angefunkelt.

»Was willst du mir denn erklären? Dass es dir leid tut? Glaub mir, mir tut es auch leid. Wie konntest du nur? Nur weil wir ein paarmal miteinander ins Bett gegangen sind, heißt das doch nicht, dass ich dein Eigentum bin!«

»Ich habe dich nie als mein Eigentum betrachtet«, hatte Valerio versucht zu antworten.

»Ach nein? Gut, dann erklär das mal deinem lieben Papà, der schon eine Wohnung für die süße kleine Ehefrau seines Sohnes eingerichtet hat. Wer hat ihn wohl auf diese Idee gebracht?«

»Mein Vater ist ein Arschloch, ist er schon immer gewesen. Ihm hab ich überhaupt kein Wort gesagt. Nur meiner Mutter. Sie wollte wissen, ob ich in Triest jemanden kennengelernt habe. Du weißt doch, wie Mütter sind ...«

»Nein, das weiß ich nicht. Falls du es nicht vergessen hast, bin ich bei meiner Geburt verlassen worden.«

Valerio reichte es.

»Jetzt sei mal nicht so melodramatisch!«

»Ich bin nicht melodramatisch! Ich bin enttäuscht, Valerio Gargiulo. Du hast mich zutiefst enttäuscht!«

Bei diesen Worten spürte Valerio, wie ihm das Blut in den Kopf stieg.

»Du bist es, die mich enttäuscht hat, Elettra Morin!«, hatte er angefangen zu schreien. »Was glaubst du eigentlich, wer du bist? Du nimmst mich, knetest mich weich, verschwindest und kommst wieder zurück. Und ich muss immer schön stillhalten und artig sein und alles annehmen, was die gnädige Prinzessin beschließt, mir zuzugestehen. Ich bin kein Hampelmann, mit dem du machen kannst, was dir gerade in den Kopf kommt. Ich hab auch Gefühle, verdammt noch mal!«

Und ohne abzuwarten hatte Valerio sich umgedreht und war in die schwüle Dunkelheit der Nacht gelaufen.

Elettra hatte ihn nicht zurückgerufen.

Jetzt schwamm Valerio mit großen Armschlägen im noch morgendlich kalten Meer, ohne zu wissen, was er mit dem Tag anfangen sollte. Wenn seine Eltern nicht in Triest gewesen wären, hätte er um einen Tag Urlaub gebeten und sich zu Hause eingeschlossen, um zu schlafen. Er hatte nicht die geringste Lust, sich mit Elettra auseinanderzusetzen. Er war müde und fühlte sich gedemütigt. Einen Augenblick lang dachte er darüber nach, die Einladung seines Vaters, in Neapel in seine Kanzlei einzutreten, anzunehmen. Wie konnte er jetzt noch in Triest bleiben, nach dem, was passiert war? Was ihn am meisten verletzt hatte, war die Ablehnung, die er in Elettras Augen gesehen hatte. Als zählte das, was zwischen ihnen war, für sie überhaupt nichts, als hätte er sie tatsächlich beleidigt, nur indem er gewagt hatte, seiner Mutter etwas von ihrer Beziehung zu erzählen. War das denn ein Verbrechen? Und warum? Von welchem Planeten stammte diese Frau? Warum war alles, was für ihn normal war, für sie eine Beleidigung?

Valerio stieg seufzend aus dem Wasser. Er musste sich dieses Mädchen aus dem Kopf schlagen. Die Kleine passte nicht zu ihm, sie war zu anders, zu fremd, zu kompliziert. Er würde nie mit ihr auf einen Nenner kommen. Er musste sich den Beweisen beugen.

Dieses Mal war Schluss.

Wirklich Schluss.

Auch Elettra hatte keinen Schlaf gefunden. Sie war sich bewusst, dass sie es übertrieben hatte, und wusste nicht, wie sie es wiedergutmachen sollte, aber es war einfach stärker als sie gewesen. Sie drehte durch, wenn jemand auch nur so tat, als wollte er sie einsperren, und erst recht, wenn es dabei um eine Rolle ging, die ihr nicht entsprach. Und dann noch dieser Mann mit seiner triumphierenden und präpotenten Art ... Das war wirklich unerträglich gewesen.

Jetzt verstand sie, warum Valerio so wütend gewesen war. Der Arme! Sie wusste, dass sie ihn verletzt hatte, und das tat ihr leid. Sie mochte ihn wirklich gern und wollte ihn nicht verlieren, war aber andererseits auch noch nicht bereit zu einer festen Bindung. Sie hatte so oft versucht, es ihm zu erklären, und alles hatte danach ausgesehen, als hätte er es verstanden, aber offensichtlich hatte er nur so getan. Andererseits konnte sie ihm das auch nicht zum Vorwurf machen. Es war nicht leicht für einen Mann zu verstehen, dass das, was sie an ihrer Beziehung so anzog, gleichzeitig auch das war, was sie schrecklich ängstigte.

Als die Morgenröte heraufzog, um sie von Reue und Ängsten zu befreien, fand sie sich immer noch zusammengerollt auf dem Sofa liegend, die Katze Perla an sich gekuschelt. Sie wusste nicht, wie sie sich verhalten sollte. Sie war noch nie gut darin gewesen, um Entschuldigung zu bitten. Sie beschloss, ihn anzurufen und ihm zu sagen, dass sie sich nicht gut fühlte und nach Monfalcone zu Claudio, ihrem Adoptivvater, fuhr. Seit Aurora tot war, die bewundernswerte Frau, die sie großgezogen und geliebt hatte, fuhr sie nur noch selten zu dem weißen Häuschen, in dem sie aufgewachsen war. Sie beschränkte sich auf kurze Telefonate hier und da, wobei sie immer versprach, irgendwann zu Besuch zu kommen, was sie aber nie tat.

Obwohl sechs Monate seit jenem traurigen Tag vergangen waren, tat sich Elettra immer noch schwer damit, es zu akzeptieren. Aurora war für sie mehr als eine Mutter gewesen, sie hätte auf nichts Besseres hoffen können. Ausgeglichen, warmherzig, fröhlich. Aber sogar Aurora gegenüber, die ihren Ängsten und Schatten mit geduldiger Heiterkeit begegnet war, hatte Elettra es geschafft, hart und distanziert zu sein. Und die Erinnerung an manche Missverständnisse schmerzte immer noch.

In der Tat war das, was sie von Monfalcone fernhielt, ein Gefühl der Schuld. Auch wenn ihr Vater ihr nie irgendeinen Vorwurf gemacht hatte, fühlte sie sich in seiner Gegenwart immer etwas unwohl. Der Umstand, dass Claudio nach vierzig Jahren Ehe nicht zusammengebrochen war und es auch noch geschafft hatte, sich um das Haus, die Katzenkolonie und den Garten zu kümmern wie immer, sorgte dafür, dass sie sich noch unzureichender fühlte. Sie verfluchte die Macht, mit der sie ihre Kindheitserinnerungen festhielten und sie zu ewigem Groll verurteilten. Sie hätte sich gern einem Gefühl echter Dankbarkeit dem Leben gegenüber hingegeben, auch für die Geschenke, die es ihr trotz allem zu machen gewusst hatte. Aber es war stärker als sie. Niemand würde es je schaffen, die Mauer einzureißen, die sie von den anderen trennte.

Nicht einmal Valerio.

Elettra wartete bis acht, bis sie auf dem Kommissariat anrief und um einen freien Tag bat. Doch als sie das tat, erfuhr sie, dass auch Kommissar Benussi und Inspektor Valerio Gargiulo dasselbe getan hatten und beide auch frei bekommen hatten.

Einer von ihnen musste immer im Dienst bleiben, und diesmal traf es sie.

Als Bruno Kosovitz die Küche betrat, am Morgen des 27. Juni, fühlte er sich nicht gut. Ihm taten die Augen weh, und das Licht schmerzte ihn. Dieser verdammte Diabetes war wirklich eine Katastrophe. Die Zuckerkrankheit war erst spät bei ihm diagnostiziert worden, als er etwa fünfzig war, und ein paar Monate lang hatte er versucht, sie zu ignorieren. Es kam ihm beinahe wie eine Beleidigung vor, dass sie es gewagt hatte, sich ausgerechnet bei ihm zu zeigen, der eine echte Phobie vor Spritzen hatte und vor allem nicht im Mindesten Lust dazu, mit dem Trinken und Rauchen aufzuhören und den Bergen von Süßigkeiten abzuschwören. Sein Hirn brauchte Glukose, Nikotin und Alkohol, um zu Höchstform aufzulaufen. Aber er hatte sich fügen müssen, schweren Herzens. Daher rührte seine permanente schlechte Laune. Verdammtes Insulin!

Cristina war nicht zum Schlafen nach Hause gekommen. Wo zum Teufel steckte diese verfluchte Frau nun wieder? Nicht, dass es ihm sonderlich wichtig gewesen wäre, aber er hatte es noch nie leiden können, sich seinen Morgenkaffee selbst kochen zu müssen. Und dann wollte er sich rechtzeitig auf die Verleihung vorbereiten. Diese Gelegenheit, sich unter den angesehensten Leuten Triests blicken zu lassen, die mit Sicherheit für die Verleihung der Ehrendoktorwürde an Radek zusammenkommen würden, konnte er sich nicht entgehen lassen. Vor allem wollte er es schaffen, mit dem Rektor zu sprechen, der Kontakte zu den wichtigsten Wissenschaftszeitschriften hatte, da er Quantenphysik in Princeton unterrichtet hatte. Er wollte sich seiner Unterstützung sicher sein, wenn er endlich die Entdeckung machte, die ihn direkt in das wissenschaftliche Empyreum der Größten der Theoretischen Physik aller Zeiten katapultieren würde.

Plötzlich hörte Bruno ein verdächtiges Geräusch aus dem Wohnzimmer dringen. Es klang wie splitterndes Glas.

»Wer ist da?«

Keine Reaktion.

»Cristina, bist du's?«

Nichts. Ob es tatsächlich Einbrecher waren?

Vorsichtshalber nahm er ein Küchenmesser mit und schlich vorsichtig den Flur entlang. Mit angehaltenem Atem betrat er das Wohnzimmer. Jemand bewegte sich hinter dem Sofa. Der runde Tisch war umgefallen und hatte die Lampe und Gläser mitgerissen.

Kosovitz näherte sich auf Zehenspitzen, das Messer hoch erhoben, jederzeit bereit zuzustechen.

»Stehen bleiben!«

Das überraschte Gesicht von Cristina tauchte hinter dem umgestürzten Tisch auf. »Bruno! Was machst du denn da? Willst du mich jetzt auch noch umbringen?«

Sie hatte Glasscherben in der Hand.

»Ach, du bist es! Ich dachte, es wären vielleicht Einbrecher.«

»Und du hättest zugestochen, ohne überhaupt zu gucken, wer es ist?«

»Ich habe gerufen, du hast nicht geantwortet.«

»Ich habe dich nicht gehört. Ich habe die Scherben von der Lampe aufgelesen. Ich bin gestolpert.«

Bruno betrachtete das zerwühlte Sofa, die Decke, die auf den Boden gerutscht war. »Hast du hier geschlafen?«

»Ja.«

»Und warum?«

»Ich bin spät nach Hause gekommen. Ich wollte dich nicht stören.«

»Das hast du ja jetzt getan. Du weißt doch, dass ich nicht gern alleine schlafe. Und dann, falls du nichts dagegen hast, ist es längst Zeit für den Kaffee. Ich würde es sehr zu schätzen wissen, wenn du mir einen kochen würdest.«

Cristina folgte ihm seufzend. Sie ertrug ihn wirklich nicht mehr.

12

Fabio Radek kam um halb zwölf am Haus seines Vaters an, wie Petra ihn gebeten hatte. Sie würden gemeinsam zu Fuß zur Fakultät für Literatur und Philosophie gehen, am Androna Campo Marzio, nur wenig von der Via Lazzaretto Vecchio entfernt. Leider passte ihm sein Hochzeitsanzug nicht mehr, und er hatte sich einen neuen dunklen Anzug kaufen müssen. Er schwitzte heftig in dem Kunstfaserstoff und fühlte sich unwohl.

Er war nicht einmal stolz darauf, dass seinem Vater ein Doktortitel *honoris causa* verliehen wurde. Aber ihre Beziehung war seit Jahren so empfindlich und schwierig, dass er nicht mehr wusste, wie er sich richtig verhalten sollte. Das letzte Mal, als sie sich gesehen hatten, hatten sie gestritten. Fabio hatte ihn um Geld gebeten, um ein verfallenes Haus, das direkt an das Restaurant angrenzte, kaufen zu können, doch sein greiser Vater hatte sich aufgeregt: »Ich habe es satt, von meinen Kindern wie ein Geldautomat behandelt zu werden! Du kriegst es nach meinem Tod.« Und seitdem hatten sie nicht mehr miteinander gesprochen. Abgesehen davon war es nicht so, als sei es jemals besser gelaufen. Im Gegenteil. Aufgewachsen mit einer schweigsamen und unglücklichen Mutter, hatte Fabio während seiner ganzen Kindheit seinen Vater nur für den Gutenachtkuss gesehen. Um die Wahrheit zu sagen, war das eher ein schnelles Annähern des Gesichts an das eines Unbekannten, um einen leichten Verabschiedungsschmatzer zu empfangen.

Dass die Mutter dann bei der Geburt seiner Schwester Cristina gestorben war, als Fabio erst sieben Jahre alt war, hatte ihn noch einsamer und melancholischer werden lassen. Er war den Großeltern väterlicherseits anvertraut worden, die womöglich noch verschlossener und schweigsamer waren als seine Mutter, sowie einem immer nervösen Kindermädchen und dessen rauer Behandlung. Der kleine Fabio hatte gehofft, dass Cristina, wenn sie erst größer war, ihm seine Einsamkeit erleichtern würde, aber so war es nicht gekommen. Schon von klein auf war seine Schwester einfach unmöglich gewesen. Nach einigen zaghaften Versuchen, sie in den Arm zu nehmen oder mit ihr zu spielen, hatte er daher beschlossen, sie zu ignorieren, und war weiterhin still und allein aufgewachsen. Über viele Jahre waren lange, einsame Spaziergänge, in die er sich flüchtete, sein einziges Vergnügen.

Die Beziehung zu Cristina hatte sich noch verschlechtert, als Fabio nach langem Junggesellendasein Mirella kennengelernt hatte. Eine Frau, die seine Schwester sofort als »vulgär und ordinär« abstempelte, nur weil sie aus einer einfachen Familie stammte und obendrein noch Slowenin war. Cristina konnte die Slowenen nicht leiden, wie sie auch die Kroaten, die Serben und die Bosnier nicht leiden konnte. Nie hatte sie auch nur einen Fuß über die Grenze setzen wollen, hinter der der Ursprung ihrer Familie lag. Die Tatsache, dass ihr Bruder so »schlechten Geschmack bewiesen« hatte, eine *sc'iava*, eine Slawin, zu heiraten, hatte sie zutiefst empört.

Doch Fabio hatte bei Mirella und ihrer Familie zum ersten Mal in seinem Leben echte Wärme erlebt. Einfache Leute, zweifellos, aber so freundlich zu ihm, so umsorgend, dass es nicht viel gebraucht hatte, um sein Herz zu erobern.

Er hatte Mirella an einem Sommertag kennengelernt, während einer Wandertour mit einem ehemaligen Kommilitonen und Studienfreund auf dem Karst. Um die Wahrheit zu sagen, war er nur ein Jahr zur Universität gegangen, er war nicht fürs Studieren geschaffen, aber aus dieser Zeit war ihm die Freundschaft mit Piero geblieben. Ein Alleinstehender wie er, ein begeisterter Wanderer wie er, und so waren sie zusammen in jenem Gasthaus auf der Hochebene eingekehrt. Und da war sie, hinter der Theke. Mirella war noch nie eine klassische Schönheit gewesen, aber die direkte, fröhliche Art, mit der sie ihn empfing, traf ihn wie ein Blitzschlag. Niemand hatte ihn jemals so angesehen. Und er hatte sich verliebt.

Piero hatte sich die Bemerkung erlaubt, dass Fabio damals so unglücklich gewesen war, dass er sich auch in einen Stuhl verliebt hätte, wenn der ihn nur nett genug angelächelt hätte. Er hatte nicht ganz unrecht. Mirella war die erste Frau gewesen, die ihn mit aufrichtigem Interesse, ja echter Sympathie angesehen hatte. Sie selbst hatte ihnen gestanden, dass ihr, als sie sie in den Gastraum hereinkommen sah, ein Schauer über den Rücken gelaufen war.

»Du sahst aus wie Topo Gigio, so lustig!«, hatte sie ihm auf der Hochzeitsreise gesagt. Jeder andere Mann wäre nicht gerade begeistert gewesen, mit einer Stoffpuppe verglichen zu werden, aber für Fabio war es ein Wink des Schicksals. Der einzige echte Freund, den er als Kind gehabt hatte, war jene niedliche kleine Maus gewesen, die immer im Fernsehen kam.

Fabio trat ans Tor und an die Sprechanlage. Er wollte lieber nicht nach oben gehen, um nicht noch mehr Zeit zu verlieren. Er wusste, dass sein Vater ihn sowieso würde warten lassen, wie immer. Ivo Radek hatte noch nie ein Gefühl für Zeit gehabt. Was für gewöhnliche Sterbliche fünf Minuten waren, konnte sich bei ihm bis auf eine Stunde ausdehnen. Eine Eigenschaft, die seine Frau in den Wahnsinn trieb, die ihm ständig hinterherlief, um ihn dazu zu bringen, seinen Verpflichtungen nachzukommen. »Was regst du dich so auf, Petra?«, protestierte sein Vater immer gereizt. »Die Leute kennen mich, sie wissen, dass ich so bin.«

»Wir kommen gleich!«, krächzte die Stimme seiner Stiefmutter aus dem Lautsprecher.

Mirella hatte nicht mitkommen können. Sie erwartete eine Gruppe Deutscher zum Mittagessen. Fabio würde sich nur die Rede seines Vaters anhören und dann gehen, um seine Frau zu unterstützen. Wenn es nach ihm gegangen wäre, hätte er überhaupt nicht kommen müssen, aber Petra hatte darauf bestanden und er hatte es nicht über sich gebracht, diese so geduldige und freundliche Frau zu enttäuschen, die ihm so oft unter die Arme gegriffen hatte, ohne dass sein Vater etwas davon erfahren hätte.

Als der künftige Ehrendoktor Ivo Radek, Jahrgang 1925, eine gute Viertelstunde später in dunklem Anzug, weißem Hemd, ohne Krawatte aus dem großen Tor trat, gefolgt von einer ungeduldigen Petra und den beiden Enkeln, Ada und Lorenzo, grüßte Fabio ihn nicht einmal.

»Na endlich«, brummte er, ohne seine Nervosität zu verbergen.

»Was für ein herrlicher Tag, mein Sohn!«, rief der zu Ehrende sarkastisch aus. »Eine Schande, ihn in einem Meer aus unnützem Gerede verschwenden zu müssen.«

Die kleine Gruppe machte sich auf den Weg in Richtung der Via Economo.

»Entschuldige, Fabio«, sagte Petra, der die Nervosität ihres Stiefsohns nicht entgangen war. »Wie immer hat dein Vater erst seine Brille nicht gefunden, und dann noch die Unterlagen zu seiner Rede gesucht.«

»Wenn du mir suchen geholfen hättest, statt wie immer die Geduld zu verlieren, hätten wir nicht so lange gebraucht«, entgegnete Ivo ärgerlich.

»Ja sicher. Ich bin sowieso immer schuld! Stimmt's, Kinder?«, rief Petra aus und zwinkerte den beiden Enkeln zu, die hinter ihr gingen.

»Ich hatte sie auf den Tisch gelegt, da bin ich mir sicher. Jemand hat sich einen Spaß gemacht und sie versteckt.«

Die beiden jungen Leute schauten sich belustigt an. Es war ein Tanz, der jedes Mal stattfand, wenn der Großvater das Haus verließ. Irgendetwas fehlte immer, hatte er verloren, fand er nicht mehr wieder, und immer musste jemand anderes es versteckt haben.

Während sie durch den Privatweg hinter dem Sitz des *Piccolo* gingen – in dem noch immer die Überreste der Lagerhäuser aus dem achtzehnten Jahrhundert zu sehen waren, in denen Waren umgeladen worden waren, und der dazugehörigen Pferdeställe, die inzwischen in geräumige Autowerkstätten umgebaut waren –, beobachteten Ada und Lorenzo, dass der Großvater öfters stehen blieb, um wieder zu Atem zu kommen. Er war müde, und vor allem störrisch wie immer.

»Großmutter hat Angst, dass er was Komisches sagt«, murmelte Ada ihrem Cousin zu.

»Wenigstens wird's dann nicht langweilig«, antwortete Lorenzo leise.

»Hoffen wir, dass es nicht so lange dauert. Und wenn doch, stehlen wir uns weg und gehen in die Bibliothek, um ein bisschen im Internet zu surfen. Da stehen Computer.«

»Und die lassen uns da ran?«

»Klar. Wir sagen einfach, dass wir für Großvater was nachgucken müssen.«

»Wenn du willst …«

Vor der Fakultät für Literatur und Philosophie angekommen, wo die Zeremonie stattfinden sollte, sah Ivo Radek seine Tochter Cristina, die beiden Verleger Titus Celsius und Terenzio Tasca, seine Agentin Rhoda Wallace und den heimtückischen Stelio Kunz aufgereiht stehen.

»Gibt es keinen anderen Eingang?«, fragte er seine Frau, erschreckt durch dieses bedrohliche Exekutionskommando.

»Ich bitte dich, Ivo. Sie sind wegen dir hier.«

»Das ist es ja, was mir Angst macht.«

Seine Tochter kam auf ihn zu, ohne ihre Nervosität zu verbergen. »Ich muss mit dir reden.«

Ihr Vater konnte einen Anflug von Ärger nicht verhehlen und versuchte, sie mit dem Stock zu vertreiben.

»Bitte, Cristina. Nicht jetzt.«

Cristina warf einen missgünstigen Blick zu Petra hinüber, die neben ihm stand. »Wenn es dir nichts ausmacht, Petra, dann würde ausnahmsweise ich einmal gern meinen Vater begleiten.«

Ohne ihre Antwort abzuwarten, hakte sie Radek unter und steuerte auf den Eingang des Gebäudes zu.

»Immer angenehm und freundlich, nicht wahr?«, lachte Rhoda auf und sah Petra an.

»Tja. Aber heute überlasse ich ihr gern die Bühne. Dann kann ich mich ein bisschen ausruhen.«

»Guten Tag, Signora Radek«, begrüßte Titus Celsius sie herzlich, während er auf sie zukam.

»Guten Tag, Titus. Wie geht es Ihnen?«

»Abgesehen von einer leichten Magenreizung, die mich schon seit ein paar Wochen nicht loslässt, würde ich sagen gut.«

»Hast du Terenzio Tasca schon kennengelernt, den neuen Verlagsleiter von Russo & Nobile?«, fragte Rhoda und zeigte dabei auf den jungen Manager, der in einem eleganten grauen Baumwollanzug ein bisschen weiter weg auf sie wartete.

»Nein, aber ich bin froh, das jetzt nachholen zu können.« Lächelnd ging Petra zu ihm und schüttelte ihm die Hand. »Herzlich willkommen in Triest, Signor Tasca.«

Stelio Kunz nutzte die günstige Gelegenheit, um sich auf Titus Celsius zu stürzen. »Was für ein Vergnügen, Sie wiederzusehen, Titus!«

Eine enttäuschte Grimasse huschte über Celsius' grünliches Gesicht, bevor es sich zu einem eisigen Lächeln verzog: »Guten Tag, Kunz. Wie geht's?«

»Nicht schlecht, nicht schlecht. Glauben Sie, wir bekommen die Gelegenheit, nachher noch kurz miteinander zu plaudern, nach der Zeremonie?«

»Plaudern war noch nie meine Stärke«, beschied ihm Celsius kurz und ging hinein.

Doch Kunz lief ihm hinterher und nahm ihn am Arm. »Ich wollte Ihnen nur das Buch ans Herz legen, das ich gerade beendet habe, ich bin sicher, es könnte Sie interessieren …«

Der Verleger ging auf Abstand, als hätte er eine ansteckende Krankheit. »Leider muss ich gleich im Anschluss wieder weg. Schicken Sie es mir besser direkt in den Verlag.«

»Ich würde es Ihnen lieber persönlich geben. Im Grunde sind Sie ja der Erste gewesen, der an meine ›Spektrallandschaft‹ geglaubt hat.«

Titus Celsius drehte sich brüsk um, jetzt sichtlich verärgert.

»Signor Kunz, die Tatsache, dass Fondamenta vor langer Zeit mal ein Buch von Ihnen verlegt hat, bedeutet nicht, dass wir gezwungen sind, das wieder zu tun. Wenn Sie mich jetzt bitte entschuldigen wollen.«

13

»Warum hast du mir nie etwas davon gesagt?«
Ivo Radek drehte sich um und sah seine Tochter streng an. Sie waren in das moderne Atrium der Fakultät getreten und von den Blitzen der Fotografen empfangen worden.

»Wovon denn?«

»Von Frano Mornar.«

Radek blieb wie angewurzelt stehen, fassungslos. Woher wusste Cristina von Frano? Hatte sie ihn vielleicht getroffen? Und wenn ja, wann? Er schaute sich suchend um, sah ihn aber nirgendwo.

»Teuerster Radek! Wie schön, Sie zu sehen!«, rief Bruno Kosovitz und stellte sich ins Blickfeld der Fotografen. Cristina lief vor Scham rot an. Ihr Vater hatte ihren derzeitigen Lebensgefährten noch nie ertragen können, und sie fürchtete seine Reaktion.

Unterdessen bombardierten die Fotografen den berühmten Schriftsteller weiterhin, sodass der entnervt die Augen schloss und sich die Hand vor die Augen hielt. Eilfertig und schmeichlerisch packte Kosovitz ihn am Arm und drängte sich zwischen den wartenden Menschen hindurch.

»Bitte! Quält ihn doch nicht …«

Radek entwand sich dem eisernen Griff und flüsterte seiner Tochter zu: »Wenn du mir dieses Individuum nicht sofort vom Hals schaffst, erwürge ich ihn!«

»Bruno … bitte …«

»Was denn, bitte?«, herrschte Kosovitz sie an. »Ich versuche nur, mich nützlich zu machen.«

Radek drehte sich um und funkelte ihn böse an. »Sie würden sich überaus nützlich machen, wenn Sie aufhören, sich von meiner Tochter aushalten zu lassen und sich eine richtige Arbeit suchen würden!«

»Sie beleidigen mich, Radek. Ich arbeite zwölf Stunden am Tag! Ihre Tochter kann Ihnen das bestätigen.«

Radek warf ihr einen sarkastischen Blick zu.

»Wie heißt es noch bei Sartre? Es gibt kein Genie, mit Ausnahme desjenigen, das sich in genialen Werken ausdrückt. Sie sind bald sechzig, Kosovitz, und von den genialen Entdeckungen, die Ihrem leuchtenden Geist entsprungen sind, haben wir noch keine zu sehen bekommen.«

Mit diesen Worten entwand er sich auch dem Griff seiner Tochter und ging hinein. Cristina folgte ihm, wobei sie ihrem Lebensgefährten böse Blicke zuwarf.

Bruno Kosovitz schaute sich gleichzeitig wütend und verstohlen um. Zum Glück schien im Gewirr der Stimmen und in dem Durcheinander, das in dem kleinen Atrium herrschte, niemand Radeks erniedrigende Vorwürfe gehört zu haben. Es war noch alles unter Kontrolle. Das unverstandene Genie richtete sich die Krawatte und mischte sich unter die anderen Geladenen, die in die Aula A strömten, wo die Verleihung stattfinden sollte.

»Mein lieber Professor!«, rief der Rektor aus und eilte Radek mit ausgebreiteten Armen entgegen, den in der Zwischenzeit seine Frau wieder eingeholt hatte. »Es ist mir eine Ehre, Sie in unsere Universität aufzunehmen!«

»Es tut mir leid, wenn ich Sie enttäuschen muss, aber ich bin nie Professor gewesen«, stellte Ivo Radek richtig, während er den Händedruck des Rektors erwiderte. »Und ich befürchte, dass es trotz der späten Doktorwürde, die Sie mir gütigerweise verliehen haben, wohl zu spät ist, um noch einer zu werden.«

Der Rektor brach in Gelächter aus, weil er die Antwort des hochverehrten Autors lieber als schlagfertigen Scherz verstanden wissen wollte, denn als verblümten Vorwurf.

»Signora Radek«, sagte er und drückte Petra die Hand, während Cristina versuchte, sich bemerkbar zu machen, und ihre Hand ebenfalls ausstreckte.

»Und ich bin die Tochter.«

Der Rektor schüttelte unkonzentriert auch Cristina die Hand, um sich dann erneut dem Schriftsteller zuzuwenden.

»Kommen Sie, ich bahne Ihnen den Weg.«

Ivo schaute sich um, um dann ganz unschuldig mit lauter Stimme zu verkünden: »Vorher hätte ich aber noch ein dringendes hydraulisches Bedürfnis.«

Die Erschütterung, die sich auf dem Gesicht des würdevollen Rektors ausmalte, verwandelte sich ziemlich schnell in beschämte Eilfertigkeit.

»Aber sicher, aber sicher! Sabina, bitte, begleite doch den Dottore Radek ...«

Eine junge Frau in Kostüm und Halstuch trat zu dem greisen Schriftsteller und ging ihm voraus.

»Lassen Sie nur, ich begleite ihn«, sagte Cristina und hielt sie mit einer Handbewegung auf. Radek ignorierte sie und hakte sich bei der jungen Hostess unter.

»Ich ziehe diese freundliche Signorina vor.«

Cristina starrte ihn beschämt an. Ihr Vater war wirklich unmöglich.

In der Zwischenzeit strömten die Menschen im Erdgeschoss weiter in die Aula A, während die Fotografen den Bürgermeister mit einem Blitzlichtgewitter überzogen, der gerade zusammen mit zwei Stadträten eingetroffen war. Terenzio Tasca kam in Begleitung von Rhoda Wallace auf Petra zu, die sich liebenswürdig mit Titus Celsius unterhielt.

»Entschuldige, Petra, Signor Tasca würde Ivo so gern persönlich begrüßen, noch vor der Verleihung. Meinst du, das wäre möglich?«

Radeks Frau zuckte freundlich lächelnd mit den Schultern. »Das hängt nicht von mir ab. Ihr könnt es ja probieren.«

»Wenn es Ihnen nichts ausmacht, Signora Radek war noch im Gespräch mit mir …«, ging Titus Celsius bissig dazwischen und versuchte, das unterbrochene Gespräch fortzuführen.

»Wie ich sagte, Petra …«

»Dir auch einen schönen Tag, lieber Titus!«, rief Terenzio Tasca leutselig und ignorierte damit die bewusste Feindseligkeit des Konkurrenten. »Was ist denn aus dem lieben Pedro geworden? Normalerweise weicht er dir doch nicht von der Seite …«

Der Blick, den der ältere Verleger dem jüngeren zuwarf, entging Rhoda Wallace' Aufmerksamkeit nicht. Titus Celsius blieb nichts anderes übrig, als sich indigniert zu verabschieden.

»Entschuldigen Sie mich, Petra. Ich sehe, das Verlagswesen wird von Menschen beherrscht, die nicht über die Gabe des Taktes verfügen. Ich gehe Ivo entgegen …«

»Pedro? Wer ist denn Pedro?«, flüsterte Rhoda Tasca zu.
»Einer unserer gemeinsamen Bekannten«, antwortete Tasca zerstreut und wandte sich dann sofort wieder an Petra. »Signora Radek, es ist mir eine Ehre, hier sein zu dürfen. Die Bücher Ihres Mannes sind Meilensteine der italienischen Literatur!«

»Das freut mich zu hören. Bin ich indiskret, wenn ich frage, welches Ihr Lieblingsbuch ist?«

Aus der Verlegenheit, die sich auf seinem Gesicht ausbreitete, schloss Petra, dass der Jungspund nicht einmal eines gelesen hatte.

»Ich wette, es ist der ›Kindheitsfreund‹!«

»Um die Wahrheit zu sagen, nein«, antwortete Tasca diplomatisch. »Mein Lieblingsbuch ist zweifellos das letzte, ›Unser Erdenleben‹. Ein Buch, das mir im wahrsten Sinn den Schlaf geraubt hat. Und das publizieren zu dürfen uns eine wahre Ehre wäre.«

Rhoda mischte sich ein, damit Petra nicht in Verlegenheit geriet.

»Darüber sprechen wir nach der Verleihung. Da kommt ja Ivo.«

Unter den Blitzen der Fotografen betrat der greise Schriftsteller die Aula, wo er vom Bürgermeister und einem Kreis aus städtischen Honoratioren empfangen wurde, die ihn begrüßten und ihm gratulierten.

Petra merkte sofort, wie Panik in ihm aufstieg und eilte ihm zu Hilfe. »Möchtest du ein Glas Wasser, bevor es losgeht?«, fragte sie ihn.

Radek klammerte sich an den Arm seiner Frau wie an einen Rettungsanker. »Ich schaffe das nicht, Petra«, flüsterte er. »Ich bitte dich, bring mich hier weg.«

»Stell dich nicht so an. In einer Stunde ist alles vorüber. Dann gehen wir nach Hause.«

»Mir dreht sich der Kopf.«

»Das ist nur die Panik. Atme tief durch, und du wirst sehen, alles geht gut.«

»Könntest nicht du meine Rede vorlesen?«

»Nein, das kann ich nicht, Ivo. Los jetzt. Je eher dahin, je eher davon.«

Nach einer unendlich langen und reichlich nebulösen Rede des Rektors, der sich lange damit aufhielt, die Ehrengäste und die geschätzten anwesenden Kollegen zu begrüßen, und auch die heikle Frage der fehlenden Mittel und alle möglichen Härten ansprach, denen Studenten und Professoren ausgesetzt waren, kam Titus Celsius an die Reihe, der als *visiting professor* ein Jahr an der Universität weilte. Er sollte das Werk Ivo Radeks würdigen.

Als er aufgerufen wurde, erhob sich Celsius, trat ans Rednerpult und räusperte sich. Er schickte keine Vorrede vorweg, er bedankte sich bei niemandem, sondern begann direkt, wie es sein Stil war, mit seiner Rede, die er frei hielt.

»Als ich zum ersten Mal den ›Kindheitsfreund‹ las, war ich zwanzig Jahre alt. Ich erinnere mich noch sehr gut an den Ort, eine Berghütte in Carinzia, den Duft der Nadelbäume, die Stille, den Schnee, das Feuer im Kamin, und ich versunken in dieses Buch, das ich nicht weglegen konnte.

Wer mich kennt, weiß, dass ich kein Freund von Eigenlob bin. Daher wird mir mein Freund Ivo diese aufrichtige Hommage seines ersten Buches verzeihen, das für mich einen Wendepunkt markierte. Bis zu jenem Tag hielt ich die Arbeit des Verlegers für undankbar und frustrierend. Zu oft hatte ich den furchteinflößenden Rufus Celsius, meinen Vater, abends zornig nach Hause kommen sehen, weil er sich über die Kaprizen eines Autors aufgeregt hatte oder sich Sorgen um die Umsätze machte, die immer auf dem absteigenden Ast zu sein schienen. Ganz zu schweigen von den unendlichen Abendessen mit Autoren, die ich schon von klein auf mit durchzustehen hatte, während derer der jeweilige Ehrengast meist nichts anderes tat, als schlecht über seine Kollegen zu sprechen, sich über die Mittelmäßigkeit der Kritiker zu beschweren und das Unverständnis der Welt. Natürlich meine ich damit niemanden der hier Anwesenden.«

Bei diesen Worte kam an einigen Stellen im Saal Applaus auf, der von Lachern gefolgt wurde. Ivo Radek schien in eigene Gedanken versunken.

»Während ich diesen narzisstischen Ergüssen lauschte«, fuhr Titus Celsius fort, »die einander stets glichen, auch wenn die Gesichter, das Geschlecht und das Alter der Autoren wechselte, sagte ich mir, dass ich nie in die Fußstapfen meines Vaters treten wollte, dass ich lieber Schimpansen beobachten wollte, statt Verleger zu werden.«

Weitere Lacher, allerdings nicht von Terenzio Tasca, der immer blasser wurde. Der junge Verlagsleiter spürte, wie die Waagschale mit der Entscheidung über Radeks künftige verlegerische Heimat sich gefährlich zur Seite des älteren Konkurrenten neigte. Und das ertrug er nicht. Er bereute es bitter, dass er keine Rede vorbereitet hatte, die als Gegengift gegen Celsius' Redekunst hätte wirken können.

»Man stelle sich meine Überraschung, meine Ergriffenheit und Dankbarkeit vor, die ich erfuhr, als ich diese Seiten las – die für mich geschrieben zu sein schienen, die zu mir zu sprechen schienen, indem sie die Geschichte eines jungen Mannes erzählten, der so ganz anders war als ich – und welche mich zu dem Entschluss brachten, mein

Leben der Verbreitung von Werken zu widmen, die die Menschen auf diese Weise erschüttern und bewegen würden. ›Ein Buch muss die Axt sein für das gefrorene Meer in uns‹, schrieb Kafka 1904 in einem Brief an Oskar Pollak. Und diese Axt war der ›Kindheitsfreund‹ für mich.

Heute versucht die Welt, unsere niedersten Instinkte zu kitzeln, versucht, uns auf alle möglichen Arten wieder in unsere rein animalische Natur zurückzubringen. Aber als menschliche Wesen verfügen wir über etwas, das die Tiere nicht haben. Die Sehnsucht nach Schönheit. Über uns, um uns herum und in uns gibt es ein Universum der Harmonie, nach dem wir alle streben, auch wenn wir es nicht wissen. Alle Künste, die Musik, die Malerei, der Tanz, die Poesie, die Literatur sind nichts anderes als der Versuch, für einen Augenblick einen Bruchteil dieser verlorenen Harmonie festzuhalten.«

Titus Celsius wurde von tosendem Applaus unterbrochen.

»Und ein Bruchstück dieser Harmonie war es, das ich in den Seiten des ›Kindheitsfreundes‹ gefunden habe. Der Verlust, die Verletzungen, das Gefühl, sich zu Unrecht aus dem eigenen Land vertrieben zu sehen, alle diese Gefühle des jungen Protagonisten waren meine. Als ich dann selbst Verleger wurde, verstand ich, dass all die Zeit, die mein Vater seinen Autoren gewidmet hatte, in der Tat nicht vergeudet war. Autoren, wenn sie wahre Künstler sind wie Ivo Radek, sind häufig fragil und unsicher und bedürfen der Ermutigung. Sie benötigen eine väterliche Hand, die ihnen hilft, ihr Talent ans Licht der Welt zu bringen. Ein Buch zu veröffentlichen, bedeutet für einen Autor in erster Linie, einen Vater – in Gestalt des Verlegers – verführen und überzeugen zu können. Sich von ihm adoptieren und ansporen zu lassen. Sich im Kampf zu vereinen. Seit die Welt Welt ist, ist die Literatur eine Geschichte zwischen Verleger und Autor. Daher glaube ich auch nicht ans *Selfpublishing*.

Ich schließe mich den Worten eines meiner berühmten Kollegen, des Verlegers Samuel Fischer, an: Dem Publikum neue Werte aufzudrängen, die es nicht will, ist die wichtigste und schönste Mission des Verlegers. Aber auch dem Autor jenes Verständnis für die eigenen zu vermitteln und jene Atmosphäre der Anteilnahme und der Erwartung zu schaffen, ohne die sie nicht schreiben könnten. Ich gratuliere dir ganz herzlich, lieber Ivo, und hoffe, dass die Meinungsverschiedenheiten, die du einst mit meinem Vater hattest, dich nicht daran hindern, in das Verlagshaus zurückzukehren, das als Erstes Vertrauen in dich gesetzt und dein Genie erkannt hat.«

Donnernder Applaus erhob sich aus dem Publikum, das sich von Celsius' Worten hatte elektrisieren lassen. Radek drückte ihm die Hand, mit Herzlichkeit, und flüsterte ihm dabei etwas ins Ohr, während Petra ihre Rührung nicht verstecken konnte.

Der Höhepunkt der Veranstaltung war gekommen, die Verleihungszeremonie. Tasca beugte sich erregt zu Rhoda Wallace hinüber.

»Wir müssen unbedingt noch heute Abend zum Abschluss kommen«, flüsterte er ihr zu. »Wir sind bereit, unser Angebot zu verdoppeln.«

Rhoda drehte sich lächelnd zu ihm um.

»*Don't worry!* Bis heute Abend werden wir wissen, wie er sich entschieden hat.«

Terenzio gelang es nicht, seine Irritation zu verbergen. Seine Stimme klang schneidend.

»Wir haben uns für ihn schon sehr weit aus dem Fenster

gelehnt. Ich hoffe, er weiß das zu schätzen. Wie einfach, jetzt anzukommen und den noblen Vater zu spielen, wie Celsius es tut, wenn wir uns die ganzen Jahre für ihn aufgeopfert haben, um zu verhindern, dass er ein Dinosaurier der Vergangenheit wird …«

»Ein Dinosaurier der Vergangenheit?«, wiederholte Rhoda sarkastisch. »Ich glaube nicht, dass Radek glücklich wäre zu erfahren, dass sein wichtigster Verleger ihn so einschätzt.«

»Stellen Sie sich nicht dumm, Rhoda«, schnaubte Tasca. »Sie wissen genau, dass Autoren längst wie Einwegflaschen gehandelt werden. Sobald das Fieber des ersten großen Auftritts abgeklungen ist, werden sie obsolet, vor allem wenn sie es nicht schaffen, die Verkaufszahlen von früher zu wiederholen. Russo & Nobile hat jahrzehntelang dafür gekämpft, dass dies Ihrem Klienten nicht passiert. Wir denken, dass wir dafür schon ein bisschen mehr Respekt verdient haben. Das ist alles.«

Die nun folgende Zeremonie war kurz und informell. Der Rektor überreichte dem alten Schriftsteller die Urkunde, der ihm mit einem kurzen Nicken dankte, während die Fotografen die Kameras blitzen ließen.

Als der Beifall und das Fotografieren zu Ende gingen, trat Ivo Radek mit einer Mappe in der Hand ans Rednerpult und setzte die Lesebrille auf. Bevor er jedoch begann, tat er etwas, das niemand – außer vielleicht Petra und seine Enkel – erwartet hatte. Er schlug die Mappe auf, nahm die Seiten heraus, die er vorbereitet hatte, zerriss sie in vier Teile und ließ sie in einer dramatischen Geste zu Boden segeln.

»Ich konnte offizielle Reden noch nie ausstehen, und Sie?«

Die Anwesenden blickten sich peinlich berührt an, jemand lachte.

»Was mein Freund Titus Celsius eben gesagt hat, hat mir in Erinnerung gerufen, warum ich, seit ich ein kleiner Junge war, Schriftsteller werden wollte. Wie hat er noch gesagt? Alle Künste sind nichts anderes als ein ›Versuch, ein Fragment der Harmonie des Universums einzufangen‹. Ich hätte es nicht besser ausdrücken können. Wenn ich an den jungen Mann denke, der den ›Kindheitsfreund‹ geschrieben hat, erkenne ich mich darin kaum noch wieder. Zu viel hat sich in fast sechzig Jahren verändert, an meiner Wahrnehmung der Welt und ihrer Ungerechtigkeiten. Und doch erkenne ich ihn noch – in seinem Schmerz, in dem Gefühl, vertrieben zu sein, verraten, erniedrigt – als Teil des Leidens an der Welt, das uns allen gemeinsam ist. Wir alle fühlen uns auf die eine oder andere Weise aus unserem wahren Heimatland vertrieben, verraten von unserer Zeit, erniedrigt durch erlittenes Unrecht. Wir alle haben das Gefühl, zu einem Universum aus Harmonie zu gehören, aus Schönheit, aus Gerechtigkeit, das uns genommen wurde und in das wir wieder zurückkehren wollen. Wir versuchen das, ohne je die Tür zu finden, die hineinführt. Die Kunst ist jene Tür. Wenn wir etwas lesen, das uns berührt, das uns jenes ›Kribbeln zwischen den Schulterblättern‹, von dem Nabokov spricht, bereitet, dann finden wir auf jenen Seiten gerade dieses ›Fragment der Harmonie des Universums‹.«

Das Publikum lauschte schweigend, gebannt von Ivo Radeks Charisma.

»Jeder wahre Künstler, wenn er denn wirklich einer ist, ist ein aus seiner Zeit Vertriebener. Ich hatte das Pech – oder vielleicht auch das Glück –, es auch historisch gesehen zu sein. Ich habe meine Heimat verlassen müssen, um in eine Stadt zu kommen, die mich nie ganz aufgenommen hat und in der ich mich nie ganz zu Hause gefühlt habe. Aber ich habe nie versucht zurückzukehren. Es wäre sinnlos gewesen. Ich kann nur die Worte eines anderen istrischen Vertriebenen wiederholen, die ich einmal irgendwo gelesen habe. Für mich ist ›das Ausland nicht zur Heimat geworden und die Heimat nicht zum Ausland‹. Doch genau das ist es, was wir alle auf dieser Erde sind. Vertriebene auf der unablässigen Suche nach unserer gemeinsamen, verlorenen Heimat.«

14

Als ich aus Goli Otok zurückkam, wollte ich nicht mehr leben. So sehr ich auf dieser verdammten Insel ums Überleben gekämpft hatte, so ziellos schien mir das Leben in Parenzo. Die »Normalität«, die mich umgab, war demütigend. Auch wenn anscheinend alles gut lief, wusste ich, dass es eine künstliche Ruhe war. Wir lebten alle in gegenseitiger Angst. Jeder von uns hatte die Macht, das Leben des anderen mit einem einzigen Wort zu ruinieren. Paranoia war die Grundvoraussetzung des kommunistischen Paradieses des Kommandanten Tito.

Aber nach einiger Zeit gewöhnte ich mich auch daran. Der Mensch gewöhnt sich an alles, auch an das Fehlen von Träumen. Ich gab meinen Traum auf, Lehrer zu werden – wie hätte ich auch Kinder etwas lehren können, nach dem, was ich gesehen und erlebt hatte? –, und ging auf den Fischkutter meines Vaters. Ich habe als Fischer gearbeitet, wie er und wie mein Großvater, bis vor dreißig Jahren, dann habe ich aufgehört. Ich hatte keine Kraft mehr in den Händen. Aber ich bin immer weiter mit dem Boot hinausgefahren, jeden Morgen.

Auf dem Meer fühlte ich mich Lea näher. Das Meer hat keine Grenzen. Zumindest keine sichtbaren. Ich sah zum Horizont, Richtung Triest, und versuchte mir euer Leben vorzustellen. Ich wusste, dass ihr geheiratet hattet, dass ein Kind zur Welt gekommen war. Ich hätte euch besuchen können, hätte die Reisefreiheit zwischen Zone A und Zone B ausnutzen können. Aber die Verletzung reichte noch zu tief, ich hätte es nicht ertragen, euer Glück mitanzusehen, das wäre wirklich zu viel gewesen. Und so zog ich es vor, im Schatten zu bleiben. Ich versuchte zu vergessen, ohne dass es mir gelungen wäre.

Dann, eines Morgens im Oktober 1954, erreichte mich ein Brief von Lea. Ein Brief, den ich heute noch in der Brieftasche trage, auch wenn das Salz die Buchstaben ihrer Handschrift längst ausgelöscht hat. Er ist meine Wiedergutmachung gewesen, mein Trost. Und meine Verdammnis.

In jenem Brief flehte Lea mich an, zu ihr zu kommen. Sie fühlte sich in Triest nicht wohl. Sie hat sich dort nie wirklich willkommen gefühlt. Weder in der Stadt, noch in deiner Familie. Sie musste mit mir sprechen, mich sehen. »Das Leben ist zu kurz, um es mit Bedauern zu verschwenden«, schrieb sie. »Man kann nicht ausschließlich aus Dankbarkeit mit einem Mann zusammen sein. Komm, ich bitte dich! Komm bald!«

Ich kam nach Triest in jenen aufgeregten Tagen, die auf das Memorandum von London folgten, in dem die Vereinigten Staaten, England, Jugoslawien und Italien die Teilung des Freien Territoriums Triest beschlossen hatten. Die Stadt schien verrückt geworden zu sein, die Alliierten bereiteten sich auf den Abzug vor, die Verwirrung war ungeheuer. Alle rechneten damit, dass jeden Tag das italienische Militär einmarschierte.

Ich war mit Lea vor dem Teatro Verdi verabredet. Fast hätte ich sie nicht erkannt, als ich sie auf mich zukommen sah. Mager, blass, kaum mehr als ein Schatten des schö-

nen Mädchens, in das ich mich in Parenzo verliebt hatte. Es regnete an dem Tag, und Lea hatte keinen Regenschirm. Der Regen wusch über ihr schönes, leidendes Gesicht. Sie warf sich in meine Arme und sagte: »Ich bitte dich, bring mich weg von hier!«

Sie zitterte. In dem Augenblick hätte ich sie bis ans Ende der Welt gebracht, doch mir war klar, dass sie nicht bei sich war, dass der Schmerz sie verändert hatte und ich in jenem Moment für sie nur ein Mittel war, um dem Unbehagen zu entfliehen.

Wir fanden bei ihrer Freundin Lilli Zuflucht. Lilli war eine gute Schneiderin und darüber hinaus eine großzügige und verschwiegene Frau. Sie ließ uns allein. In jener einzigartigen, unendlichen Nacht, die wir miteinander verbrachten, fand ich das Mädchen wieder, das ich als Junge geliebt hatte, jenes fragile und strahlende Wesen, das sich nicht verstellen konnte und sich nicht mit einem halben Leben zufriedengab. Sie erzählte mir, was ihr geschehen war, seit sie nach Triest gekommen war. Ihre Mutter war im Flüchtlingscamp von Padriciano vor Kummer gestorben, zwei Jahre nachdem sie angekommen waren. Sie hatten sie wie Usurpatoren behandelt, in Baracken eingeschlossen, Gefangene hinter einem Maschendrahtzaun, zusammen mit vielen anderen Istriern und Dalmatiern, wo sie an Traurigkeit, Kälte und Hunger sterben sollten. Für ihre Mutter, schon angeschlagen durch die Ermordung ihres Vaters, war das zu viel gewesen. Alleine zurückgeblieben, hatte sich Lea verzweifelt auf die Suche nach dir gemacht. Sie hatte ihre Schwangerschaft vor ihren Leidensgenossen in der Baracke verbergen können, aber das wäre nicht mehr lange gegangen. Sie erwartete ein Kind. Und wusste nicht, wie sie das schaffen sollte.

15

»Wo ist denn Papà abgeblieben?«, fragte Cristina, nachdem sie sich von hinten auf Petra gestürzt hatte. »Ich kann ihn nirgendwo finden!«

Ein Stück von dem Häppchen, das Petra gerade aß, kam vom rechten Weg ab und ließ sie husten. »Cristina, hast du mich erschreckt!«, sagte sie und drehte sich mit hochrotem Gesicht um.

»Ich suche meinen Vater, ich muss unbedingt mit ihm reden. Sag mir nicht, dass er schon weg ist.«

Während sie weiter husten musste, schaute sich Petra in der Menge um, die die Aula füllte, an deren anderem Ende das Buffet aufgebaut war. »Nein, nein, er muss noch hier sein … Er hat gesagt, dass er etwas essen wolle. Als ich weggegangen bin, war er bei Rhoda.«

»Rhoda steht da drüben und spricht mit dem Commissario und einem anderen Kerl, den ich nicht kenne.«

Die englische Agentin stellte Benussi gerade Terenzio Tasca vor, der jedoch nur unkonzentriert zuhörte und sich ständig umschaute.

»Dann wird er auf die Toilette gegangen sein. Er kommt schon wieder. Siehst du nicht, dass ich mich gerade unterhalte?«

Ohne ihr weiter Aufmerksamkeit zu schenken, wandte

sich Petra wieder den beiden Personen zu, mit denen sie zusammenstand, Ulla und Valerio Gargiulo.

»Entschuldigen Sie … wo waren wir stehen geblieben?«

»Ich sagte gerade, dass die Rede Ihres Mannes einfach wun-der-voll war!«, sagte Ulla. »Es muss herrlich sein, einen solchen Mann an seiner Seite zu haben. Meiner redet nur über Fußball, Politik und Sportwagen.«

»Dafür haben Sie aber einen großartigen Sohn. Er und seine Kollegin haben sich meiner Enkelin Ada gegenüber ganz außergewöhnlich verhalten.«

Valerio errötete unter dem blonden Schopf. Er machte ein so beschämtes und ängstliches Gesicht, dass Petra lachen musste. »Das ist die Wahrheit. Wenn sie nicht gewesen wären, wäre Ada niemals so schnell gefunden worden, nachdem sie von zu Hause weggelaufen ist.« Dann senkte sie die Stimme und murmelte verschwörerisch: »Und nicht nur meine Enkelin. Nochmals vielen Dank dafür.«

Ulla, die nichts von Radeks kurzem Verschwinden erfahren hatte, tätschelte ihrem Sohn lächelnd den Arm. »Ja, davon hat er mir erzählt. Und ich war so stolz darauf, dass er dabei den großen Radek kennengelernt hat. Er ist mein absoluter Lieblingsautor, hat er Ihnen das gesagt?«

»Aber natürlich.«

Valerio schien sich immer unwohler zu fühlen. Er erinnerte sich gut an den Tag, an dem er sich, Elettra zufolge, ziemlich dumm angestellt hatte. Er wollte nicht, dass Petra dachte, er habe vor seiner Mutter geprahlt.

»Aber da habe ich Signor Radek doch kaum kennengelernt, Mamma. Das musst du falsch verstanden haben. Ich hatte nur mit der Signora gesprochen …«

Cristina kehrte zurück, inzwischen noch aufgeregter und sogar dunkelrot im Gesicht.

»Auf der Toilette ist er nicht. Wo zum Teufel kann er denn nur stecken?«

Petra seufzte, am Ende ihrer Geduld. »Dann geh nach draußen und sieh da nach. Vielleicht ist er auch nach Hause gegangen, ohne uns Bescheid zu sagen. Zuzutrauen wäre es ihm.«

Während Cristina wieder loslief, wandte Petra sich an Ulla und Valerio und schüttelte ihnen die Hand: »Wenn Sie mich bitte entschuldigen wollen, ich muss meinen Mann suchen gehen ... Verschwinden scheint seine neue Spezialität zu sein, nicht wahr, Inspektor?«

Ein Schatten der Enttäuschung huschte über Ullas Gesicht. »Oh, wie schade. Ich hatte so gehofft, ihn persönlich kennenlernen zu können. Wissen Sie, mein Vater stammt aus Pula. Auch er hat alles zurücklassen müssen, als er fast noch ein Kind war.«

»Vielleicht ergibt sich noch eine andere Gelegenheit. Jetzt fürchte ich, ist er erschöpft. Er ist es nicht gewohnt, so viele Menschen um sich zu haben. Ich glaube, ich sollte ihn nach Hause zurückbringen.«

»Grüßen Sie ihn ganz herzlich von mir, und sagen Sie ihm, dass es wirklich wunderbar war!«, schloss Ulla.

»Das werde ich tun. Auf Wiedersehen, Inspektor. Und grüßen Sie mir Ihre Kollegin ... ich weiß den Namen nicht mehr.«

»Elettra Morin.«

»Ein sehr passender Name. Elektrisierend und effizient, soweit ich mich erinnere. Auf Wiedersehen. Ich hoffe, dass ich nicht gleich wieder Ihre Hilfe in Anspruch nehmen muss.«

Nachdem sie sich von den Gargiulos verabschiedet hatte, ging Petra am Buffet vorbei, um sich noch ein Lachsbrötchen zu nehmen, während sie nach Ivo Ausschau hielt. Sie beschloss, seine Agentin zu fragen, die mit Kommissar Benussi sprach. Terenzio Tasca stand nicht mehr bei ihnen.

»Entschuldige, wenn ich dich unterbreche, Rhoda. War Ivo bei dir?«

Rhoda drehte sich um, ein Glas Prosecco in der Hand. »Ja, wir haben auf seine Auszeichnung angestoßen.«

Ettore Benussi streckte ihr lächelnd die Hand hin. »Guten Tag, Signora Radek, alles in Ordnung? Ihr Mann scheint sich ja von seinem Ausflug nach Grado bestens erholt zu haben.«

»Guten Tag, Commissario. Ja, zum Glück. Ich bin diejenige, die sich erst noch von dem Schrecken erholen muss, den er mir eingejagt hat. Entschuldigen Sie, dass ich so viel von Ihrer Zeit in Anspruch genommen habe.«

Petra trat in das Atrium hinaus und entdeckte Fabio, der gerade gehen wollte. Er hatte die Krawatte gelockert und unter den Achseln immer größer werdende Schweißflecken. Das Jackett trug er über den Arm gelegt.

»Fabio!«

Er schrak zusammen, bevor er sich umdrehte.

»Petra. Hast du mich erschreckt!«

»Hast du deinen Vater gesehen?«

»Nein, warum?«

»Er ist verschwunden. Hilf mir ihn suchen, bitte.«

»Ich kann nicht. Mirella erwartet mich, ich habe sie mit dem vollen Restaurant alleine gelassen, ich muss weg. Wir hören später voneinander.«

Petra schüttelte den Kopf. Dieser Mann stand zu sehr unter dem Pantoffel seiner Frau. Das würde sich nie ändern.

Cristina kam zurück, sehr nervös. »Draußen ist er nicht. Niemand hat ihn vorbeikommen sehen. Wenn er ein Handy hätte, wie alle normalen Menschen, aber nein …«

»Bestimmt ist er bei diesem anstrengenden Stelio Kunz. Ich weiß, dass der ihn interviewen wollte. Er wird ihn in irgendeinen Hörsaal gezerrt haben. Komm, wir gehen ihn retten!«

Petra und Cristina gingen wieder hinaus. Sie suchten in den verschiedenen Hörsälen im Erdgeschoss, in den Toiletten, von Ivo Radek keine Spur.

»Aber wo zum Teufel steckt er denn nur!«, rief Cristina entnervt, als sie sich zum dritten Mal in der Mitte des zylinderförmigen Innenhofs wiederfanden, der den Mittelpunkt des Gebäudes bildete.

»Er wird sich irgendwohin zurückgezogen haben, um sich auszuruhen. Wir kennen ihn doch, oder?«

»Wenn du's sagst.«

Petra wurde unruhig. »Darf man erfahren, welche Laus dir heute über die Leber gelaufen ist? Hast du wieder Streit mit Bruno?«

»Was hat denn Bruno damit zu tun!«

»Du bist so …«

»Wie würdest du dich denn fühlen, wenn du erfahren würdest, dass dein Vater dich dein ganzes Leben lang belogen hat?«

»Was sagst du denn da?«

»Tu nicht so, als wüsstest du es nicht.«

Petra hätte sich gern verteidigt, aber der Anblick von Stelio Kunz, der sich im zweiten Stock über das Geländer beugte, lenkte sie ab.

»Kunz!«, rief Petra von unten herauf.

Der Kritiker schaute sich um, sein Gesicht leuchtete freudig auf. »Petra! Ich habe dich gerade gesucht.«

»Was machst du denn da oben?«

»Ich habe einen Freund begrüßt, der hier arbeitet.«

»Hast du Ivo gesehen?«

Von unten sah Stelio Kunz noch deprimierender aus als normalerweise. Tiefe Augenringe zeichneten sein blasses, ungesundes Gesicht.

»Ich habe gehofft, ihn zu treffen, aber nein. Ich habe ihn nicht gesehen. Ich wollte ihm gratulieren, seine Rede war exzellent, wie übrigens auch die unseres gemeinsamen Verlegers Titus Celsius.«

»Falls du ihm zufällig über den Weg läufst, sagst du ihm bitte, dass wir ihn suchen?«

»Mache ich.«

Petra drehte sich zu Cristina um, um sie zu fragen, was sie damit gemeint hatte, ihr Vater habe sie immer belogen, als Ettore Benussi und Rhoda Wallace zu ihnen kamen.

»Haben Sie ihn gefunden?«, fragte der Kommissar.

»Noch nicht«, sagte Cristina.

Petra sah auf die Uhr und konnte ihre Besorgnis nicht mehr verbergen. »Es ist Zeit für seine Tablette. Wir müssen ihn unbedingt finden.«

Genau in dem Augenblick trat Terenzio Tasca, verschwitzt und aufgewühlt, durch eine Stahltür hinter ihnen.

»Das ist ein richtiges Labyrinth hier! Ich habe die Treppe nicht mehr gefunden!«

»Haben Sie zufällig meinen Mann gesehen?«, fragte Petra ihn ängstlich.

Terenzio trocknete sich den Schweiß mit einem Taschentuch von der Stirn. »Eben war er noch in der Bibliothek. Ich habe versucht, mit ihm zu sprechen, aber er hat gesagt, er wolle sich ausruhen.«

»Und wo ist die Bibliothek?«

»Im zweiten Stock.«

Petra legte sich erleichtert eine Hand auf die Brust. »Gott sei Dank. Dieser verflixte Mann treibt mich noch in den Wahnsinn. Und wo ist die Treppe?«

»Hinter dieser grünen Tür da. Es gibt auch einen Aufzug.«

Cristina ging darauf zu, aber Petra trat ihr in den Weg.

»Ich gehe. Wartet hier auf mich. Ich fürchte, er will jetzt niemanden sehen.«

Als sie die Treppe hinaufging, traf Petra auf Titus Celsius, der gerade herunterkam, mit finsterem Gesicht.

»Titus!«

»Entschuldige, Petra, aber ich fühle mich nicht besonders gut. Ich glaube nicht, dass ich mit euch essen kann.«

»Oh, mach dir keine Sorgen. Ivo will bestimmt sowieso nichts von essen hören. Mir wurde gesagt, er sei in die Bibliothek gegangen, um sich auszuruhen. Hast du ihn gesehen?«

»Ich bin an ihm vorbeigekommen. Aber ich wollte ihn nicht stören.«

»Ich muss ihn nach Hause bringen. Wir hören später voneinander.«

»In Ordnung.«

Petra drehte sich um und blickte ihm nach. Seltsam, dass er nicht darauf bestanden hatte, einen anderen Termin mit Ivo zu vereinbaren. Sie wusste, wie wichtig es ihm war. Die Menschen sind schon seltsam, dachte sie. Vielleicht ist dieser Scirocco schuld daran, dass alle auf einmal durchdrehen.

Petra kam im zweiten Stock an und fand sich vor der Bibliothek wieder, die sich über das gesamte Stockwerk erstreckte und sich einmal ganz um den Innenhof wand.

»Entschuldigen Sie«, sagte sie zu einem jungen Bibliothekar mit Pferdeschwanz, der mit ein paar Karteikarten in der Hand zu dem halbrunden Tresen zurückkehrte.

»Ja?«

»Ich suche meinen Mann, mir wurde gesagt, er sei in der Bibliothek.«

»Ihren Mann?«

»Ivo Radek.«

Das Gesicht des jungen Mannes leuchtete auf, als er lächelte.

»Ah ja, er ist hier vor einer Viertelstunde vorbeigekommen.«

»Und wissen Sie, wo er hingegangen ist?«

»Er hat gesagt, er wolle sich mal umschauen. Er ist in diese Richtung gegangen.«

»Danke sehr.«

Petra drang tiefer in das Labyrinth ineinander übergehender Räume mit Regalen voller Bücher ein, die nach Themen und Sprachen sortiert waren. Einen Augenblick lang hatte sie Angst, sich zu verlaufen.

»Ivo? Bist du hier?«, fragte sie laut. Keine Antwort. Wo zum Teufel steckte dieser verflixte Mann nur? Noch ein absichtliches Verschwinden könnte sie jetzt nicht ertragen. Das wäre wirklich zu viel, sogar für ihre sprichwörtliche Geduld.

Als sie an der Abteilung mit russischer Literatur vorbeikam, blieb Petra kurz stehen und sah nach, ob ihre Übersetzung von Puschkins »Eugen Onegin« vorhanden war. War sie, zum Glück. Plötzlich erfasste sie eine Wehmut nach jener Zeit, die nur ihr gehört hatte, nach den langen einsamen Stunden auf der Suche nach dem passenden Begriff, dem richtigen Ton, der die Genialität jenes jungen, viel zu früh gestorbenen Autors wiedergab.

Aber jetzt war keine Zeit für wehmütige Erinnerungen. Sie musste ihren Mann finden.

»Ivo! Wo steckst du denn?«

Sie kam an der englischen und der amerikanischen Literatur vorbei, ohne ihn zu finden. Petra spürte, wie eine ängstliche Unruhe sie erneut befiel. Es war beinahe eins, und Ivo musste unbedingt seine Herztablette nehmen. Zunehmend schwindelig tauchte sie in einen weiteren Gang aus hohen Regalen ein.

Am Ende kam sie in einem lichtdurchfluteten Raum mit großen Fenstern heraus, die über weißen Resopaltischen aufragten, und erblickte erleichtert die vertrauten Umrisse von Ada und Lorenzo, die vor einem eingeschalteten Bildschirm kauerten.

»Kinder! Wie gut, dass ich euch gefunden habe!«

Die beiden Teenager drehten sich erschreckt um und klappten den Laptop zu. »Wir kommen schon. Wir haben nur …«

»Habt ihr Großvater gesehen?«

»Nein, warum?«

»Helft mir, ihn zu suchen. Ich fürchte, es geht ihm nicht gut, er hat seine Tablette nicht genommen. Er wurde gesehen, wie er in die Bibliothek ging, aber ich kann ihn nicht finden.«

Ada und Lorenzo sprangen besorgt auf. »Er wird nach Hause gegangen sein«, vermutete Ada.

»Daran habe ich auch schon gedacht, aber ich habe angerufen und es hebt niemand ab. Außerdem würde er das, nach dem Schrecken, den er mir gestern eingejagt hat, niemals tun.«

»Du gehst in die Richtung, ich gucke in den Toiletten nach«, sagte Lorenzo zu seiner Cousine.

Der Bibliothekar trat mit verunsichertem Blick auf sie

zu. »Was ist denn los?« Er hatte durch die Scheibe die beiden Halbwüchsigen vom Tisch aufspringen sehen.

Petra sah ihn verzweifelt an, ohne ihre Sorge zu verbergen.

»Ich finde ihn nicht, ich finde ihn einfach nicht … Helfen Sie uns auch, ich bitte Sie.«

»Wie, du findest ihn nicht?« Cristina war hinter dem jungen Bibliotheksangestellten hereingekommen, gefolgt von Kommissar Benussi und Rhoda Wallace.

»Ich finde ihn nicht«, wiederholte sie mit zitternder Stimme. »Ich habe überall gesucht. Ich finde ihn nicht. Helft mir …«

In diesem Augenblick kam Lorenzo angerannt.

»Schnell, beeilt euch! Großvater –«

Ivo Radek lag in einem dunklen Winkel der Bibliothek am Boden, verborgen hinter einer Wand und einem Bücherregal. Er lag auf dem Rücken. Von seiner Schläfe rann Blut, das sich in einer stetig größer werdenden Lache vor ihm sammelte.

»Ivo!«, rief Petra erschreckt und warf sich auf ihn, gefolgt von Cristina.

Der greise Schriftsteller gab kein Lebenszeichen von sich.

»Schnell, ruft einen Krankenwagen!«, rief Cristina. »Er atmet noch!«

»Bewegen Sie ihn nicht!«, befahl der Kommissar, während er die Notrufnummer wählte.

»Ivo, antworte mir. Ivo!« Petra gab nicht auf.

»Ich bitte Sie, gehen Sie ein bisschen beiseite«, sagte Benussi, nachdem er das Telefonat beendet hatte. »Noch wissen wir nicht, ob es sich um einen Unfall oder einen Überfall handelt.«

»Wie konnte ich ihn nur übersehen?«, murmelte Petra, während sie sich mühevoll erhob. »Ich bin schon zweimal hier vorbeigekommen ... und habe ihn nicht gesehen.«

»Das ist ein blinder Winkel, schlecht beleuchtet«, versuchte der Bibliothekar sie zu trösten. »Wenn man nicht nach unten sieht, konnte man ihn nicht sehen.«

Rhoda trat zu Petra, nahm sie in den Arm und versuchte sie zu beruhigen. »Es wird alles gut, du wirst sehen.«

»Dieses ganze Blut ...«, murmelte die ältere Frau mit Tränen in den Augen.

In dem Moment kam Bruno Kosovitz herein, noch zerzauster und strubbeliger als gewöhnlich.

»Cristina, wo steckst du denn, verdammt noch mal! Ich suche dich seit einer halben Stunde.« Er blieb abrupt stehen, als er Radek am Boden liegen sah. »Was ist denn hier los?«

»Papà stirbt!«, rief Cristina unter Tränen aus.

Kosovitz starrte sie mit aufgerissenen Augen an, ohne ein Wort herauszubringen.

Ada und Lorenzo hielten sich umarmt und beobachteten die Szene still. Von Rhoda gestützt, wiederholte Petra immer wieder die gleichen Worte: »Ich bitte dich, halte durch ... ich bitte dich, Ivo. Lass mich nicht ...«

Das Martinshorn des Rettungswagens war immer lauter zu hören.

Mirella Radek sah nervös auf die Uhr. Es war spät, und Fabio hatte ihr versprochen, gegen eins zurück zu sein, um sie zu unterstützen. Und jetzt hatte er sich noch nicht einmal gemeldet. Nun war es sowieso schon zwei, und die letzten drei deutschen Paare waren beim Nachtisch. Zum Glück war alles gut gegangen, es hatte sich nichts Unvorhergesehenes ereignet, aber jetzt war sie wirklich müde und verzweifelt. Sie würde nicht nur abrechnen, sondern auch noch die Tische abdecken müssen.

Sie versuchte, ihn anzurufen, aber Fabios Telefon war ausgeschaltet.

Während sie mit der Kreditkarte eines Gastes beschäftigt war, klingelte ihr Handy. Es war Lorenzo, ihr Sohn. Seltsam, er rief normalerweise nie an.

»Was ist passiert?«, fragte sie ohne Vorrede.

»Großvater ist gefallen und hat sich den Kopf angeschlagen. Er ist ins Krankenhaus gebracht worden. Sag Papà, er soll sofort hierher ins Ospedale Cattinara kommen. Er geht nicht an sein Handy.«

»Er war noch gar nicht hier. Ist er nicht bei euch?«

»Nein, ich habe ihn nicht mehr gesehen. Er hat gesagt, er wollte zurück nach Hause, um dir zu helfen.«

»Dann wird er gleich kommen. Wie geht es Großvater?«

»Der Arzt sagt, dass er jeden Augenblick sterben kann. Sag Papà, er soll sich beeilen!«

Die Stimme ihres Sohnes zitterte vor Angst.

»Ruf mich wieder an, Lorenzo.«

Die Touristen gingen zufrieden hinaus und ließen auch ein schönes Trinkgeld da, sodass Mirella sich endlich hinsetzen und noch einmal versuchen konnte, ihren Mann zu erreichen.

Nichts, immer noch ausgeschaltet.

Wo steckte er nur? Wenn es etwas gab, was Fabio mit Sicherheit nicht war, dann unberechenbar zu sein. Er war schon immer ein Mensch gewesen, der alles bis ins Kleinste plante. Er vertraute auf äußerliche Ordnung und verteidigte sie mit einer Inbrunst, die schon fast an Fanatismus grenzte. Er hielt damit eine Angst im Zaum, die ihn schon seit seiner Kindheit plagte. Die Vorstellung, dass jemand seine festgelegte Routine durchbrechen könnte, regte ihn jedes Mal auf.

Die Fernsehnachrichten brachten Bilder von der Veranstaltung in der Universität. Mirella stellte lauter, um zu hören, ob es Neuigkeiten zu Radeks Gesundheitszustand gab.

»Nach der Zeremonie«, sagte die Journalistin ins Mikrofon, »erlitt der greise Autor einen Unfall und wurde ins Krankenhaus gebracht. Sein Zustand schien von Anfang an sehr kritisch zu sein.«

Mirella schenkte sich ein bisschen Wein ein und konnte eine gewisse ungeduldige Erregung nicht unterdrücken. Trotz des unleugbaren Schocks würde der Tod des alten Radek ihnen Luft verschaffen. Sie hatten oft darüber gesprochen, an den Abenden, an denen sie vergeblich auf Gäste warteten. Wenn sie das Nachbarhaus kaufen könnten, das sowieso seit Jahren leer stand, könnten sie zusätzlich ein Bed & Breakfast aufmachen, wie sie es seit Langem vorhatten. Von ihren Bekannten in Slowenien hatten es einige geschafft, auf diese Weise ihre Einnahme zu verdoppeln. Fabio würde ein ordentliches Vermögen von seinem Vater erben, das wussten sie beide. Diese Information war Petra eines Abends versehentlich herausgerutscht, als sie gespürt hatte, wie groß die Sorgen waren, die sie sich um ihre Zukunft machten. »Macht euch keine Sorgen, Ivo hat an euch gedacht. Aber er will nicht, dass es bekannt wird.«

Diese Sicherheit war es gewesen, die Fabio dazu getrieben hatte, vor wenigen Monaten einen Vorschuss auf das Erbe zu erbitten, wobei er eine glatte Ablehnung kassiert hatte. Was ihn zutiefst verletzt hatte. Das Geld brauchten sie jetzt, nicht erst in fünf oder zehn Jahren. Welchen Unterschied konnte es für ihn schon machen, es ihnen etwas früher zu geben? Die Härte seines Vaters ihm gegenüber war wirklich unverständlich. War es immer gewesen.

Das Klingeln des Glöckchens an der Eingangstür riss sie aus ihren Gedanken. Es war Fabio. »Wo warst du denn?«, herrschte ihn Mirella an. Ihr Mann sah schrecklich aus, die Frisur zerrauft, er war vollkommen durchgeschwitzt, seine Hände waren ölverschmiert und die Hose, die er zur Verleihung angezogen hatte, war voller Flecken. »Was ist denn passiert? Ich versuche seit einer Stunde, dich anzurufen.«

Der Tonfall seiner Frau versetzte Fabio sofort in übelste Stimmung. »Um Himmels willen, fang du jetzt nicht auch noch so an! Es war ein höllischer Vormittag. Außerdem hatte ich noch einen Platten auf der Via di Prosecco …«

»Und da konntest du mich nicht anrufen?«

»Doch, wenn ich das Handy mitgehabt hätte.«

»Und wo hattest du es?«

»Auf dem Nachttisch. Vor lauter Eile, um nicht zu spät zu kommen, habe ich es vergessen.«

Fabio schien wirklich fix und fertig zu sein, und Mirella hatte ein schlechtes Gewissen, dass sie ihn so angefahren hatte. »Lorenzo hat angerufen. Dein Vater ist gestürzt und hat sich den Kopf angeschlagen. Sie haben ihn ins Cattinara gebracht. Du sollst gleich hinkommen.«

Fabio sah seine Frau erschreckt an.

»Und wie geht es ihm?«

»Im Fernsehen haben sie gesagt, er schwebt in Lebensgefahr.«

»Es kam sogar im Fernsehen?«

»Ja, eben gerade.«

Fabio wischte sich mit zitternden Händen den Schweiß von der Stirn.

»Ich ziehe mich um und fahre hin.«

»Hoffen wir, dass es nichts Ernstes ist.«

»Hoffen wir's«, murmelte er und nahm im Laufschritt die Treppe nach oben.

16

Elettra hatte einen dringenden Anruf von Pater Florence erhalten und saß jetzt im Speisesaal des Offenen Hauses. Sie hörte sich die Aussage eines Mannes von etwa fünfzig Jahren an, mit dunkler Hautfarbe, gut gekleidet, der ausreichend Italienisch sprach. Er hatte Fotos in der Hand, die er Violeta und Pater Florence zeigte.

»Tahir ist mein Neffe. Sohn meiner Schwester! Hier ist er kleines Kind auf meinem Arm. Bitte, erlauben Sie, dass ich ihn nach Mailand mitnehme.«

Pater Florence betrachtete aufmerksam die Fotos, während Violeta ihnen Fruchtsaft einschenkte.

»Es tut mir leid. Aber wir müssen uns an die Gesetze halten«, sagte Elettra. »Ihr Neffe ist ohne Papiere nach Italien eingereist. Wenn er seine Identität nachweisen kann, können wir einen Antrag auf Familienzusammenführung stellen. Aber bis dahin, fürchte ich, muss er in Pater Florence' Obhut hier in der Einrichtung bleiben.«

Violeta sah den Mann bedauernd an. Sie spürte seine Verzweiflung und seine Ohnmacht fast körperlich.

»Aber Tahir wird sterben, bevor die Papiere da sind! Eritrea im Chaos, Konsulat kann sich nicht um alle kümmern, zu viele Anfragen. Ich schon probiert! Dauern Monate!

Ich bürgen für ihn. Tahir krank, Tahir verletzt. Ich nehme mit und mache ihn gesund. Mache alle Ausweise in Mailand. Bitte!«

Elettra schüttelte seufzend den Kopf. »Leider müssen wir uns an die Regeln halten. Das liegt nicht in meiner Hand. Es tut mir leid.«

Der Mann sprang wütend auf.

»Aber warum alles immer kompliziert hier Italien? Was ändert sich, wenn ich mitnehme? Ist nicht Verbrecher! Es nur armer, kranker Junge! Hat nichts Schlimmes getan!«

»Bitte, beruhigen Sie sich, Signor …«

»Gebru. Mein Name Ato Gebru, ich bin seit fünf Jahren hier Italien, habe Haus, Familie und feste Arbeit.«

Der Eritreer zog eine Brieftasche aus der Hose und warf Elettra seine Aufenthaltserlaubnis, seinen Personalausweis und auch eine Bescheinigung seines Arbeitgebers hin. »Lese! Ich sage nicht Lügen. Arbeite Lager Supermarkt. Arbeitsvertrag regulär.«

»Wenn das so ist, warum haben Sie keinen Antrag auf Familienzusammenführung gestellt? Das wäre doch viel einfacher gewesen!«

»Einfach! Einfach!« Ato brach in Lachen aus, aber es war ein bitteres Lachen. »Versuchen Sie mal in Amt zu gehen und fragen. Ich probiert. Ein Berg aus Papier! Wollen Grundriss Haus, regulären Mietvertrag, Bankkonto, Arbeitsvertrag für Familienangehörigen … und dann noch so viele Sachen, die ich nicht verstanden habe. In Asmara ist Bürgerkrieg! Tahir wäre eher gestorben! Also hab ich Geld geschickt, um Reise zu bezahlen.«

Elettra sah den Mann mit den vor Empörung lodernden Augen voller Mitgefühl an. Wenn es nach ihr gegangen wäre, hätte sie ihm sofort den armen Jungen anvertraut, auch ohne Papiere. Aber ihr waren die Hände gebunden.

Sie spürte in dem Mann eine verwundete Würde, der sie sich nicht entziehen konnte.

Pater Florence stand auf, um einen Anruf auf dem Handy anzunehmen. »Entschuldigen Sie, machen Sie nur weiter. Ich bin gleich zurück.«

»Wenn Sie Ihren Neffen sehen wollen, bringe ich Sie zu ihm«, sagte Violeta in einem Versuch, die Spannung zu lösen. »Er wird glücklich sein, wenn er erfährt, dass Sie hier sind.«

»Ich verspreche, dass ich alles dafür tun werde, um den Vorgang zu beschleunigen«, sagte Elettra.

Ato Gebru stand mit verzweifelter Miene auf. »Ich weiß, Sie gute Polizistin, machen Ihre Arbeit. Wenigstens nicht schlecht behandelt. Aber ich ein Mensch. Tahir ein Mensch. Ihr reden immer von Integration. Ich brauche nicht Integration. Ich schon immer integriert in Menschenwelt. Ihr vergesst Familienwerte. Hier Kind haut Vater, und er lacht, statt zu strafen. Hier Kinder verlassen Eltern in Heim, wenn keine Lust, sich um sie zu kümmern. Solche Sachen nicht möglich bei uns. Wir respektieren unsere Eltern, unsere Kinder respektieren uns. Ihr kein Respekt für nichts. Deshalb so viele Gesetze, weil niemand darin liest.«

Mit diesen Worten folgte Ato Gebru Violeta ins Innere der Einrichtung. Elettra blieb einen Moment fassungslos sitzen. Der Mann hatte mit wenigen Worten ins Schwarze getroffen.

Pater Florence kam mit einem besorgten Gesicht zurück.

»Es ist Geld aus dem Büro verschwunden.«

»Wie viel?«, fragte Elettra und stand auf.

»Zweitausend Euro. Ich hatte sie bei den Gemeindemitgliedern gesammelt, um die Operation der kleinen Maria zu bezahlen, ein Kind mit einem Herzleiden.«

»Und wo hatten Sie das Geld aufbewahrt?«

»In einer Schublade, abgeschlossen. Jemand hat sie aufgebrochen.«

»Wer wusste von dem Geld?«

»Das war kein Geheimnis. Ich habe bei jeder Messe darüber gesprochen und versucht, die Summe zu erhöhen. Wir hatten es fast geschafft ...«

»Hm, dann wird es nicht einfach sein herauszufinden, wer es war«, schloss Elettra. »Wollen Sie Anzeige erstatten?«

Pater Florence wedelte mit der Hand.

»Was soll denn eine Anzeige? Mir tut es nur für Rita leid, die Mutter. Sie kocht für uns. Ich hatte gehofft, einen Termin festlegen zu können, und stattdessen ...«

»Darf ich mich mal umschauen?«

»Nur zu, auch wenn ich nicht glaube, dass Sie etwas finden.«

»Es schadet nicht, es zu versuchen.«

Ettore Benussi hatte nicht widerstehen können und aß ein Mortadellabrötchen in der Bar neben der Fakultät. Eigentlich hatte er beschlossen, bis zum Abend kein Essen mehr anzurühren, weil er sich bei dem Imbiss in der Universität zehn Lachshäppchen, fünf Thunfischecken, drei Grissini mit Schinken und zwei Stück Kuchen reingezogen hatte, begleitet von fünf Gläsern Prosecco. Den großzügigen Angeboten eines Buffets hatte er noch nie widerstehen können. Doch jetzt sank der Blutzuckerspiegel, der bis in den Himmel geschossen sein musste, und der Magen verlangte dringend nach neuen Kalorien und neuem Zucker. Kalorien und Zucker, die zu verweigern der Besitzer des erneut gerundeten Bauches nicht aufgelegt war.

Zu viel Stress, zu viel Druck.

Ausgerechnet jetzt, wo er nur einen Schritt davon entfernt war, einen richtigen Verleger kennenzulernen, ausgerechnet jetzt, wo er eine Literaturagentin gefunden hatte, musste alles wegen Radeks Sturz zurückgestellt werden. Wenn der Schriftsteller jetzt auch noch starb, was angesichts der Schwere der Kopfverletzung durchaus möglich war, würde sein eigenes Buch erst einmal beiseitegelegt werden, und er würde Monate warten müssen, bevor er überhaupt wieder mit Rhoda sprechen konnte. Nicht auszudenken.

Nachdem der Krankenwagen Radek mitgenommen hatte, hatte Benussi den Unfallort inspiziert. Er war sich fast sicher, dass es sich nicht um einen Mordanschlag handelte, sondern um einen unglücklichen Sturz aufgrund einer Unpässlichkeit. Die Spurensicherung würde das bestätigen, sobald die Untersuchungen abgeschlossen waren.

Trotzdem würde er später noch im Cattinara vorbeischauen, um seine Notizen zu vervollständigen. Die fröhliche Tanzmelodie von Mozart, die er als Klingelton ausgesucht hatte, zwang ihn, in den verschiedenen Taschen seines weißen Anzugs nach dem Handy zu suchen, ohne es zu finden.

»Es liegt auf dem Tresen«, sagte der Barista.

»Ah, danke!«, antwortete er lächelnd, peinlich berührt von seiner Ungeschicklichkeit.

Als er den Anruf annahm, verschwand das Lächeln von seinem Gesicht.

»Seid ihr sicher? Ich komme sofort!«

Nachdem es Ulla Gargiulo nicht vergönnt gewesen war, Ivo Radek in der Universität zu treffen, hatte sie beschlossen, sich von ihrem Sohn auf den Friedhof von Sant' Anna bringen zu lassen, um die Gräber von Italo Svevo und Umberto Saba zu besuchen.

Und so hatten Inspektor Valerio Gargiulo und seine nordische Mutter mit einem Übersichtsplan in der Hand das ausgedehnte Labyrinth aus Zypressen, Gräbern, Kapellen und Grabsteinen betreten, das sich ohne erkennbare Ordnung über den ganzen Hügel von Sant' Anna erstreckte, und hatten versucht, die Grabstätten der berühmten Autoren ausfindig zu machen.

Der Friedhof schien verlassen.

Es war Mittagszeit, die Hitze erstickte einen fast. Valerio hätte viel lieber die Füße unter den Tisch einer Trattoria gestreckt, statt schweißgebadet in dieser monumentalen Totenstadt herumzuirren, aber Ulla hatte darauf bestanden und die Mahlzeit, die für Valerio sowieso frugal und kurz ausgefallen wäre, auf das Ende des Besuchs verschoben. Seiner Mutter war Essen vollkommen unwichtig, im Gegensatz zu ihrem Sohn, der eigentlich an kaum etwas anderes dachte.

Trotz seines zweifellosen Verfalls hatte der Ort seine eigene, düstere Faszination, musste Valerio anerkennen, während er versuchte, das Magenzwicken zu ignorieren. Während sie die Wege bergan stiegen, die die Gräberfelder voneinander trennten, wies Ulla ihren Sohn auf verschiedene Gräber hin, die bereits von der Vegetation verschlungen waren oder auf denen die alten Marmorkreuze zerbröckelt in sich zusammengefallen waren und sich am Boden mit von der Zeit an die Oberfläche gekommenen Steinen gemischt hatten. Zwischen zwei aufgegebenen Totengedenkstätten säugte sogar eine wilde Katze ihre Jungen.

Mehrere Male kamen sie an dem Punkt in Gräberfeld 2 vorbei, an dem sich, dem Plan zufolge, das Grab Svevos befinden sollte. Doch sie fanden es nicht. Erschöpft und hungrig verlor Valerio allmählich jede Hoffnung, als er eine alte Dame mit einem Strauß Blumen in der Hand näher kommen sah.

»Entschuldigen Sie, Signora. Wissen Sie zufällig, wo sich Svevos Grab befindet?«

»Das da drüben«, antwortete sie in Triestiner Dialekt. »Das mit der Aufschrift Gioachino Veneziani.« Sie zeigte auf eine kleine Kapelle mit Spitzbogen in der Nähe. »Es ist das Grab der Familie seiner Frau.«

Ulla trat in die kleine Kapelle und las alle Namen, die in die Marmorwände gehauen waren, ohne Erfolg.

»Sind Sie sicher? Ich sehe ihn nicht ...«

»Der Stein da direkt vor Ihnen, am Boden ...«

Ulla senkte den Blick und war empört, den Namen von Ettore Schmitz alias Italo Svevo unter ihren Füßen zu sehen, direkt am Eingang des winzigen Marmorgebäudes.

»Das ist ja nicht zu fassen! Ein so großer Schriftsteller wie er, behandelt wie ein Fußabtreter!«

Die Signora lächelte. »Als er noch am Leben war, war's auch nicht besser! Wissen Sie, wie man ihn in seiner Familie nannte? Der arme Ettore ... Ich war mit Svevos Enkelin befreundet. Sie hat mir erzählt, dass ihn seine Schwiegermutter immer gepiesackt hat. Wissen Sie, das ist so, wie es in der Bibel steht: Der Prophet gilt nichts im eigenen Land ...«

Ulla begann zu lächeln. Die Frau war unterhaltsam.

»Sie wissen bestimmt auch, wo das Grab von Saba ...«

»Das ist mehr da drüben. Ein grauer Marmorstein mit dem Namen darauf. Wenn Sie Lust haben, können Sie mit mir mitkommen, es ist in der Nähe vom Grab meines Mannes. Da haben sie mir schon wieder die Blumen geklaut. Wenn man hier nicht aufpasst, klauen sie einem sogar die Vasen. Eine Schande ist das!«

In dem Augenblick klingelte Gargiulos Telefon. Es war Kommissar Benussi. Er befahl ihm, Morin zu benachrichtigen und zu ihm zu kommen. Jetzt war es offiziell: Jemand hatte versucht, Ivo Radek zu ermorden.

»Mamma, ich muss weg. Der Commissario braucht mich.«

Er sagte ihr nicht, dass der von ihr verehrte Schriftsteller in Lebensgefahr schwebte, sonst hätte sie darauf bestanden mitzukommen.

»Geh nur, ich bleibe noch ein bisschen hier. Dieser Friedhof hier ist so faszinierend …«

»Bist du sicher? Soll ich dich nicht lieber ins Hotel zurückbringen?«

»Und was soll ich da? Nein, ich bleibe lieber hier. Ich nehme mir ein Taxi.«

»Na gut. Wir hören dann später voneinander.«

Auf dem Weg zum Ausgang rief Valerio Elettra an. »Der Commissario hat uns in die Fakultät für Literatur und Philosophie am Androna Campo Marzio bestellt. Sieht aus, als hätte jemand versucht, Ivo Radek zu ermorden. Wir treffen uns dort.«

Als er den Wagen abstellte, fühlte Valerio sich unruhig. Er wusste nicht, wie er nach dem Desaster vom Vorabend reagieren sollte, wenn er Elettra sah. Je mehr Zeit vergangen war, desto mehr hatte sein Zorn sich gelegt und der Angst Platz gemacht. Angst, dieses Mal wirklich alles verdorben zu haben, aber vor allem Angst davor, einen endgültigen Bruch nicht ertragen zu können.

Als er das Atrium der Fakultät betrat, sah er Benussi ihm entgegenkommen, durchgeschwitzt und hinkend.

»Haben Sie Ispettore Morin benachrichtigt?«

»Sie kommt.«

»Gut. Es sieht aus, als hätte jemand Radek überfallen, wobei er sich den Kopf an einer Kante angeschlagen hat.«

»Und wann ist das passiert?«

»Kurz nach eins. Sein Neffe hat ihn gefunden, in der Bibliothek, in einer Lache aus Blut. Der erste Gedanke war der an einen Herzanfall und einen Sturz, Radek hat ein schwaches Herz, aber …«

In dem Augenblick kam Elettra angerannt. »Guten Tag, Commissario. Ich bin so schnell gekommen wie möglich.«

»Gut, Morin. Die Situation ist delikat. Wie ich gerade zu Gargiulo sagte, hat jemand versucht, Ivo Radek zu ermorden.«

»Den Schriftsteller?«

»Ja, genau den. Ich war zufällig vor Ort, weil ich zur Verleihung der Ehrendoktorwürde eingeladen war.«

»Ich war auch da, ich habe meine Mutter begleitet«, setzte Valerio hinzu. »Und ich war gerade dabei, mit Signora Radek zu sprechen, als die Tochter kam und rief, dass sie ihren Vater nicht finden könne …«

»Ich wollte sagen«, fuhr Benussi fort, »dass Radek schwer herzkrank ist und man daher erst an eine Unpässlichkeit und einen daraus resultierenden Sturz dachte. Aber als der Rettungswagen da war, hat der Arzt gleich gesehen, dass die Wunde an der Schläfe nicht infolge eines einfachen Schwächeanfalls entstanden sein konnte. Jemand muss ihn mit Gewalt gestoßen haben, und er muss sich den Kopf an der Kante eines Bücherregals angeschlagen haben.«

»Wie geht es ihm jetzt?«, wollte Gargiulo wissen.

»Die Prognose ist noch unter Vorbehalt.«

»Und was sollen wir machen?«, fragte Elettra.

»Die Spurensicherung ist bereits bei der Arbeit, in der Bibliothek, im zweiten Stock. Da ist er überfallen worden. Ihr geht jetzt hoch und vernehmt den Bibliothekar und macht die Zeugen ausfindig. Hier ist die Liste der Anwesenden. Es waren zwei Studenten da, im anderen Flügel, und eine chinesische Studentin in der Präsenzbibliothek. Alle haben gesagt, dass sie nichts bemerkt hätten, aber wir nehmen sie lieber trotzdem einmal in die Mangel. In der Zwischenzeit informiere ich Staatsanwältin Guarnieri. Zum Glück ist noch nicht durchgesickert, dass es ein Mordversuch war, ich habe auch die Ärzte gebeten, Stillschweigen zu bewahren. Wenn jemand versucht hat, ihn zu ermorden, dann war es mit Sicherheit jemand, den er gut kannte. Wir werden die Familienmitglieder vernehmen und alle, die zur Verleihung eingeladen waren. Wenn niemand weiß, dass er verdächtigt wird, wird er sich vielleicht verraten.«

Elettra sah ihn verblüfft an.

»Aber es könnte doch auch einer der Zeugen gewesen sein, die Sie haben weggehen lassen. Die Bibliotheken sind doch voll mit komischen Leuten, die ansonsten nicht wissen, wo sie hin sollen …«

»Bitte, Morin, zügeln Sie Ihr Misstrauen in meine ermittlerischen Fähigkeiten und tun Sie, wozu ich Sie angewiesen habe.«

Valerio nahm Elettra am Arm, bevor sie zum x-ten Mal anfing, mit dem Kommissar zu zanken.

»Gehen wir, Ispettore Morin.«

17

Das moderne rechteckige Haus, das die Fakultät für Literatur und Philosophie der Universität Triest beherbergte, war um diese Uhrzeit so gut wie verlassen. Die Mitarbeiter der Cateringfirma waren schon weg und die Pförtnerloge während der Mittagspause geschlossen.

»Zum Glück finden seit einem Monat keine Vorlesungen mehr statt, so bleiben uns zumindest die Studenten erspart«, bemerkte Valerio.

»Du vergisst die, die sich auf die Prüfungen vorbereiten.«

»Um diese Uhrzeit gehen die aber sicher dem heiligen Ritual des Mittagessens nach.«

»Oder des Bades im Meer, als gute Triestiner.«

»Richtig, bei der Hitze würde ich auch gern noch mal einen schönen Sprung ins Meer machen.«

»Wieso, warst du schon schwimmen?«

»Heute früh. Ich konnte nicht schlafen …«

Elettra zog es vor, das Thema zu wechseln, damit das Gespräch nicht auf die Ereignisse des Vorabends kam. Jetzt war wirklich nicht der richtige Augenblick dafür. »Um wie viel Uhr ist Radek gefunden worden?«

»Kurz vor eins. Eine Dreiviertelstunde nach Ende der Zeremonie.«

Als sie ins zweite Stockwerk kamen, grüßten sie die Kollegen von der Spurensicherung, die im Saal E der Bibliothek arbeiteten.

»Hallo, Leute«, rief Gargiulo. »Noch nichts gefunden?«

»Zwei Fragmente von verschiedenen Schuhabdrücken mit Blutspuren, aber es ist schwierig, die Marke abzuleiten. Wir arbeiten noch daran«, antwortete einer der Kriminaltechniker, der mit Puder hantierte. »Und dann noch Blutspuren auf dem Ständer dort. Und auf einem Buch.«

»Könnte das die Tatwaffe sein?«

Der Kollege von der Spurensicherung schüttelte den Kopf. »Wahrscheinlicher ist, dass der Fleck darauf gekommen ist, als das Opfer gestoßen wurde. Wir lassen es euch wissen.«

»Habt ihr den Bibliothekar gesehen?«, fragte Elettra.

»Er ist zum Kaffeeautomaten gegangen.«

»Sehr gut«, sagte Elettra zu Valerio. »Während du losgehst und weitere Zeugen suchst, rede ich mal kurz mit dem jungen Mann.«

Wer konnte etwas gegen den alten Schriftsteller gehabt haben, fragte sich Elettra, während sie sich auf die Suche nach dem Pausenbereich der Fakultät machte. Sie konnte es sich nicht vorstellen. Sie hatte kein einziges Buch von Ivo Radek gelesen, aber soweit sie wusste, war er ein Mensch, der zurückgezogen lebte und niemandem Ärger machte.

Sicher, das Verhältnis seiner Kinder zu ihm war nicht gerade herzlich, wenn sie sich recht erinnerte. Vielleicht spielte der übliche Streit ums Erbe eine Rolle. Auch wenn sie angesichts von Radeks fortgeschrittenem Alter ja nicht mehr lange hätten darauf warten müssen. Als sie an ihren Besuch in dem Haus an der Via Lazzaretto Vecchio vor einigen Monaten zurückdachte, war er ihr nicht als besonders wohlhabender Mensch erschienen. Aber wer weiß, der äußere Eindruck täuscht oft.

Sie dachte an die Tochter Cristina zurück, die Mutter des Mädchens, das verschwunden gewesen war, und ihren finsteren Lebensgefährten. Wie hieß der noch? Ah ja, Bruno Kosovitz. Ein gelinde gesagt irritierender Typ, der sich im Lauf der Ermittlungen als noch wesentlich schlimmer entpuppt hatte. Der war tatsächlich in der Lage gewesen, den Hamster seiner Stieftochter zu ermorden unter dem Vorwand, er würde Krankheiten verbreiten. Diese Frau hingegen, Cristina Radek, war ihrem Liebhaber eindeutig hörig, auch wenn sie sich ihm gegenüber wenig duldsam gezeigt hatte.

Hätte sie ihren Vater umbringen können? Sie wusste noch zu wenig über sie und ihre Beziehung zu Ivo Radek, um einen Verdacht zu formulieren, aber der hasserfüllte Blick, den sie in diesen Augen gesehen hatte, deutete ganz sicher auf eine gequälte, von Groll erfüllte Seele hin.

Der junge Mann mit dem Pferdeschwanz trank gerade im Stehen vor dem Kaffeeautomaten einen Cappuccino. Er sah geistesabwesend und besorgt aus.

Elettra zeigte ihm ihren Dienstausweis. »Guten Tag, Ispettore Morin, Kriminalpolizei Triest. Sie haben heute Dienst in der Bibliothek, oder?«

»Ja.«

»Ihr Name?«

»Marco Romich.«

»Waren Sie anwesend, als Ivo Radek gefunden wurde?«

»Ja.«

»Kann ich Ihnen ein paar Fragen stellen?«

Der junge Mann nickte und lächelte sie an. »Möchten Sie noch einen Caffè, bevor wir anfangen?«

»Nein danke.«

Der junge Bibliothekar hatte den klaren und direkten Blick eines Menschen, der mit seiner Arbeit und seinem Leben zufrieden ist. Elettra war angenehm beeindruckt.

»Sie werden wissen wollen, ob mir etwas Ungewöhnliches aufgefallen ist, stimmt's?«, vermutete Romich.

»Nicht nur das. Auch einfach nur, welche Personen in die Bibliothek gekommen sind, während Sie da waren.«

»Es war ein bisschen ein Kommen und Gehen. Das ist mir aufgefallen, weil sonst um diese Jahreszeit nur wenig los ist.«

»Und haben Sie gesehen, um wen es sich handelte?«

»Abgesehen von Ivo Radek, den ich natürlich erkannt habe, und Stelio Kunz, der mit meinem Vater bei der Zeitung gearbeitet hat und hochgekommen ist, um mich zu begrüßen, kannte ich die anderen nicht.«

»Können Sie sie mir beschreiben?«

»Zwei Teenager, ein Junge und ein Mädchen, die mich gefragt haben, ob sie an den Computer dürfen.«

Das mussten Ada und ihr Cousin Lorenzo gewesen sein, Radeks Enkel. »Um wie viel Uhr sind die gekommen?«

»Das wird so gegen zehn nach zwölf gewesen sein. Ich war gerade aus der Pause zurück.«

»Und dann?«

»Dann ist Signor Radek gekommen und hat gefragt, ob er sich mal umschauen dürfe.«

»Wie spät wird es da gewesen sein?«

»Zwanzig nach zwölf, ungefähr.«

»Dann?«

»Sind drei weitere Herren gekommen, einer suchte die Abteilung mit alten Büchern, der andere eine Toilette. Der dritte hat gar nichts gefragt und ist in den Computerraum gegangen.«

»Wie alt waren die?«

»Der erste war alt, mager, eher unfreundlich. Als hätte er einen Stock verschluckt. Der andere war so um die vierzig, elegant und umgänglich. Der wollte auf die Toilette, ich habe sie ihm gezeigt.«

»Und der dritte?«

»Der dritte muss so um die sechzig gewesen sein. Das Gesicht habe ich nicht gut gesehen. Er hatte so eine indische Jacke an, mit geschlossenem Stehkragen aus weißem Leinen und dunkle Hosen. Mehr kann ich nicht sagen.«

Elettra hatte sich Notizen gemacht. Da sie nicht wusste, wer alles zu der Verleihung eingeladen war, musste sie die Informationen mit dem Kommissar abgleichen.

»Haben Sie mitbekommen, wann sie wieder gegangen sind?«

»Leider habe ich sie nicht gesehen. Ich bin weggegangen, um Bücher in die Regale zu räumen, und als ich zurückkam, ist auch schon Signora Radek gekommen, um mich nach ihrem Mann zu fragen. Es waren nur noch die beiden Kinder da. Die anderen drei müssen hinausgegangen sein, als ich weg war.«

Warum nur hatte Benussi die einzigen drei Personen nach Hause geschickt, die in der Bibliothek gewesen waren, als der Überfall stattgefunden hat?, fragte sich Valerio Gargiulo. Dadurch hatte er ihnen zusätzliche Arbeit aufgebürdet, die man sofort hätte erledigen können, vor allem wenn er sie gleich zusammengerufen hätte, als Radek gefunden worden war. Manchmal war der Kommissar in der Tat seltsam. Er machte wirklich den Eindruck, wie Elettra es ihm manchmal vorwarf, als wollte er die Fälle eigentlich schon abschließen, bevor er überhaupt ermittelt hatte.

Während er durch die Säle der Bibliothek streifte, dachte Valerio über alles nach, was er während der Verleihung und hinterher hatte beobachten können. Im Unterschied zu dem, was man von ihm sagte, schien Radek sich in seiner Rolle wohlgefühlt zu haben. Er war witzig, klug, charismatisch. Sogar überraschend. Er musste wirklich einmal dieses berühmte Buch lesen, »Der Kindheitsfreund«. Seine Mutter hatte so ein Theater um das Buch gemacht, dass er schon gar keine Lust mehr darauf gehabt hatte. Bücher, die so hochgelobt werden, wecken oft eine unbegründete Abneigung bei denjenigen, die sie noch nicht gelesen haben, die manchmal so weit geht, sie vollständig abzulehnen, als wären sie nur geschrieben worden, um unbedarfte Leser zu betrügen.

Während er in solcherlei Gedanken versunken war, kehrte Elettra zurück.

»Der Bibliothekar hat nach Radek drei Männer in die Bibliothek kommen sehen. Ich habe die Beschreibung, es dürfte nicht schwierig sein herauszufinden, wer sie sind.«

Valerios Handy klingelte in seiner Tasche. Er seufzte, bevor er sich meldete.

»Ja, Mamma … Ich verstehe dich nicht, sprich langsamer … Was? Bist du sicher? Ist jemand bei dir? Ich komme sofort, pass auf, dass niemand näher herangeht.«

Elettra sah Valerio fragend an.

»Meine Mutter ist über einen Toten gestolpert.«

»Wo?«

»Auf dem Friedhof.«

Elettra brach in ungläubiges Lachen aus.

»Mir ist schon klar, dass das komisch klingt …«

»Und was macht deine Mutter auf dem Friedhof?«

»Das ist eine lange Geschichte, ich erzähle sie dir unterwegs.«

»Ich benachrichtige den Kommissar.«

Bevor sie hinausgingen, wandte sich Valerio noch einmal an die Kollegen von der Spurensicherung. »Wenn ihr hier fertig seid, müsst ihr zum Friedhof kommen. Feld Nr. 6. Da ist eine Leiche gefunden worden.«

Petra betrachtete schweigend ihren Mann. Er ruhte jetzt im Krankenhausbett, den Kopf verbunden und mit einem Bluterguss im Gesicht, der die Augenhöhle und die linke Wange dunkel färbte. Es gelang ihr nicht, sich nicht schuldig zu fühlen. Schuldig, ihn allein gelassen zu haben, schuldig, ihn dazu gezwungen zu haben, diese verdammte Ehrendoktorwürde anzunehmen, die für sie beide rein gar nichts änderte. Wenn sie die Zeit hätte zurückdrehen können, hätte sie nicht so darauf bestanden. Sie war ihr als eine Würdigung seines Talentes erschienen, die ihm zustand, eine verspätete Anerkennung für die vielen Bücher, die er veröffentlicht hatte und die längst fast vergessen waren. Aber war es richtig gewesen, einen so empfindsamen Menschen zu etwas zu zwingen? War es nicht nur um ihre eigene, sündige Eitelkeit gegangen?

Mit einem Seufzer streichelt sie die Stirn ihres Mannes. So oft in all den Jahren hatte Petra sich ein Leben ohne Ivo vorgestellt. Sie wusste, dass er aller Wahrscheinlichkeit nach vor ihr gehen würde, aber es war ihr nie gelungen, wirklich zu akzeptieren, dass es tatsächlich so geschehen würde. Sie nahm eine seiner Hände und streichelte sie.

»Ciao, mein Lieber. Ich bin hier.«

Ivo Radek reagierte nicht.

Während sie versuchte, die Tränen zurückzuhalten, erinnerte sich Petra an ihre erste Begegnung. Es war in der Straßenbahn nach Opicina gewesen, 1975. Er hatte sein Rad dabei, von dem er sich nie trennte. Eines der ersten Cross-Rennräder mit Gangschaltung. Ein blaues Motobécane. Sie hatte ihn sofort erkannt, aber nichts getan, um ihn anzusprechen. Sie hatte sich darauf beschränkt zu lächeln, als sie ihn so sah, angezogen wie ein Turner aus dem Osten mit einer leuchtend blauen Trainingshose und einer roten Mütze mit blauem Bommel. Ivo war damals fünfzig gewesen. Er hatte ihr Lächeln aufgefangen und sie gefragt, ob sie auch gern Rad fuhr.

So hatte ihre Geschichte begonnen.

Petra war nie sehr sportlich gewesen, aber aus Liebe zu Ivo hatte sie angefangen, Fahrrad zu fahren und zu Fuß hinter ihm die Berge hinaufzuklettern. Ivo konnte nicht stillhalten, es war ihm ein körperliches Bedürfnis, sich zu bewegen, zu schwimmen, zu wandern, Sport zu treiben. Petra war gerade dreißig geworden und nahm diese Beschleunigung ihres Lebens bereitwillig an.

Bis dahin hatte sie überwiegend in ihrem gemieteten Zimmer gesessen und an Übersetzungen aus dem Russischen gearbeitet. Damit verdiente sie sich ihren Lebensunterhalt. Nach dem Examen in Literatur wäre sie gern an der Universität geblieben, um zu unterrichten und Assistentin ihres Professors für Russische Literatur zu werden, aber dafür hätte sie eine Familie im Rücken haben müssen, die sie zumindest noch weitere fünf Jahre unterstützte, was Petra nicht hatte. Zudem hatte sie die leidvolle Erfahrung machen müssen, dass die Hoffnung auf eine akademische Karriere in Italien, wenn man nicht einen Verwandten oder Freund hat, der bereits in dieser Welt etabliert ist, so etwas blieb wie ein Sechser im Lotto.

Nur drei Monate später heirateten sie, ungeachtet der Feindseligkeit, mit der ihr seine Kinder begegneten. Obwohl beide ohne Mutter aufgewachsen waren, oder fast ohne – der kleine Fabio war sieben gewesen, als Lea bei Cristinas Geburt starb –, waren sie der Meinung, dass ihr

Vater sein Leben in Erinnerung an sie führen sollte. Fabios Haltung änderte sich über die Jahre, er war irgendwann so weit, Ivos neue Frau zu akzeptieren, während Cristina ihr nie verzieh. Was das war, wusste Petra bis heute nicht.

Wie waren diese achtunddreißig Jahre vergangen?, fragte sie sich.

Wie im Flug.

Mit Ivo war das Leben nicht mehr eintönig. Konnte es nicht mehr eintönig sein. Es war, wie neben einem kleinen Elektrizitätswerk zu leben, dessen Drähte die ganze Zeit offen lagen: Selbst der unbedeutendste Zwischenfall konnte einen Kurzschluss verursachen.

Alles verletzte ihn, alles wühlte ihn auf.

Am Anfang dachte Petra wie alle anderen, dafür sei eine Art aristokratischer Bequemlichkeit verantwortlich, die es ihm ermöglichte, Konfrontationen mit anderen Menschen aus dem Weg zu gehen. Aber je mehr Zeit verging, je tiefer und symbiotischer ihre Verbindung wurde, desto klarer wurde ihr, dass ihr Mann niemandem etwas vorspielte. Er litt wirklich. Er litt aufgrund einer verzweifelten Empfänglichkeit, die ihn vom Rest der Welt trennte und ihn gleichzeitig zu einem klarsichtigen Beobachter all der kleinen Anzeichen von Ungleichgewicht und Ungerechtigkeit machte, die den meisten Menschen unbedeutend erschienen. Als Kind, in Istrien, verbrachte er ganze Tage auf dem Land rund um Parenzo damit, zu beobachten, zu sammeln, zu katalogisieren. Es war seine Art, die Angst im Zaum zu halten und sich vor der Härte der Mutter zu schützen, die nie sonderlich viel Warmherzigkeit an den Tag gelegt hatte. Seit er auf die Welt gekommen war, hatte sich der kleine Ivo als Last empfunden, als ungebetener Gast in einer Familie, in der keine Harmonie herrschte. Der Vater verbrachte seine Tage in der Fabrik, und wenn er zurückkehrte, schloss er sich in seinem Arbeitszimmer ein, aus dem er häufig erst am nächsten Morgen wieder hervorkam. Die stumme Anspannung, die voller Hass geflüsterten Sätze und die Gefühlskälte waren die treuen Gefährten seiner Kindheit gewesen.

Die Ehe seiner Eltern war keine glückliche gewesen. Sie hatten sich in den Zwanzigerjahren in Wien kennengelernt, auf einem Ball. Nino Furian, Ivos Vater, lernte das Geschäft in der Fabrik eines entfernten Verwandten, bevor er in der Fabrik seiner eigenen Familie in Parenzo die Zügel in die Hand nehmen würde. Seine Mutter hingegen, Lena Radek, eine junge Russin, die vor Kurzem mit ihrer Familie aus St. Petersburg geflohen war, versuchte, sich ein neues Leben weit weg von ihrem Vaterland aufzubauen, das sowieso in die Hände der »bolschewikischen Barbaren« gefallen war, wie sie es beharrlich bis zu ihrem Tod formulierte. Die Hoffnung auf ein privilegiertes Leben in einer großen, von einem Park umgebenen Villa eines reichen Industriellen zerplatzte ziemlich schnell. Die Schwangerschaft hinderte sie daran, aus Parenzo zu fliehen, wie sie es gewollt hätte, und so schloss sie sich noch mehr in ihre Erinnerungen ein, bis sie sich irgendwann überhaupt nicht mehr für das interessierte, was um sie herum geschah, einschließlich ihres Sohnes.

Der kleine Ivo wuchs in absoluter Einsamkeit auf und kultivierte bizarre, stille Leidenschaften wie die, die lateinischen Namen aller Tierarten auswendig zu lernen, die er nach und nach im Lexikon entdeckte. Vor der vollständigen Vereinsamung rettete ihn nur die Freundschaft mit Frano, dem Sohn einer Dienstbotin und eines Fischers, der für seinen Vater arbeitete. Seit sie in der Mittelschule nebeneinandergesessen hatten, teilten sie jeden freien Augenblick, jedes Abenteuer, jeden Ausflug aufs Meer, jede

Leidenschaft. Es war eine exklusive Verbindung, umfassend, wie sie häufig zwischen sensiblen jungen Leuten entsteht. Als Heranwachsende wurden sie als Reaktion auf die faschistische Arroganz, die sie umgab, beide glühende Anhänger des Kommunismus. Als der Faschismus fiel und die Deutschen Istrien besetzten, waren sie versucht, befeuert vom Hass auf die Nazis, sich Titos Partisanen anzuschließen. Dann, enttäuscht von der Gewalt und den Übergriffen auch derjenigen, die behaupteten, für eine bessere Welt zu kämpfen, trieb ihr im Grunde wildes und einsames Wesen sie dazu, sich in die Entdeckung der Dichtung und der Bücher zu flüchten.

Petra hatte nie den wahren Grund für den Bruch zwischen den beiden herausfinden können. Ivo hatte nie darüber sprechen wollen. In dem Buch, durch das er berühmt geworden war, hatte er ihre Geschichte in groben Zügen nacherzählt, aber man spürte, dass es sich um eine literarische Rekonstruktion handelte, geschrieben unter dem Eindruck der Empörung darüber, aus seinem Heimatland vertrieben worden zu sein. Der Toni aus »Der Kindheitsfreund« war nur zum Teil von Frano inspiriert. Genau wie die Figur der Alma, des Mädchens, das sie beide liebten, nur zum Teil Lea war, seine erste Frau. Sie hatten dem jungen Vertriebenen als erzählerisches Mittel gedient, um seinen Schmerz darüber hinauszuschreien, in einer Stadt gelandet zu sein, die ihm das Gefühl gab, fremd und nicht willkommen zu sein.

Aber da war noch mehr. Etwas, das ihn zutiefst verletzt hatte und worüber er nie hatte sprechen wollen. Nicht einmal mit ihr. Etwas, das ihn heute noch quälte, mit so vielen Jahren Abstand.

Vielleicht hatte Cristina etwas entdeckt, was sie nicht wusste. Aber was konnte das sein? Ivo war immer sehr verschlossen gewesen, was sein vergangenes Leben anging. Und sie hatte nie darauf bestanden, mehr zu erfahren, als er ihr sagen wollte. Sie wollte auf keinen Fall alte Wunden aufreißen.

In den ersten Jahren ihrer Ehe hatte Petra ihm immer wieder einmal vorgeschlagen, nach Parenzo zurückzukehren. Sie wollte die Orte, an denen er aufgewachsen war, mit seinen Augen sehen, seine Vorstellungskraft in konkreten Ausblicken verorten, doch ihr Mann hatte sich stets dagegen gesträubt. Und so hatte auch sie irgendwann aufgehört, darauf zu beharren. Und fast ohne es zu bemerken, hatte sie angefangen, ihn vor allem zu beschützen, das ihn beunruhigen könnte. Vielleicht zu sehr, wie es ihr ihre Freunde vorwarfen, und vor allem Cristina.

Möglicherweise hatten sie recht. Andererseits kehren sich in langfristigen Beziehungen manchmal die Rollen um, wandelt sich das, was anfangs Attraktion war, mit den Veränderungen, die die Lebensphasen mit sich bringen, zu einer Art gegenseitiger Fürsorge.

Petra sah auf die Uhr. Sie musste aufbrechen. Der Kommissar hatte alle in ihr Haus einbestellt, für fünf Uhr. Es gab Neuigkeiten zu dem Überfall auf Ivo, und Benussi wollte die Personen vernehmen, die in der Bibliothek gesehen worden waren, außerdem die Familienangehörigen und die Literaturagentin. Sie beugte sich vor, um Ivo einen Kuss auf die Stirn zu geben. »Mach's gut, mein Lieber. Wir sehen uns später.«

18

Ettore Benussi war kurz zu sich nach Hause in die Salita Promontorio gegangen, um sich ein frisches Hemd und einen anderen Anzug anzuziehen, bevor er zu der Vernehmung in Radeks Haus ging. Der Schweiß hatte ihn in einen beklagenswerten Zustand versetzt. Carla war nicht da, sie hatte ihre Arbeit bei dem Suchthilfeverein wieder aufgenommen, bei dem sie im Vorstand war, und seine Tochter Livia hatte sich wie üblich in ihrem Zimmer eingeschlossen und saß vor dem Computer.

Der Kommissar schaute sich um. Es war frisch und luftig im Haus. Carla hatte es nach ihrer Entführung noch gemütlicher gemacht. In dem Versuch, das hässliche Erlebnis, das sie vor wenigen Monaten auf dem Karst durchgestanden hatte, auszulöschen, hatte sie die Sofas und Sessel ausgetauscht, die noch aus dem Haus einer Tante von Ettore, einer alten Hexe, stammten und wirklich hässlich, unbequem und staubig waren. So waren sie eines Samstagmorgens zu Ikea gefahren, um sich etwas auszusuchen, das moderner und heller war, hatten sich auch noch frische Vorhänge aus weißem Leinen gegönnt, was dem Wohnzimmer jetzt eine Atmosphäre wie in einem Luxushotel verlieh, die ihnen gut gefiel.

Ettore ging in die Küche und zog den Kühlschrank auf.

Er hatte Lust auf ein eiskaltes Bier, als sein Blick auf eine einladende Packung norwegischen Lachs fiel. Reines Protein, sagte er sich, während er sie aufriss, mit Omega-3-Fettsäuren. Das könnte ihm nicht schaden.

»Ah, hier bist du!«

Die Stimme seiner Tochter hinter ihm erschreckte ihn.

Er versuchte die ganzen Lachsscheiben, die er sich in den Mund gesteckt hatte, herunterzuschlingen, ohne sich umzudrehen.

Aber seine Strategie ging nicht auf. Livia sah die leere Packung auf dem Tisch und protestierte: »Was machst du denn da? Der Lachs sollte für heute Abend sein!«

Rot im Gesicht und beschämt, bemühte der Kommissar sich um ein argloses Gesicht und zuckte mit den Schultern. »Ich hatte … kein Mittagessen«, log er hustend.

»Du hast sogar einen Soßenfleck auf dem Hemd!«

Ettore ertrug es nicht mehr, von seiner Tochter wie ein Idiot behandelt zu werden, auch wenn er sich im Augenblick genau so fühlte. »Ich habe dir gesagt, dass ich kein Mittagessen hatte. Auf dem Heimweg bringe ich heute Abend Lachs mit. Was machst du eigentlich hier?«

»Ich lerne, was soll ich denn sonst machen? Hast du mir wenigstens ein bisschen Eis übrig gelassen, oder hast du das auch inhaliert?«

Livia klappte das Gefrierfach auf und zog ein weißes Behältnis heraus.

»Ein Glück. Das nehm ich lieber mit auf mein Zimmer.«

»Du willst das doch wohl nicht alles allein essen … Das ist bestimmt ein halbes Kilo!«

»Der Lachs war auch ein halbes Kilo, wenn's darum geht. Außerdem geht dich das nichts an.«

»Ich geh duschen«, antwortete Benussi, um die allmählich an Fahrt aufnehmende Auseinandersetzung zu unterbrechen. Außerdem war es sowieso sinnlos zu versuchen, bei Livia das letzte Wort zu haben.

Der Kommissar sah auf die Uhr. Es war schon drei Uhr nachmittags. Er musste unbedingt seine Ideen sortieren und sich auf die Vernehmung vorbereiten, die in zwei Stunden stattfand. Er würde seine ganze Geistesschärfe brauchen, um die Person zu entlarven, die Radek in der Bibliothek angegriffen hatte. Der Bericht, den ihm Inspektorin Morin am Telefon geliefert hatte, ließ vermuten, dass es mit großer Wahrscheinlichkeit einer der zur Verleihung geladenen Gäste gewesen war.

Er musste losgehen und herausfinden, wer.

Er zog sich aus, wobei er vermied, sich im Spiegel anzusehen, und trat in die Duschkabine voller Vorfreude auf die warme Umarmung des Wassers, die ihn erwartete.

»Ahhhh!«, brüllte er auf.

Er hatte vergessen, die Mischbatterie umzustellen, sodass ein Schwall eiskaltes Wasser auf ihn niedergeprasselt war. »Verdammt noch mal!« Nackt wie ein Wurm hantierte er an dem schicksalhaften Hebel und ließ sich dann endlich von dem warmen Wasserstrahl einhüllen, genoss das Wohlgefühl, das sich vom Scheitel aus in seinem ganzen Körper ausbreitete.

Als er sich endlich dazu durchgerungen hatte, aus der Dusche zu steigen, entdeckte er, dass es bereits halb vier und der Akku seines Handys vollkommen leer war. So ein Mist. In den Bademantel gehüllt zog er die Schublade auf, in der Carla alle Ladegeräte des Hauses aufbewahrte, und versuchte, seines aus dem unförmigen Knäuel herauszufischen. Während er die Kabel entwirrte, fragte sich Benussi wieder einmal, welches rätselhafte physikalische Phänomen dafür verantwortlich war, dass an sich leblose

Kabel sich in den Zeiten, in denen sie nicht benutzt wurden, wie schelmische Schlangen ineinander verknäulten, anscheinend mit dem einzigen Ziel, denjenigen zur Verzweiflung zu treiben, der, wie er jetzt gerade, in teuflischer Eile war.

Als es ihm endlich gelungen war, das Ladekabel zu entwirren, in die Steckdose zu stecken und das Telefon einzuschalten, sah er, dass Morin einige Male versucht hatte, ihn zu erreichen. Was zum Teufel war jetzt wieder los? Er tippte die Nummer ein und versteckte sein Schuldgefühl hinter einem kurz angebundenen, dienstlichen Tonfall.

»Was gibt es, Morin. Wie? Wo?«

Der Kommissar sah auf die Uhr, es war nur noch etwas mehr als eine Stunde bis zu dem Termin im Hause Radck. Er musste sich beeilen.

»Haben Sie schon die Spurensicherung verständigt? Gut. Ich komme!«

Benussi stürmte ins Schlafzimmer, um sich anzuziehen, und während er sich ein frisches Hemd überzog, erledigte er einen weiteren Anruf. »Hallo, Dottoressa Guarnieri, ich bin es, Benussi. Am Friedhof Sant' Anna wurde ein Toter gefunden. Es sieht nach einem Raubüberfall aus. Meine Inspektoren sind schon vor Ort. Soll ich Sie abholen? Einverstanden, dann sehen wir uns dort.«

Der Leichnam lag mit dem Gesicht nach unten im zertrampelten Gras, das zwischen zwei Gräbern des Feldes 6 wuchs. Es war ein alter Mann, das spärliche weiße Haar konnte die dunklen Altersflecken auf der von der Sonne gebräunten Kopfhaut nicht verbergen. Es gab keine offensichtlichen Anzeichen für ein Handgemenge.

Valerio streifte sich die Handschuhe über und durchsuchte die Taschen des Opfers.

Nichts.

»Ich habe ihn wirklich nicht gesehen, es hat nicht viel gefehlt und ich wäre über ihn gestolpert«, beteuerte Ulla Gargiulo zum wiederholten Mal ihrem Sohn und Elettra, die vor ein paar Minuten eingetroffen waren. Sie war sehr blass. Die Hitze der ersten Nachmittagsstunden hatte auch bei ihr Spuren hinterlassen. Sie saß im Schatten auf einem umgekippten Marmorstein und versuchte, sich von dem Schock zu erholen, indem sie sich mit dem Friedhofsplan Luft zufächelte.

»Hast du niemanden hier in der Nähe gesehen?«

»Nein. Ich weiß nicht … Ich habe nicht darauf geachtet. Ich glaube nicht.«

»Es ist ja nicht wirklich die richtige Zeit, um die Toten zu besuchen«, bemerkte Elettra, während sie sich umschaute.

Ein durchdringender, süßlicher Geruch nach verrotteten Blumen gemischt mit der Fäulnis von Rasenschnitt wehte über das weitläufige, zur Stadt hin abfallende Gräberfeld. Elettra dachte mit Schrecken an ihre Mutter Aurora, die vor wenigen Monaten auf dem Friedhof von Monfalcone bestattet worden war. Seit dem Tag der Beisetzung war sie nicht mehr dort gewesen, um ihr eine Blume zu bringen. Wenn die Seele tatsächlich den Körper überlebte, woran Aurora fest geglaubt hatte, dann würde sie sicher nicht unter der Erde gefangen bleiben, hatte sie sich zu ihrer Entschuldigung gesagt. Elettra fühlte sich ganz und gar nicht wohl auf Friedhöfen. Alle diese zu Ende gegangenen Leben, verbraucht, vergessen, Geiseln verlassener Monumente, der Vernachlässigung der Zeit, der Melancholie der in ihren Zinnvasen verwelkten Blumen, weckten in ihr eine Verzweiflung, die sie nicht näher benennen konnte.

»Rosa Wetzl, geboren in Muggia 1930 und gestorben in Triest vor drei Jahren«, las Inspektor Gargiulo auf dem Grabstein links von dem Toten. »Vielleicht war das seine Frau, da sollten wir uns schlaumachen.«

Während er sich Notizen machte, zeigte Valerio auf die anderen Namen, die auf den Grabsteinen der Nachbargräber standen. Es war sehr wahrscheinlich, dass die Identität des Unbekannten aus einem dieser Nachnamen hervorging.

»Vielleicht ist er überfallen worden, bevor er herkam, und wurde nur hier versteckt«, überlegte Elettra, als sie zwei Spuren aus verschmierter Erde auf dem Gras entdeckte, als hätte jemand die Leiche darübergezogen.

»Das wird uns die Spurensicherung sagen. Ah, da kommen sie ja«, sagte Valerio und gab einem Auto, das den Hauptweg des Friedhofs entlangfuhr, ein Zeichen. Dahinter fuhr ein Krankenwagen mit ausgeschalteter Sirene. Er blieb wenige Meter vor Ulla Gargiulo stehen, die immer noch im Schatten saß, den Kopf in die Hände gestützt.

Valerio begann, sich in Gegenwart der Kollegen unwohl zu fühlen.

»Mamma, warum gehst du nicht ins Hotel und machst dich frisch? Wir brauchen dich hier nicht mehr.«

Ulla lächelte ihren Sohn an und nickte. »Gib mir noch fünf Minuten, ich will mich noch einen Augenblick erholen, dann gehe ich.«

Benussi und die Staatsanwältin trafen fast gleichzeitig ein. Aus Guarnieris Wagen stieg auch Cerri, der Gerichtsmediziner, schweißgebadet und mit rotem Gesicht.

»Schon was gefunden?«, fragte Benussi seine Inspektoren.

»Noch nicht«, antwortete Elettra. »Die Leiche hat keine Papiere bei sich. Und es sind auch keine Etiketten an der

Kleidung. Er muss jemand gewesen sein, der nicht viel für Mode übrig hatte. Die Hosen sind abgetragen, aus grobem Stoff, und das Hemd ist an den Manschetten und am Kragen abgewetzt. Auch die Sandalen scheinen noch aus den Sechzigern zu sein.«

»Ringe? Kettchen? Tätowierungen?«

»Nichts, leider.«

Cerri hatte sich hingekniet, um die Leiche in Augenschein zu nehmen, während die Beamten von der Spurensicherung Grasschnipsel und Erdklümpchen vom Pflaster sammelten.

»Jemand muss ihn bis zum Fundort geschleift haben«, sagte Rotondi, der dienstälteste Beamte.

»Der Tod ist vor etwa zwei oder drei Stunden eingetreten«, urteilte Cerri, während er sich mühevoll aufrichtete.

»Todesursache?«

»Das kann ich erst nach der Autopsie sagen. Es sieht nicht danach aus, als sei er überfallen worden.«

»Gut. *Napoli*, ich vertraue Ihnen diesen Fall an. Gehen Sie und reden Sie mit den Gärtnern und dem Wächter. Vielleicht haben die ja etwas gesehen. Ich und Ispettore Morin fahren los, um die Verwandten und Freunde von Radek zu vernehmen.«

»Einverstanden.«

Benussi blieb stehen, neugierig geworden durch die nordische Schönheit Ullas, die ihn seltsam ansah.

»Die Dame ist eine Zeugin?«, fragte er und zeigte auf sie.

»Das ist meine Mutter. Sie hat den Leichnam gefunden.«

»Ihre Mutter? Und Sie stellen sie mir nicht vor?«, protestierte er und ging mit ausgestreckter Hand auf die Frau zu.

Valerio lief unwillkürlich rot an.

»Angenehm, Signora. Ich bin Commissario Ettore Benussi. Ihr Sohn wird vielleicht schon mal von mir gesprochen haben.«

Ulla lächelte müde und antwortete gepresst: »Guten Tag, Commissario.«

»Ich hoffe, Sie sind nicht gekränkt, weil ich ihn ab und zu *Napoli* nenne. Ispettore Morin hält es für Taktlosigkeit, aber Ihrem Sohn macht es nichts aus, stimmt's?«

Valerio warf Elettra einen Blick zu, bevor er antwortete.

»Natürlich nicht.«

»Ich hingegen bin da Elettras Meinung, Commissario«, antwortete Ulla Gargiulo. »Wie würde es Ihnen gefallen, *Triest* genannt zu werden? Hört sich das nicht ein bisschen … rassistisch an?«

Benussi steckte den Vorwurf ein, ein leicht gequältes Lächeln auf den Lippen. Das hatte er nicht erwartet.

»Gehen wir, Morin. Wir sind spät dran.«

Mit einem komplizenhaften Lächeln zu Valerios Mutter folgte Elettra ihm.

19 Es war bereits fünf. Die Hitze hatte begonnen, ihren festen Griff zu lockern, und eine leichte Brise blähte die Vorhänge des Wohnzimmers des Hauses Radek in der Via Lazzaretto Vecchio. Die offenen Terrassentüren umrahmten den Blick auf den kleinen Sporthafen am Ende der Rive, den die Triestiner La Sacchetta nannten.

Petra kam mit einem Teewagen herein. Sie hatte Eistee für alle bereitet und dazu selbstgebackene Kekse. Aber niemand der Anwesenden hatte Lust, etwas zu essen. Die Tatsache, dass sie gezwungen waren, sich alle zusammen in einem Zimmer aufzuhalten, und sei es noch so gemütlich und geräumig, sorgte für eine angespannte und bedrückte Atmosphäre.

Titus Celsius hielt sich etwas abseits von allen und betrachtete einige Bücher aus Radeks Bibliothek, während Terenzio Tasca, der neben einem dösenden Stelio Kunz saß, auf seinem Tablet Mails beantwortete.

Rhoda Wallace erhob sich, um Petra zur Hand zu gehen, schob ein Tischchen beiseite, das dem Teewagen im Weg war, und trat dabei versehentlich Fabio Radek auf den Fuß, der in die Lektüre des *Mercantino*, des wöchentlich erscheinenden Gratis-Anzeigenblatts, versunken war.

Ada saß mit untergeschlagenen Beinen auf dem Boden und spielte mit Ricky und Tommy, den beiden Hündchen des Hauses, während Lorenzo neben ihr weiter in Rilkes »Briefe an einen jungen Dichter« las.

Bruno Kosovitz hatte sich Whisky eingeschenkt und trank ihn in großen Schlucken, mit dem Rücken zu allen anderen, um seiner Ablehnung gegen das, was er lautstark als »Posse« bezeichnet hatte, Ausdruck zu verleihen. Cristina Radek hingegen lag mit geschlossenen Augen auf einer Liege auf der Terrasse und genoss die Brise, die vom Meer heranwehte.

Niemand sprach.

Alle warteten auf die Ankunft von Kommissar Benussi.

Ein trockener Schlag wie ein Gewehrschuss ließ alle Anwesenden zusammenschrecken. Titus Celsius hatte wutentbrannt ein Buch zusammenklappen lassen. »Ich ertrage diese Manie nicht, am Ende eines Buches allen zu danken! Hat Kafka sich bedankt? Bedankte Proust sich? Thomas Mann? Ich bitte Sie! Lassen wir diese Narreteien doch den Amerikanern! Aber es ist nichts zu machen, wir sind ein Volk aus Nichtsnutzen und Nachmachern!«

»Ich finde es gar nicht so schlecht«, wagte Rhoda sich vor. »Es ist eine nette Art und Weise, denen, die an das Buch geglaubt haben, etwas zurückzugeben.«

»Seien Sie doch nicht so töricht! Das ist nur eine narzisstische Modeerscheinung! Was hätte denn Primo Levi schreiben sollen? Vielen Dank an Hitler und die Henker von Auschwitz, ohne die dieses Buch nicht möglich gewesen wäre? Lachhaft!«

»Ich für meinen Teil habe mich nie bei irgendjemandem bedankt«, warf Stelio Kunz wehleidig ein, glücklich darüber, für seinen ehemaligen Verleger Partei ergreifen zu können.

»Von Anwesenden habe ich nicht gesprochen«, beschied ihm Celsius barsch.

Das Gespräch wurde von der Türklingel unterbrochen. Auf ein Zeichen von Petra lief Lorenzo zur Tür, um aufzumachen. Benussi kam herein und entschuldigte sich für die Verspätung, gefolgt von Inspektorin Morin. »Uns ist noch etwas dazwischengekommen«, sagte der Kommissar, steuerte direkt auf den Teewagen mit den kalten Getränken zu und goss sich ein Glas ein.

»Darf ich?«, fragte er Petra. »Ich sterbe vor Durst!«

»Aber sicher!«

Elettra konnte nicht anders, als die abfälligen Blicke zu bemerken, mit denen Benussi bedacht wurde, als er geräuschvoll sein Glas austrank. Immer das Gleiche mit dem Kommissar. Er war überzeugt davon, Sympathie und Verständnis zu wecken, indem er seine infantile Gefräßigkeit öffentlich zur Schau stellte, und riskierte stattdessen, zumindest hier, seine Autorität zu untergraben. Es war keine leichte Aufgabe, die hier vor ihnen lag. Sie mussten einen falschen Ton in den Reaktionen der Anwesenden entdecken, ein plötzliches Zögern, einen ausweichenden Blick. Manchmal verriet die Körpersprache mehr als tausend Worte. Allerdings hatte sie, im Auto, noch einmal darauf bestanden, die Nachforschungen nicht nur auf die Familie und die eingeladenen Berühmtheiten zu beschränken. Jeder hätte Radek in der Bibliothek überfallen haben können. Auch ein Student oder ein Bediensteter, vielleicht bei einem gescheiterten Raubüberfall. Elettra hatte schon einen Termin mit den drei Studenten vereinbart, die zum Tatzeitpunkt in der Bibliothek gewesen waren. Sie war sich sicher, dass noch irgendetwas Überraschendes ans Tageslicht kommen würde. Man musste nur genug Geduld und die Fähigkeit haben, um es zu finden.

Inspektorin Morin konnte nicht wissen, dass hinter der Sturheit, mit der der Kommissar darauf beharrte, die Ermittlung bei den Personen zu beginnen, die Radek nahegestanden hatten, noch etwas anderes steckte. Wenn es ihm gelang, mit seinem investigativen Scharfsinn die beiden Verleger, die englische Literaturagentin und einen anerkannten Kritiker wie Stelio Kunz zu beeindrucken – somit die gesamte Welt, in die er als Autor aufgenommen zu werden hoffte –, dann, dessen war sich Benussi sicher, würden seine Chancen erheblich steigen.

»Es tut mir leid, dass ich Ihre Pläne durcheinandergebracht habe, Signori«, begann der Kommissar, nachdem er drei Gläser Eistee getrunken und eine Reihe Schnittchen verschlungen hatte. »Ich weiß, dass einige von Ihnen bereits ein Flugticket oder eine Zugreservierung hatten. Ich werde versuchen, Sie so wenig Zeit wie möglich verlieren zu lassen, aber es ist meine Pflicht, die Wahrheit festzustellen, und dafür ist Ihre Mitarbeit absolut unverzichtbar.«

»Ich verstehe nicht, was Sie von uns wollen«, protestierte Titus Celsius, ohne seine scharfe Missbilligung zu verhehlen. »Es tut uns allen leid um Ivo, dem wir eine baldige Genesung wünschen, aber diese Geschichte mit dem versuchten Mord geht doch ein bisschen zu weit. Außerdem, wie sollte denn jemand versucht haben, ihn zu ermorden?«

»Die Ärzte haben sich klar ausgedrückt. Ivo Radeks Sturz war kein Unfall. Er ist mit Kraft gegen das Metallregal gestoßen worden und hat sich den Kopf an einer Kante angeschlagen.«

»Das ist ja furchtbar! Unglaublich!«, rief Rhoda Wallace.

»Aber warum denn?«, fragte Stelio Kunz. »Ivo war doch ein Mann …«

»Ist, nicht *war*«, korrigierte Petra ihn eisig. »Er ist noch nicht tot, Kunz.«

»Entschuldige«, antwortete der Kritiker beschämt, »das war eine rhetorische Formulierung. Ich wollte sagen, Ivo ist doch ein dermaßen eigenbrötlerischer und einsamer Mann, wie sollte er da solche … extremen Gefühle wecken?«

»Wir sind hier nicht in einem amerikanischen Fernsehfilm«, unterbrach ihn Bruno Kosovitz wütend. »Wenn Sie irgendjemanden von uns verdächtigen, dann sagen Sie es direkt.«

Benussi zog es vor, die Provokation zu ignorieren, und fuhr fort.

»Sie alle waren bei der Verleihung anwesend, und folglich könnten Sie alle etwas bemerkt haben, das uns bei unseren Ermittlungen hilft. Die Tat ist in der Bibliothek der Fakultät für Literatur und Philosophie zwischen 12:00 und 12:50 Uhr geschehen. Darf ich Sie fragen, wo Sie sich zu dem Zeitpunkt aufgehalten haben? Fangen wir mit Ihnen an, Signor Celsius.«

Der Verleger schien ihn mit seinem Blick förmlich aufspießen zu wollen. »Mit mir? Und warum, wenn ich fragen darf?« Celsius war wirklich empört und machte kein Hehl daraus. »Sie werden doch nicht wirklich glauben, dass ich … also ich bitte Sie! Jetzt wird es bald richtig lächerlich! Sie wissen nicht, wen Sie hier vor sich haben!«

Benussi ließ sich nicht irritieren. »Das weiß ich sehr gut. Einen der wichtigsten und angesehensten Verleger unseres Landes. Bitte beantworten Sie die Frage.«

Elettra erinnerte sich gut an die Worte des Bibliothekars. Celsius musste der Erste gewesen sein, den er nach den jungen Leuten in die Bibliothek hatte gehen sehen.

Die Beschreibung »eher unfreundlich« passte haargenau. Und auch die Stimme, schneidend, beißend, war unangenehm.

»Wenn Sie es wirklich wissen müssen: Ich verabscheue die Erfrischungen und all die Dummheiten, die bei solchen Anlässen gereicht werden. Aber da ich meinem alten Freund Radek und seiner Frau Petra versprochen hatte, mit ihnen hinterher zu Mittag zu essen, bin ich losgegangen, um die Bibliothek zu suchen. Mir ist die Gesellschaft von Büchern lieber als leeres Geplauder.«

»Und dort haben Sie Radek angetroffen.«

»Nein, als ich hineinging, war er noch nicht da. Ich habe ihn beim Verlassen der Bibliothek getroffen.«

»Und was haben Sie miteinander gesprochen?«

»Fast nichts. Er war sehr müde. Er sagte, er wolle sich kurz ausruhen. Also habe ich ihn in Ruhe gelassen.«

»Das ist nicht wahr!«, rief Terenzio Tasca. »Ihr habt euch angeregt unterhalten. Radek sah ziemlich aufgebracht aus.«

Celsius verlor die Geduld. »Was willst du damit sagen?«

»Was ich gesehen habe. Ich war auf dem Weg zur Toilette und habe euch gesehen.«

»Was dieser Herr hier, an dessen Namen ich mich nicht erinnere, behauptet gesehen zu haben«, Celsius zitterte vor Wut, »ist ein kurzer Versuch, allein mit Radek zu sprechen, vor dem Mittagessen. Ein gescheiterter Versuch, wie ich bereits gesagt habe, weil Radek müde war.«

»Ah, das wird ja immer schöner!«, rief Terenzio Tasca aus. »Er erinnert sich nicht mehr an meinen Namen … Die Sache ist ernst, Signori. Signor Celsius leidet offensichtlich unter einer schweren Form von Amnesie.«

»Ich verbitte mir diesen Ton, du mieser Erpresser!«

Dann zischte er dem Kommissar zu: »Fragen Sie mal lieber ihn, was …«

Benussi merkte auf. Die beiden hatten ein Geheimnis, aber es war ganz sicher nicht der rechte Augenblick, es zu enthüllen. Er zog es vor, die Vernehmung fortzuführen. Immerhin traten relevante Fakten zutage.

»Was sollte ich Signor Tasca fragen?«

»Das liegt doch auf der Hand! Was hat *er* denn auf der Toilette der Bibliothek zu suchen gehabt, wenn er doch wunderbar auch auf die im Erdgeschoss hätte gehen können!«

Doch Tasca bot ihm vollkommen unbeeindruckt die Stirn: »Ganz einfach. Die Toilette war besetzt, also habe ich eine andere gesucht. Ich habe eine sehr aktive Blase, Commissario, und muss mich mit einer gewissen Häufigkeit erleichtern …«

Elettra machte Notizen und beobachtete die Reaktionen der anderen. Ihr fiel Fabio Radeks Nervosität auf, der sich auf dem Stuhl, auf dem er sich niedergelassen hatte, ganz und gar nicht wohlzufühlen schien. Er trank ununterbrochen Wasser und tupfte sich mit einem Taschentuch den Schweiß von der Stirn. Elettra machte ein Fragezeichen hinter seinen Namen. Sie würde herausfinden, ob er etwas zu verbergen hatte. Er war nicht im fraglichen Zeitraum im zweiten Stock von dem Bibliothekar gesehen worden, aber er konnte sehr gut von der Tür aus zur anderen Seite des Lichthofs gegangen sein. Cristina stand neben ihm in der Terrassentür und zerrte geistesabwesend an einer Haarsträhne. Sie schien sich zu Tode zu langweilen, oder spielte sie das nur? Die zwei Jugendlichen, Ada und Lorenzo, hockten mit schockierten Gesichtern nebeneinander auf dem Boden, nicht weit von Rhoda Wallace entfernt, die sich ungläubig die Augen rieb, überrascht von diesen unerwarteten Hassausbrüchen, während Petra mehr am Display ihres Handys interessiert zu sein schien als an dem, was in ihrem Wohnzimmer geschah. Stelio Kunz war der Einzige, der sich köstlich zu unterhalten schien. Dass er Zeuge wurde, wie in der für ihn unerreichbaren Verlagswelt schmutzige Wäsche gewaschen wurde, ließ ihn innerlich frohlocken.

»Sie sagten also, dass Sie nach der Verleihung Ihre Blase erleichtern gegangen sind? Um wie viel Uhr mag das gewesen sein?«, fragte der Kommissar Terenzio Tasca von dem gestreiften Sessel aus, in dem er es sich bequem gemacht hatte.

»Ganz genau weiß ich es nicht. Um halb eins herum.«

»Und Sie haben Ivo Radek nicht gesehen?«

»Doch, ich habe ihn gesehen. Ich habe es Ihnen gerade gesagt. Er hat mit Celsius gestritten.«

Titus Celsius funkelte ihn an. »Du warst schon immer ein Dreckskerl und bist ein Dreckskerl geblieben! Wir haben nicht gestritten!«

»Dann halt laut gesprochen.«

»Ich werde nicht zulassen, dass du ...«

»Bitte, Signor Celsius, lassen Sie mich meine Arbeit machen«, bremste ihn Benussi. Dann fuhr er, an Tasca gewandt, fort: »Wie lange waren Sie auf der Toilette?«

»So lange, wie man braucht, um Pipi zu machen und sich die Hände zu waschen.«

»Und während Sie in dem Raum waren, ist niemand hereingekommen oder hinausgegangen?«

Tasca schaute sich um, bevor er antwortete. »Um die Wahrheit zu sagen, bin ich dem Herrn dort begegnet, an der Tür.« Dabei zeigte er auf Bruno Kosovitz.

Die Augen der Anwesenden richteten sich wie ein Exekutionskommando auf das schwitzende, blasse, unverstandene Physikgenie, das sofort aufbrauste.

»Oh, nein! Versucht jetzt nicht, mich da reinzuziehen! Ich weiß nichts, und ich habe auch nichts gesehen!«

Diese Unschuldsbeteuerung hatte allerdings den gegenteiligen Effekt dessen, was sie bewirken sollte. Alle Verdächtigungen hefteten sich sofort an ihn.

»Wenn Sie nichts wissen und auch nichts gesehen haben, dann haben Sie auch nichts zu befürchten, meinen Sie nicht?«, spottete Benussi.

»War bei Ihnen auch die Toilette im Erdgeschoss besetzt?«, fragte Elettra Morin mit einem sarkastischen Blitzen im Blick.

»Ich habe nicht mal danach gesucht.«

»Und wie kam das?«, fragte Benussi.

»Ich musste mir Insulin spritzen und wollte nicht riskieren, jemanden zu treffen.«

Cristina starrte ihn feindselig an. »Was redest du denn da? Wo du das sogar mitten auf der Straße machst, vor aller Augen, ganz selbstverständlich!«

Bruno schätzte die Einmischung nicht. »Halt du doch den Mund!«, bellte er. »Du kapierst überhaupt nichts!«

»Nein, mein Lieber. Ich hab es satt, den Mund zu halten. Ich hab es satt, deine Launen zu ertragen! Commissario, wenn jemand versucht hat, meinen Vater zu ermorden, dann ist es mit Sicherheit er gewesen. Bruno hasst ihn schon von Anfang an …«

Bruno machte zwei Schritte auf sie zu und zeigte drohend mit dem Finger auf sie. »Pass bloß auf, was du sagst!«

»Mir machst du keine Angst mehr!«

Kosovitz drehte sich zu dem Kommissar um, ein angedeutetes, mitleidiges Lächeln auf den Lippen. »Jetzt dreht sie durch. Wenn irgendjemand alle hasst, dann ist sie es, vor allem ihren Vater. Sie kann es gar nicht abwarten, dass er stirbt, damit sie die Wohnung verkaufen kann.«

»Du bist widerlich!«, rief Cristina und brach in Tränen aus.

»Meine Mutter hat recht«, rief Ada, rot im Gesicht. »Er redet nur schlecht von Großvater. Er ist es, der unser Haus will. Ein von Grund auf bösartiger Mensch! Ich hab ihr so oft schon gesagt, dass sie sich von ihm trennen muss!«

Cristina streckte unter Tränen die Hand nach ihrer Tochter aus, und Ada drückte sie und fing ebenfalls zu weinen an.

Bruno schaute sich mit verächtlicher Miene um und versuchte, die offensichtliche Feindseligkeit, die ihm entgegenschlug, nicht zu beachten. »Hier wird gerade versucht, den guten Namen eines Wissenschaftlers von Weltruf in den Schmutz zu ziehen!«

Petra platzte als Erste heraus: »Von welchem Weltruf denn! Sie sind ein Scharlatan und ein Ausbeuter.«

»Das musst du gerade sagen! Du hast dir einen Witwer geangelt und ihn seinen Kindern entfremdet!«

Petra behielt die Nerven und antwortete eisig: »Ivo war seit zwanzig Jahren verwitwet, als ich ihn kennengelernt habe, und seine Kinder waren längst erwachsen.«

»Jetzt reicht es!«, erklärte Benussi und stand auf.

Schweigen senkte sich auf das Zimmer herab.

»Signor Kosovitz«, nahm der Kommissar den Faden wieder auf.

»Professor Kosovitz, wenn es Ihnen nichts ausmacht.«

»Einverstanden, also, Professor Kosovitz, können Sie mir sagen, warum Sie die Toilette in der Bibliothek benutzt haben, obwohl klar ist, dass es im Erdgeschoss mehr als nur eine gab?«

Bruno antwortete nicht gleich. Er wollte seiner über jeden Zweifel erhabenen Überlegenheit über all diese Leute, die er offen verachtete, mehr Gewicht verleihen.

»Es steht Ihnen frei, mir nicht zu glauben, doch das ändert nichts daran, dass das, was ich Ihnen gesagt habe, die Wahrheit ist.«

»Und wären Sie so freundlich, es noch einmal zu wiederholen?«

»Offensichtlich haben Sie keinen Diabetes, sonst wüssten Sie, dass zu den Symptomen der Unterzuckerung auch Schwindel gehört, der bis zur Ohnmacht führen kann.«

»Das erklärt nicht, warum Ihre Wahl auf den zweiten Stock gefallen ist, im Gegenteil. Wenn Sie sich tatsächlich schwach gefühlt haben, warum dann noch die Treppe suchen – die, wie wir festgestellt haben, schwer zu finden ist – und zwei Stockwerke nach oben gehen?«

»Aber ich habe den Aufzug genommen.«

»Das ändert nichts an der Tatsache.«

»Behandeln Sie mich nicht wie einen Idioten, Commissario. Ich habe nichts zu verbergen. Wenn Sie es wirklich wissen wollen: Ich wollte diese ganzen Heuchler loswerden, die sich um den großen Schriftsteller gerissen haben. Und deshalb habe ich es vorgezogen, mich zu entfernen. Ich hasse Opportunisten.«

»Sie hassen auffällig viel, Kosovitz.«

»Warum schießt du dir nicht einfach eine Kugel in den Kopf und hörst auf, uns allen auf die Nerven zu gehen?«, schrie Cristina ihn an.

»Das würde dir wohl so passen, was?«, antwortete Kosovitz verächtlich.

»Und wie mir das passen würde!«

»Und mir auch!«, sprang Ada ihrer Mutter bei.

Kosovitz fegte wütend das Whiskyglas zu Boden. »Es reicht! Keine Minute länger bleibe ich in diesem Haus und lasse mich von solchen erbärmlichen Weibern beleidigen.«

Er stürmte zur Tür.

»Was glauben Sie, wohin Sie gehen?«, fragte Elettra und stellte sich ihm in den Weg.

»Raus, ich brauche frische Luft.«

»Wir sind noch nicht fertig.«

»Ich schon! Machen Sie Platz!«

Bruno Kosovitz war außer sich. Als Elettra sich nicht rührte, packte er sie am Arm und schleuderte sie zu Boden.

Kommissar Benussi war sofort hinter ihm und hielt ihn auf.

»Sie sind verhaftet wegen tätlichen Angriffs auf eine Amtsperson!«

»Reden Sie keinen Quatsch! Von wegen Amtsperson!«

Elettra stand auf, trat ruhig zu ihm und sah ihm fest in die Augen.

»Ich weiß, dass Sie von Frauen weniger als nichts halten und wahrscheinlich meinen, dass ich eine Uniform trage, die ich nicht verdient habe. Aber da mir der Staat das Recht verliehen hat, Sie zu verhaften, werde ich mit voller Absicht von diesem Recht Gebrauch machen.«

Ohne ein weiteres Wort ließ Inspektorin Morin die Handschellen um die Handgelenke des vor Wut schäumenden Kosovitz zuschnappen, unter dem Beifall der Anwesenden.

»Ich war es nicht! Mir könnt ihr das nicht anhängen! Ich will einen Anwalt«, lärmte Kosovitz, in der Tür stehend.

»Den bekommen Sie, keine Sorge«, sagte Elettra und stieß ihn vorwärts.

Bevor sie hinausging, trat sie noch zu Benussi und murmelte ihm etwas ins Ohr. Der Kommissar nickte, während sich sein Blick auf Fabio Radek richtete.

»Können wir jetzt gehen?«, fragte Titus Celsius.

»Noch einen Moment Geduld, wenn es Ihnen nichts ausmacht. Ich bin noch nicht fertig.« Ohne auf die ungeduldigen Blicke zu achten, die auf ihn abgeschossen wurden, setzte Benussi sich wieder und zog schweigend sein Notizbuch hervor. Die Atmosphäre im Raum war zum Zerreißen gespannt. Die Szene, die Kosovitz gemacht hatte, hatte sie alle erschüttert, sodass sie an nichts anderes mehr dachten, als so schnell wie möglich von hier zu verschwinden. Doch sie hatten Pech, sie würden noch warten müssen.

»Signor Kunz, kommen wir zu Ihnen. Wo befanden Sie sich zwischen 12:00 und 12:50 Uhr?«

Der Blick des Kritikers traf sich kurz mit Petras, dann antwortete er sarkastisch: »Leider hatte auch ich das Pech, nach oben in die Bibliothek zu gehen. Eine unglückselige Koinzidenz, finden Sie nicht auch? Signora Radek hat mich gesehen, das kann ich nicht abstreiten. Wollen Sie mich auch verhaften?«

Benussi ignorierte Kunz' provozierenden Ton. »Und darf ich wissen, warum Sie nach oben gegangen sind?«

»Ich wollte den Sohn eines alten Freundes begrüßen, den ich bei seiner Taufe im Arm gehalten habe. Marco Romich. Er ist Bibliothekar. Ein netter Junge. Er wird es Ihnen bestätigen können.«

»Und wie lange sind Sie geblieben?«

»Wenige Minuten, so lange, wie man halt braucht, um jemanden zu begrüßen.«

»Und Sie haben Ivo Radek nicht gesehen?«

»Leider nicht. Ich hätte ihm gerne gratuliert. Das habe ich auch seiner Frau gesagt. Seine Rede hat mich wirklich bewegt, aber ich bin ihm nicht begegnet.«

Der Kommissar sagte nichts dazu, sondern wandte sich an Fabio Radek.

»Und Sie, Signor Radek?«

»Was meinen Sie?«

»Wo waren Sie zwischen 12:00 und 12:50 Uhr?«

»Ich bin sofort nach der Zeremonie gegangen, meine Frau brauchte mich im Restaurant.«

»Und um welche Zeit genau haben Sie das Gebäude verlassen?«

»Ich habe nie eine Uhr dabei, sie stört mich. Aber ich habe Petra am Ausgang getroffen. Vielleicht erinnert sie sich.«

Benussis Blick richtete sich erwartungsvoll auf Petra.

»Das stimmt, ich habe ihn getroffen, als er gerade gehen wollte, er war in Eile. Die genaue Uhrzeit weiß ich nicht.«

»Mehr oder weniger?«

»So um halb eins, würde ich sagen.«

Der Kommissar kontrollierte noch einmal sein Notizbuch.

»Die Verleihung war, soweit ich mich erinnere, um die Mittagszeit zu Ende. Folglich sind Sie nicht unmittelbar danach gegangen, wie Sie gesagt haben, Signor Radek, sondern noch eine halbe Stunde geblieben. Können Sie mir sagen, was Sie in diesen dreißig Minuten getan haben?«

Fabio lief vor Scham rot an. »Das würde ich lieber nicht sagen.«

»Ich fürchte, Ihnen bleibt nichts anderes übrig.«

»Ich war es, der die Toilette im Erdgeschoss besetzt hat. Mir war schlecht geworden. Ich muss irgendein Schnittchen gegessen haben, das mit Krabben belegt war. Leider bin ich allergisch gegen Krabben, mein Sohn kann Ihnen das bestätigen.«

Lorenzo nickte, besorgt angesichts der peinlichen Situation, in der sich sein Vater befand.

»Und haben Sie in der Toilette jemanden gesehen?«

»Ich hatte abgeschlossen. Ich habe mich übergeben …«

»Nicht in der Toilette, sondern als Sie wieder herauskamen?«

»Hm, lassen Sie mich überlegen. Petra hat mich gesehen, aber das wissen Sie bereits. Und meine Schwester, der bin ich begegnet, als sie wieder hereinkam.«

Benussi nickte und richtete seine Aufmerksamkeit auf Cristina.

»Kannst du die Angaben deines Bruders bestätigen, Cristina?«

»Ja. Ich war rausgegangen, um meinen Vater zu suchen, und wir sind in der Tür beinahe zusammengestoßen.«

»Und du kannst bestätigen, dass es um 12:30 Uhr war?«

»Das kann ich nicht mit Sicherheit sagen, weil ich nicht auf die Uhr gesehen habe, aber so ungefähr kommt es hin. Die Verleihung war seit knapp einer halben Stunde zu Ende.«

»Und wo warst du zwischen 12:00 und 12:50 Uhr?«

Cristina hatte nicht erwartet, auch gefragt zu werden, und ihr Blick huschte unentschieden im Zimmer umher, bevor er sich feindselig auf Benussi richtete.

»Wie, wo ich war?«

»In dem Zeitraum zwischen dem Ende der Verleihung und dem Moment, als du Alarm geschlagen hast, ist eine Viertelstunde vergangen. Wo warst du da?«

Wenn sie ihn mit Blicken hätte vernichten können, hätte sie es getan, doch so zog sie es vor, die Absurdität seiner Frage herauszustellen.

»Wo soll ich denn gewesen sein? Ich bin herumgelaufen, um mit den Leuten zu sprechen. Du hast mich doch auch gesehen.«

»Mit welchen Leuten?«

»Das weiß ich doch nicht mehr! Jetzt lass mal gut sein, Ettore! Ich weiß nicht, worauf du hinauswillst!«

»Auf nichts Bestimmtes, glaub mir. Reine Routine. Ich muss die Aussagen aller Personen aufnehmen, die in diesem Zimmer anwesend sind. Darunter eben auch die von Signora Radek, weil sie zwei Schritte neben mir stand.«

Der Kommissar klappte das Notizbuch zu und mühte sich aus dem Sessel hoch. Sein Bein schmerzte ihn immer noch.

»Und warum fragst du dann nicht auch Lorenzo und Ada?«, fragte Cristina bitter.

Benussi drehte sich mit einem versöhnlichen Lächeln zu ihr um.

»Es tut mir leid, wenn ich dich verärgert habe, liebe Cristina. Carla findet mich übrigens auch manchmal anstrengend, da bist du in guter Gesellschaft. Du willst wissen, warum ich die beiden jungen Leute nicht vernommen habe? Weil der Bibliothekar mir versichert hat, dass sie sich nicht vom Computer wegbewegt haben, bis Signora Radek nach oben gekommen ist, um ihren Mann zu suchen. Wie du siehst, keine Bevorzugung.«

»Sind Sie jetzt fertig?«, nahm Titus Celsius den Ball auf und erhob sich seinerseits.

»Ja, Sie können gehen. Aber ich muss Sie bitten, die Stadt nicht zu verlassen.«

Das Gesicht des betagten Verlegers verdüsterte sich.

»Sie können uns nicht hier festhalten. Wir haben Verpflichtungen, wir müssen arbeiten!«

»Es tut mir leid, aber bis ich Sie nicht aus den Ermittlungen ausschließen kann, bin ich gezwungen, Sie hierzubehalten.«

»Bis wann dauert das?«, fragte Terenzio Tasca beunruhigt.

»Bis die Kriminaltechnik die Spuren untersucht hat, die gefunden wurden.«

»Also wie lange?«, drängte Rhoda Wallace besorgt.

»So lange wie nötig.«

Da sie merkte, wie die Stimmung sank, beschloss Petra einzugreifen.

»Wollen wir nicht alle auf einen Aperitif in die *Specchi* gehen, was meint ihr? Ich werde die Nacht im Krankenhaus verbringen, und ein schönes Glas Wein würde mir jetzt guttun.«

Petras Eingreifen erinnerte alle dran, dass nur wenige Kilometer entfernt ein Mann um sein Leben rang und es nichts Unangebrachteres gab, als sich aufzuführen wie ein Kind, dem eine Strafarbeit auferlegt worden war. Vor allem in Gegenwart der Frau, die in kurzer Zeit Witwe werden könnte.

20

Ja, Lea erwartete ein Kind. Ich erinnere mich noch gut daran, wie ihre mageren Schultern vom Weinen geschüttelt wurden, während sie mir erzählte, was sie hatte ertragen müssen in jenen schrecklichen Jahren in Padriciano. Sie hatte sich immer gewünscht, Mutter zu werden, aber ganz sicher nicht auf diese Weise. Eines Morgens, während sie vor dem Arbeitsamt wartete, erblickte sie ein abgemagerter Mann mit langem Bart, in dessen Augen der Hass stand. Es hatte gereicht zu hören, dass sie eine Vertriebene aus Istrien war, um seinen Zorn zu entfesseln. Er war über sie hergefallen, hatte sie angeschrien, dass es in Triest keinen Platz für Faschisten gebe, dass sie dorthin zurückkehren solle, wo sie hergekommen sei, dass es schon genug Hunger und Elend gäbe und sie sich schämen sollte, den Armen das Brot wegzunehmen. Er war ihr bis zur Bushaltestelle gefolgt und hatte sie dabei ständig weiter beschimpft. Dann war er verschwunden. Lea hatte gehofft, ihn nie wieder zu sehen, doch eines Abends war sie ihm vor den Toren von Padriciano wieder begegnet. Sie hatte noch versucht, ihm zu entkommen, doch er war stärker gewesen. Er hatte sie in den Wald gezerrt und missbraucht, um sie dann halb nackt und weinend im Gestrüpp liegen zu lassen.

»In der Nacht hatte ich gehofft, ich würde in diesem Wald sterben«, sagte sie mir. »Aber leider hat Gott meine Gebete nicht erhört und mich zum Leben verurteilt.«

Und so dachte sie an dich. Du warst der Einzige, den man um Hilfe bitten konnte. Der Einzige, der sein Herz öffnen konnte. Euch war es besser ergangen, deine Mutter hatte Geld in der Schweiz gehabt, und so hattet ihr ein Haus mieten und wieder ein einigermaßen normales Leben aufnehmen können. Ihr hattet euch einmal gesehen, und du hattest ihr deine Adresse gegeben.

Als sie an deiner Tür klopfte, fand sie sich deiner Mutter gegenüber. Lea fragte nach dir, doch sie ließ sie nicht einmal eintreten. Sie sagte ihr, sie solle euch in Ruhe lassen, dass ihr nichts mehr gemeinsam hättet, dass du schon zu aufgewühlt wärest und unter dem erlebten Trauma littest und dass du Ruhe und Frieden bräuchtest.

Ich kann sie mir sehr gut vorstellen, deine schreckliche Mutter. Hart, erbarmungslos, abweisend. Sie hatte nicht das Gefühl, die arme Lea zu demütigen, die Tochter einer Schneiderin und eines Arbeiters, welche die Unverfrorenheit besaß, sich mit ihr auf Augenhöhe zu wähnen. Doch welche Augenhöhe denn? Du hattest dieses Verhalten an ihr immer verabscheut. Du hattest ihr immer die Stirn geboten, als ihr noch in Parenzo wart. Du ertrugst sie nicht. Jetzt aber standst du unter ihrer Fuchtel, und sie hatte keinerlei Absicht, diesen Einfluss aufzugeben. Sie hatte unsere Freundschaft nie gutgeheißen. Für sie war ich nur ein stinkender Kroate, der Sohn einer Dienstbotin, der Bodensatz des Abschaums. Sie war die Tochter eines adeligen Russen, sie war in einem Palast zur Welt gekommen, mit Dienstmägden, Kindermädchen und Butlern, wie sie es nicht müde wurde zu wiederholen, und als kleines Mädchen gezwungen worden, ihre Heimat zu verlassen.

Sie, die in Triest endlich eine Stadt gefunden hatte, die in Rang und Kultur ihr entsprach, ihrem Bedürfnis nach selbstverständlicher Weltläufigkeit, sie hätte es niemals einem dieser schrecklichen Slawen gestattet, auch nur einen Fuß über ihre Schwelle zu setzen. Und so warf sie sie hinaus und sagte ihr, sie solle sich nie wieder blicken lassen.

Also war Lea ganz allein, ohne Arbeit, schwanger, eingesperrt in eine Baracke auf der Hochebene, Gefangene einer Stadt, die sie abwies. Sie war gerade einmal neunzehn Jahre alt. Sie dachte daran, nach Parenzo zurückzukehren, immerhin war das ihre Heimat, immerhin war ich dort, es würde gewiss nicht schlimmer sein als in Padriciano zu leben. Sie schrieb mir, um zu erfahren, ob sie zurückkehren könnte, aber ich habe nie davon erfahren, ich war in Goli Otok. Meine Mutter legte den Brief in eine Schublade und dachte nicht mehr daran. Und Lea dachte, ich hätte sie vergessen.

Dann, eines Tages, traf sie dich auf der Straße. Du warst mager, blass, schweigsam. Nicht mehr wiederzuerkennen. Ihr habt euch lange umarmt, das Herz schlug euch bis zum Hals, sagte sie mir. Du wusstest nichts von ihrem Besuch, deine Mutter hatte dir nichts gesagt. Du hast dich entschuldigt, dass du nie nach ihr gesucht hast, weil du nicht die Kraft dazu hattest. Sie hat dir nichts verschwiegen, sie war zu verzweifelt, um dich anzulügen. Doch du warst nicht verstört. Im Gegenteil, die Vorstellung, etwas Konkretes tun zu können, diese bedrückende Apathie loszuwerden, die dich erstickte, erschien dir wie ein Geschenk des Schicksals. Du schlugst ihr vor, sofort zu heiraten, damit das Kind als deines anerkannt würde. Sie war ja erst drei Monate schwanger, es reichte, wenn du sie für eine Weile aus Triest fortbrächtest, vielleicht aufs Land oder in die Berge, und dann wärst du mit dem Kind zurückgekehrt, dass vielleicht ein bisschen zu früh auf die Welt gekommen war, aber legitim. Und deine Mutter hätte nichts dagegen sagen können.

Als Lea mir das erzählte, sah ich wieder den Freund meiner Kinder- und Jugendtage vor mir, den großzügigen Ivo, immer bereit, anderen zu helfen und sich die fantasievollsten Lösungen für an sich unlösbare Probleme auszudenken. Und ich hatte Sehnsucht nach dir, wollte um alles in der Welt dich besuchen und dir dafür danken, was du für Lea getan hattest.

Doch Lea hinderte mich daran. Seitdem hatte sich alles geändert. Diese deine Geste, die ehrenhaft war, das muss ich dir zugestehen, hatte einen Graben zwischen euch aufgerissen, der von Jahr zu Jahr tiefer geworden war. Deine Mutter hatte sie nie akzeptiert, sagte sie mir. Sie hielt sie weiterhin für einen Eindringling, eine schlechte Mutter und eine undankbare Ehefrau. Mit dem kleinen Fabio, so sagte mir Lea, hast du dich nie beschäftigt. Du hattest ihm einen Namen und ein Dach über dem Kopf gegeben, und das war alles, was du für ihn tun konntest. Es störte dich schon, nur seine Stimme zu hören. Lea jedoch war dir nicht böse, auch deiner Mutter nicht, sie rechtfertigte euch. »Sie haben ja nicht unrecht. Im Grunde habe ich sie alle belogen. Ich mochte Ivo, aber es ist mir nicht gelungen, ihn zu lieben. Und er hat das gespürt. Ich war eine riesige Enttäuschung für ihn. Aber ich konnte ihm nichts vorspielen. Es ist mir nicht einmal gelungen, meinen Sohn in die Arme zu nehmen, weil ich in ihm immer die Züge seines schrecklichen Vaters sah.«

Wie schön sie war, während sie mir diese Sachen erzählte. Wie aufrichtig, wie lebendig, wie feinsinnig. Sie gab nicht anderen die Schuld an ihrem Unglück, nur sich selbst. Ich umarmte sie fest und, fast ohne es zu merken, begann ich, sie zu lieben, wie wir uns früher geliebt hatten, als wir noch jung waren, mit derselben verrückten Leichtsinnigkeit, derselben Leidenschaft, demselben wilden Gefühl, ohne an die Folgen zu denken. Auch ich war verletzt, auch mich dürstete nach Liebe, auch ich hatte diejenigen verloren, die mir am liebsten waren, indem ich euch beide verlor.

Als sie mir drei Monate später schrieb, dass sie schwanger war, wunderte mich das nicht. Ich sagte ihr, dass ich sie nicht verlassen würde, dass ich bereit war, mich meiner Verantwortung zu stellen, dass ich mit dir reden würde. Doch sie hielt mich auf. Sie konnte dich nicht verlassen, sie konnte sich dem Skandal nicht aussetzen. Für den kleinen Fabio wäre das das Ende gewesen. Was für ein Leben hätten wir gehabt, wir zwei? Sie wäre nichts als eine Ehebrecherin gewesen, und außerdem hatte sie keine Lust, ihre Kinder in einem Land aufwachsen zu lassen, das ihren Vater ermordet und ihre Mutter vor Kummer hatte sterben lassen. Doch dann, je mehr Zeit verstrich, schien ihre Entschlossenheit ins Wanken zu geraten. Wir fingen an, wieder Pläne für die Zukunft zu schmieden, wir fingen an, uns Briefe zu schreiben, postlagernd, wir trafen uns in kleinen Herbergen auf der Hochebene. Wir bereiteten uns auf ein neues Leben zusammen vor.

Als ich einen Brief ihrer Freundin Lilli erhielt, die mir schrieb, dass Lea gestorben sei, während sie unserer Tochter das Leben schenkte, glaubte ich, mit ihr zu sterben. Das konnte ich nicht ertragen. Nicht jetzt, wo wir nur noch einen Schritt vom Glück entfernt waren. Doch gleichzeitig erkannte ich, dass es nicht so zu Ende gehen konnte, die Geschichte von uns dreien. Trotz der Liebe, die sie für mich empfand, fühlte sie sich dir verbunden durch eine

Schuld der Dankbarkeit, und vor allem ertrug sie die Vorstellung nicht, dir Leid zuzufügen. Am Ende hat der Tod für sie entschieden.

21 Endlich Abend, endlich ein bisschen Ruhe. Es war fast neun, als Elettra Morin in ihre winzige Zweizimmerwohnung zurückkam, empfangen von den Vorwürfen ihrer Katze Perla, deren Futter ausgegangen war. »Du hast ja recht«, sagte sie zu ihr und nahm sie auf den Arm, »aber du weißt doch, zu viel Trockenfutter schadet dir.«

Elettra zog den Schrank auf, nahm eine Dose mit Thunfisch und Reis heraus und leerte sie in ihren Napf. Dann ging sie ins Bad, drehte das Wasser auf und stellte sich unter die Dusche. Sie musste dringend die Bilder dieses unendlich langen und sehr anstrengenden Tages loswerden. Angefangen mit der grundlosen Aggression von Bruno Kosovitz, die ihr eine Hautabschürfung am Ellbogen und einen Bluterguss an der Schulter eingetragen hatte. Was für ein abscheulicher Mann! Sie hoffte sehr, dass die Spurensicherung etwas fand, was ihn mit Radek in Verbindung brachte, nur damit er etwas von seiner arroganten Überheblichkeit verlor und wirklich im Gefängnis landete. Auch weil sie, nachdem sie auf dem Präsidium angekommen und ihre Wut verraucht war, beschlossen hatte, ihn nicht wegen Übergriffs auf eine Amtsperson anzuzeigen, sondern sich damit zufriedenzugeben, dass er eine Nacht in der Zelle verbrachte. Dieser Mann war unerträglich gewesen, das schon, aber deshalb zu den unzähligen Akten extra noch eine mehr anlegen, die dann nur die sowieso schon übervolle Liste der Anzeigen verstopfen würde … Darauf hatte Elettra nun wirklich keine Lust.

Die drei Vernehmungen, die sie, nachdem sie Kosovitz abgeliefert hatte, mit den Studenten aus der Bibliothek geführt hatte, waren ebenfalls ein Schlag ins Wasser gewesen. Abgesehen von der jungen Chinesin, die nur Lorenzo und Ada gesehen hatte, waren die anderen beiden viel zu weit weg gewesen, um überhaupt etwas Ungewöhnliches bemerkt haben zu können. Folglich musste sie, trotz allem, dem Kommissar recht geben: Wer Radek überfallen hatte, musste ihn sehr gut gekannt haben.

Ihr kamen die Worte von Tahirs Onkel in den Sinn: »Ich brauche nicht Integration. Ich schon immer integriert in Menschenwelt.« Der Stolz des Mannes hatte sie beeindruckt. Wie schwierig musste es sein, immer nur als Eindringling angesehen zu werden, als Mensch zweiter Klasse, dem man von vornherein misstraute, als wäre ihm die Illegalität schon bei der Geburt aufgedrückt worden. Illegale des Lebens.

Während sie sich von dem Wasserstrahl einhüllen ließ, dachte Elettra auch an den seltsamen Fall des Toten, der auf dem Friedhof gefunden worden war. Wer mochte das sein? Niemand hatte eine Vermisstenanzeige aufgegeben, und da die Papiere gestohlen waren, hatten sie nichts anderes tun können, als ein Phantombild des Toten zu verteilen. Vielleicht erkannte ihn jemand. Bei einem Raubüberfall auf einem Friedhof an einem tropisch heißen Junitag zu sterben, war ganz sicher kein schönes Ende. Sie konnte die Einsamkeit des Unbekannten beinahe körperlich nachempfinden.

Als sie aus der Duschkabine trat, betrachtete Elettra sich im Spiegel. Wie immer erkannte sie sich nicht. Es ist seltsam, wie die Wahrnehmung, die wir von uns selbst haben, sich so von der Realität unterscheiden kann, dachte sie. Wenn sie an sich dachte, sah sie sich als schmächtige und zerbrechliche Heranwachsende, doch stattdessen warf ihr der Spiegel das Bild einer jungen Frau zurück, die hart und unnachgiebig geworden war. War das der Eindruck, den sie auf andere machte? Warum gelang es ihr nie, sich gehen zu lassen?

Sie versuchte, sich mit Valerios Augen zu betrachten, und ein Schauder lief ihr über den Rücken. Was, wenn er jetzt wirklich genug von ihrer wechselhaften Zuwendung hatte? Wie anstrengend das für einen so sonnigen und offenen Menschen wie ihn sein musste, es immer wieder mit den Dämonen in ihrem Kopf und ihrer Seele zu tun zu bekommen. Der arme, liebe Valerio! Er hatte diesen ständigen Kampf wirklich nicht verdient. An seinem Verlangen nach einer normalen Liebesgeschichte mit ihr war nun wirklich nichts Verwerfliches. Also warum gelang es ihr nicht, sich nicht bedrängt und eingesperrt zu fühlen?

Während sie ein T-Shirt und kurze Hosen überstreifte, überkam sie plötzlich der Impuls, ihn anzurufen und um Entschuldigung zu bitten. Auch wenn sie wirklich erschöpft war, hatte die Dusche doch dazu beigetragen, ihre weibliche Seite wieder erblühen zu lassen, und genau in diesem Moment hätte es ihr gefallen, die Nacht mit ihm zu verbringen.

Sie nahm das Handy in die Hand und sah es unentschlossen an. Sie wusste, dass etwas zwischen ihnen kaputtgegangen war nach dem Essen mit seinen Eltern. Valerio war den ganzen Tag ihrem Blick ausgewichen, als reichte die Verletzung tiefer als sonst. War es richtig, Frieden zu schließen, weil sie Lust hatte, mit ihm zu schlafen? Verhielt sie sich dann nicht typisch männlich?

Während sie in diese Gedanken versunken war, klingelte das Handy. War das Gedankenübertragung? Nein, es war nicht Valerio, leider. Sondern eine unbekannte Nummer. Sie hatte keine Lust auf Überraschungen und ließ es lange klingeln, ohne den Anruf anzunehmen. Als es nach einer Minute wieder zu klingeln begann, beschloss sie, doch dranzugehen.

»Elettra Morin?«, sagte die Stimme einer unbekannten Frau.

»Ja. Mit wem spreche ich?«

Es folgte ein langes Schweigen, das von einem Hustenanfall unterbrochen wurde.

»Hören Sie, ich bin wirklich sehr müde … Wenn Sie mir nichts zu sagen haben, lege ich wieder auf.«

»Ich weiß, dass du mich gesucht hast«, sagte die Stimme.

Eine Alarmglocke begann in ihr zu schrillen.

»Wer ist denn da?«

»Ich bin Laura.«

Laura?

Sie erinnerte sich an niemanden dieses Namens.

»Es tut mir leid, aber ich denke nicht, dass …«

»Ich bin deine Mutter.«

Carla hatte einen wunderbaren Wolfsbarsch in Salzkruste gemacht, den Ettore in großem Stil gewürdigt hatte, indem er zur Feier des Tages eine Flasche eisgekühlten Cabernet Sauvignon aufgemacht hatte. Und, wie nicht anders zu erwarten, fast ganz allein ausgetrunken hatte. Carla trank nur ungern mehr als ein halbes Glas Wein zum Essen. Das hausgemachte Zitronensorbet hatte sie ein wenig mit der unerträglichen Hitze des Tages versöhnt, und jetzt saßen Mann und Frau einträchtig nebeneinander auf dem Diwan im Wohnzimmer, die nackten Füße auf dem Couchtisch ausgestreckt, und genossen die leichte Brise, die durch die weit geöffneten Fenster hereinwehte.

»Endlich ein bisschen Ruhe«, seufzte Ettore zufrieden. »Was hältst du von einem Schlückchen Wodka?«

»Meinst du nicht, du hast schon genug getrunken?«, zog ihn Carla auf, wobei sie die Antwort sehr gut kannte.

»Nur ein Schlückchen. Ich hatte einen furchtbar anstrengenden Tag.«

»Ich fürchte, dass dank der furchtbar anstrengenden Tage die Flasche sowieso schon leer ist.«

»Das kann nicht sein, ich habe sie erst vor drei Tagen gekauft.«

»Dann habe ich mich vielleicht geirrt. Es kam mir nur vor, als ...«

Ettore sprang auf und ging in die Küche. Kurz darauf kehrte er mit der halb leeren Flasche zurück. »Du hast recht. Es ist kaum noch was drin! Die hat sich eine ganze Flasche reingezogen, die Kleine! Ist dir das klar?«

Clara war gekränkt. »Wenn es so ist, dann habt ihr euch die zusammen reingezogen.«

»Aber sie ist erst siebzehn!«

»Fast achtzehn.«

»Aber hattest du mir nicht gesagt, dass sie aufgehört hat zu trinken?«

»Ich bitte dich, Ettore. Sie ist kein Kind mehr. Und leider, das weißt du, trinken ihre Freunde alle Alkohol.«

»Das ist keine Entschuldigung. Hat es ihr nicht gereicht, dass sie sich letztes Jahr ins Koma gesoffen hat?«

»Danach hat sie monatelang keinen Tropfen mehr angerührt.«

»Wo ist sie jetzt überhaupt, ich seh sie hier nie mehr!«

»Sie hat angerufen und gesagt, dass sie bei Fernando übernachtet.«

»Bei wem?«

»Fernando, ihr Freund.«

»Davon wusste ich nichts. Seit wann hat sie einen Freund?«

»Seit einem Monat.«

»Und warum hast du mir nichts davon gesagt?«

»Ich habe es auch erst vor ein paar Tagen herausbekommen.«

»Und du erlaubst ihr, bei einem Kerl zu übernachten, den sie erst seit einem Monat kennt? Bist du denn verrückt? Ruf sie an und sag ihr, dass sie sofort nach Hause zu kommen hat!«

Carla schloss die Augen, sie war erschöpft. Sie hatte keine Lust zu streiten. »Wenn du so fest entschlossen bist, diesen schönen Abend zu ruinieren, ruf sie selbst an. Sie ist auch deine Tochter.«

Das nahm ihm den Wind aus den Segeln, Ettore wusste nicht, was er antworten sollte.

»Du hast einen besseren Draht zu ihr.«

»Hör zu, Ettore, ich verstehe ja, dass es dich stört, dass Livia eine Frau geworden ist und vielleicht ein Sexualleben hat. Wenn ich ehrlich bin, ist mir das auch unangenehm. Aber was können wir machen? Sie im Haus einsperren wie im neunzehnten Jahrhundert? Außerdem macht sie sowieso, was sie will. Es ist doch besser, wir wissen, dass sie bei jemandem zu Hause schläft als im Auto oder, noch schlimmer, in einem Park oder am Strand.«

»Kennst du diesen Fernando denn?«

»Ich habe vor ein paar Tagen mit ihm gesprochen.«

»Und wie ist er?«

Ein hinterhältiges Blitzen trat in Carlas Augen.

»Die Wahrheit?«

»Ja, natürlich!«

»Er hat einen Hintern wie ein Fass«, sagte sie im Triestiner Dialekt.

Ettore brach in Lachen aus.

»Was soll denn das heißen, ein Hintern wie ein Fass?«

»Genau das.«

»Willst du sagen, er ist dick?«

»Nein. Ganz im Gegenteil. Er sieht klasse aus. Und macht so viel Sport … Sein Vater stammt aus Angola.«

Ettore ließ vor Überraschung die Wodkaflasche fallen. »Ein Neger? Willst du mir sagen, dass meine Tochter mit einem Neger zusammen ist?«

»Hör dich mal an, wie du redest, Commissario!«, drohte ihm Carla belustigt. »Wir haben die Fenster auf! Man sagt Schwarzer oder Farbiger. Du willst doch nicht rassistisch wirken, oder?«

Trotz des flapsigen Tonfalls seiner Frau gelang es Ettore nicht, seine Enttäuschung zu verbergen. »Wo hat sie den denn aufgetrieben?«

»Auf einer Party.«

»Und, arbeitet er?«

»Nein, er studiert Jura. Er ist der Sohn eines Diplomaten.«

Das tröstete Ettore, der ans Bücherregal trat und eine Flasche Grappa hervorzog, die hinter einem Buch versteckt war.

»Auf den Schreck brauche ich wirklich einen Schluck.«

»Das ist doch nicht zu fassen«, rief Carla lachend. »Jetzt versteckst du auch den Grappa!«

»Muss ich ja! Ich will doch nicht, dass unsere Tochter zur Alkoholikerin wird, oder?«, antwortete Benussi mit einem entwaffnenden Lächeln.

»Wenn du so weitermachst, wirst du noch zum Alkoholiker, mein lieber Ettore.«

In dem Augenblick hörten sie die Wohnungstür schlagen, und kurz darauf erschien Livia in der Tür, mit zerzaustem Haar und übelster Stimmung.

»Habt ihr mir was zu essen übrig gelassen?«

Ettore und Carla wechselten einen vielsagenden Blick. Dann stand ihre Mutter auf und ging ihr entgegen. »Also, du hattest doch gesagt …«

»Darf man sich jetzt nicht mal mehr umentscheiden?«

Während Carla in die Küche ging, ließ sich Livia auf das Sofa fallen und griff nach der Fernbedienung.

»Bitte, kein Fernsehen. Ich habe Kopfschmerzen«, flehte Ettore.

Das Mädchen schnaufte und stand wieder auf. »Ach, scheiß drauf! Ich geh in mein Zimmer.«

»Hast du Streit mit Tyson?«

Livia wirbelte wütend herum. »Was hast du gesagt?«

»Nur, ob du mit deinem Freund Streit hast …«

»Du hast ihn Tyson genannt.«

»Deine Mutter hat mir den Namen gesagt, aber ich erinnere mich nicht mehr …«

Als Carla mit einer Packung Schinken in der Hand hereinkam, wurde sie von ihrer Tochter mit einem eisigen »Ich hab keinen Hunger mehr!« und einem türenschlagenden Abgang empfangen.

»Was hat sie denn jetzt schon wieder?«

»Ich hab sie nur gefragt, ob sie Streit mit ihrem Freund hat.«

Carla sah Ettore misstrauisch an. Das konnte nicht alles sein. »Das ist alles?«

»Ich hab ihn Tyson genannt, das muss sie beleidigt haben.«

»Ettore! Was fällt dir ein?«

Auf dem Gesicht ihres Mannes breitete sich aufrichtiges Erstaunen aus.

»Was hab ich denn Schlimmes gesagt? Mir ist der Name nicht mehr eingefallen …«

»Erspar mir zumindest die Lügen. Ich gehe zu ihr.«

»Wenn ich du wäre, würde ich sie in Ruhe lassen. Sie ist nicht in Stimmung.«

Carla riss allmählich der Geduldsfaden. »Genau deshalb muss ich mit ihr reden. Wenn sie mit ihrem Freund Streit hatte, dann wird es ihr schlecht gehen, und sie braucht jemanden zum Reden. Wenn du doch nur den Mund gehalten hättest …«

»Darf man denn in diesem Haus nicht mal mehr einen Witz machen?«

»Nein, Ettore. Das war nicht witzig. Ist dir überhaupt klar, was du getan hast?«

»Was soll denn schon dabei sein? Du nimmst sie viel zu ernst.«

»Sie ist meine Tochter, ich muss sie ernst nehmen. Und du solltest das auch tun.«

Ettore sah zu, wie seine Frau aufgebracht den Raum verließ, und seufzte. Wie kompliziert Frauen waren! Um sich Mut zu machen, schenkte er sich ein Glas Grappa ein, leerte es in einem Zug und gönnte sich noch einen. Gleich würde er sich besser fühlen. Vielleicht hatte er es wirklich ein bisschen übertrieben mit Livia, aber meine Güte, das Mädchen verstand wirklich überhaupt keinen Spaß!

Livia hatte sich aufs Bett geworfen und weinte, ein Kissen in den Armen. Carla trat auf Zehenspitzen ein, setzte sich auf die Bettkante und strich ihr übers Haar.

»Lass mich in Ruhe«, knurrte das Mädchen und drehte den Kopf weg.

»Was ist denn los?«, fragte die Mutter.

»Ich will nicht darüber reden.«

»Habt ihr gestritten?«

»Was geht das dich an?«

»Es geht mich viel an. Ich mag dich nicht so sehen.«

»Ich sag dir nie wieder was!«

»Wenn du unglücklich bist über die Bemerkung deines Vaters, dann entschuldige ich mich hiermit für ihn. Du weißt doch, wie er ist. Er macht über alles Witze.«

»Er hat ihn Tyson genannt, ist dir das klar?«

»Mir ist klar, dass er sich manchmal aufführt wie ein unreifer Bengel.«

»Fernando ist kein Affe!«

»Das hat auch nie jemand gesagt.«

»Aber du hast ihm gesagt, dass er schwarz ist.«

»Ich habe ihm gesagt, dass er wahnsinnig gut aussieht und dass er einen spektakulären Hintern hat.«

Livia drehte sich um und sah ihre Mutter ungläubig an. »Hast du das wirklich so gesagt?«

»Aber sicher. Hätte ich nur so einen schönen und knackigen Hintern.«

Diese Worte lösten einen erneuten Schwall Tränen aus.

»Jedenfalls ist er ein Arschloch.«

»Hm, das wundert mich nicht, die Gutaussehenden sind oft ein bisschen arschig, so ist die Welt nun einmal. Was hat er denn gemacht?«

»Er hat sich mit seiner Ex getroffen.«

»Und was ist dabei das Problem? Wenn sie seine Ex ist, sind sie ja nicht mehr zusammen, oder?«

»Das hatte er mir gesagt. Aber da ist nichts zu Ende.«

»Hat er dir das gesagt?«

»Von wegen! Das hab ich allein rausbekommen.«

»Und wie?«

»Weil er ständig aufs Handy geguckt hat und immer total abgelenkt war. Also hab ich es ihm abgenommen und die Nachrichten von der Zippe gelesen.«

»Die keinen Zweifel gelassen haben.«

»Genau. ›Ich denk an dich, ich kann nicht anders, mein Tigerchen.‹ Sie nennt ihn Tigerchen, wie peinlich ist das denn!«

»Habt ihr euch getrennt?«

»Was, wärst du etwa mit einem Mann zusammengeblieben, der an eine andere denkt?«

»Nein, natürlich nicht.«

»Aber ich liebe ihn doch! Ich liebe ihn!«

Carla nahm ihre Tochter in den Arm, die wieder in Schluchzen ausbrach.

»Aufgewärmte Suppen halten nicht lange. Geh ein paar Tage auf Abstand, und du wirst sehen …«

»Er hat alles kaputt gemacht! Alles!«

»Sag das nie, mein Schatz. Wenn er dich mag, wird das Tigerchen mit eingeklemmtem Schwanz zu dir zurückkehren.«

»Meinst du?«

»Da bin ich sicher. Wo will er denn ein Mädchen wie dich in Triest finden?«

»Aber du sagst doch immer, ich sei unerträglich!«

»Du hast Charakter, Livia. Und das gefällt den Männern. Glaub mir.«

Livia drückte ihre Mutter, sie fühlte sich schon ein bisschen besser.

»Jetzt komm rüber, ich mache dir einen schönen Schinkentoast.«

Livias Handy vibrierte auf dem Bett.

Carla schaffte es gerade noch, die Nachricht zu lesen: »Ohne dich kann ich nicht leben.« Lächelnd ging sie aus dem Zimmer.

22 Avvocato Fabrizio Gargiulo hatte seinen Rückflug vorverlegt, eine überraschende Verpflichtung rief ihn nach Neapel zurück, und so hatte sein Sohn Valerio sich anerboten, ihn und seine Mutter zum Flughafen zu begleiten. Gerade wohnte er dem Ritual des Bezahlens an der Rezeption des Hotels bei. Wie immer ließ sein Vater es gemächlich angehen. Die Tatsache, dass das Flugzeug in etwas mehr als einer Stunde abflog und dass man mindestens eine halbe Stunde brauchte, um nach Ronchi dei Legionari zu kommen, beunruhigte ihn überhaupt nicht.

Valerio sah seufzend auf die Uhr.

»Wir müssen los, Papà. Ihr verpasst sonst noch den Flug.«

»Eine Minute, und ich bin fertig.«

Als sie dann endlich ins Auto stiegen, warf Ulla einen letzten Blick auf die Piazza Unità, die an diesem Morgen im Licht leuchtete. Wie schade, dass sie schon abreisen musste.

»Du hattest mir versprochen, mit mir nach Pula zu fahren. Wir wollten eine Tour durch Istrien machen …«

»Das machen wir ein andermal.«

»Und wann? Du hast ja nie Zeit!«

»Du musst ja nicht unbedingt mit zurückfliegen. Das habe ich dir schon gestern Abend gesagt.« Fabrizio Gargiulo wurde ungeduldig. »Bleib hier in Triest und fahr alleine. Was ist schon dabei? Es gibt auch noch die Tragflächenboote …«

»Das ist keine Reise wie jede andere, warum willst du das nicht verstehen? Ich schaffe das nicht alleine.«

»Dann lass dich von deinem Sohn begleiten. So hat auch er mal ein paar Tage Erholung. Ich bin sicher, dass er das gerne tun würde. Stimmt's, Valerio?«

Inspektor Gargiulo war sowieso schon angespannt und nervös, er zog es vor, nicht zu antworten.

»Valerio hat sein eigenes Leben«, sagte Ulla bitter. Sie hatte sich so nach dieser Woche Urlaub gesehnt, dass es sie wirklich schmerzte, sie jetzt schon nach drei Tagen beendet zu sehen.

»Sag du doch auch mal was, mein Gott!«

Valerio wandte sich seinem Vater zu, der neben ihm saß, und schaute ihn ernst an. »Was soll ich denn bitte schön sagen?«

»Dass du dich freust, wenn sie noch ein paar Tage mit dir hierbleibt, und dass du sie ins Land ihrer Vorfahren begleitest, die im Übrigen ja auch deine sind.«

»Wann hörst du auf, für andere zu sprechen?«, ermahnte Ulla ihn. »Diese Reise haben wir zusammen geplant, du und ich. Es ist unser Hochzeitstag, nicht seiner.«

»Und ist es etwa meine Schuld, wenn dieser Mistkerl meint, mir den Urlaub verderben zu müssen? Mir tut es doch auch leid, was glaubst du denn? Aber was soll man machen? Dieser Torrisi ist der wichtigste Mandant unserer Kanzlei, willst du etwa, dass wir ihn verlieren, weil sein Anwalt dreißigsten Hochzeitstag feiern muss?«

»Um eine Woche hatte ich dich gebeten, Fabrizio! Eine

einzige Woche! Ich glaube nicht, dass dein Torrisi – wenn es sich denn wirklich um Torrisi handelt – den Anwalt wechselt, wenn du ein einziges Mal dein Privatleben vorziehst, statt immer zu seiner Verfügung zu stehen.«

Peinlich berührt von der Wendung, die der Wortwechsel nahm, brach Valerios Vater in Lachen aus. »So hat jedes Haus sein Kreuz zu tragen, mein lieber Sohn.«

»Ah, und ich wäre das Kreuz?«

»Kreuz und Zierde, mein Schatz.«

Unmöglich, mit einem Mann wie Avvocato Gargiulo zu streiten, der niemals etwas ernst nahm. Valerio dachte kurz über die Ehe seiner Eltern nach. Sie beharkten sich das ganze Leben, waren aber immer noch zusammen. Im Grunde ergänzten sie sich. Wie es auch zwischen ihm und Elettra hätte sein können.

»Hast du dich wieder mit deiner Elettra versöhnt?«, fragte sein Vater, als hätte er seine Gedanken lesen können. »Mit der hast du dir einen schönen Hitzkopf an Land gezogen, mein Sohn!«

»Fabrizio, ich bitte dich! Du hast schon genug Schaden angerichtet.«

Valerio wurde plötzlich puterrot. Er kniff die Augen zusammen und verlor für einen Augenblick sein diplomatisches Geschick.

»Du hast noch nie irgendwas von Frauen verstanden, Papà. Halt den Mund.«

»Oh ho ho, der Signorino sträubt endlich mal das Fell! Er bietet seinem alten Herrn die Stirn! Also hast du doch Eier in der Hose!«

Valerio war gerade auf Höhe des Bahnhofs. Er fuhr unvermittelt an den Straßenrand, hielt an und beugte sich hinüber, um die Beifahrertür aufzustoßen.

»Steig aus. Hier gibt es Taxis.«

»Was denn, bist du beleidigt? Wegen so einer Lappalie! *Mamma mia*, die Jugend von heute hat nicht mal einen Funken Humor.«

Immer entschlossener stieg der junge Inspektor aus dem Wagen, holte den Koffer des Vaters heraus, stellte ihn auf den Bürgersteig und sagte noch einmal: »Steig aus. Mamma bleibt bei mir.«

Ullas Augen leuchteten vor Freude auf. Sie gab ihrem Mann, der vor ihr auf dem Beifahrersitz saß, einen Schubs, damit er ausstieg.

»Und beeil dich, Fabri. Das Flugzeug wartet nicht auf dich!«

Überrascht stieg der Anwalt aus, ohne ein Wort zu sagen. Er nahm seinen Koffer und ging auf ein in der Nähe wartendes Taxi zu.

»Und grüß mir Lucetta!«

Fabrizio Gargiulo antwortete nicht, auf einmal war ihm der Wind aus den Segeln genommen. Mit finsterem Gesicht stieg er ins Taxi.

»Wer ist Lucetta?«, fragte Valerio verblüfft, als sie wieder losfuhren.

»Seine Sekretärin. Nicht mal bei seinen Geliebten beweist dein Vater Fantasie.«

»Sagst du mir gerade, dass Torrisi eine Ausrede war?«

»Aber sicher! Wann hat er schon mal fünf Tage, ohne dass ihm ständig seine Frau auf den Füßen steht!«

»Und du sagst nichts dazu?«

»Was soll ich denn sagen? Nach dreißig Jahren Ehe hat man gelernt, auch mal ein Auge zuzudrücken.«

»Aber es ist euer Hochzeitstag!«

»Soll er ihn doch mit seiner Lucetta feiern! Fahren wir.«

Ulla nahm die Hand ihres Sohnes und drückte sie fest.

»Mach dir keine Sorgen um mich, ich werde dir nicht zur Last fallen.«

»Aber welche Last denn, Mamma.«

Rhoda Wallace platzte der Kopf vor Schmerzen an diesem Morgen. Zwischen Telefonaten, E-Mails und SMS war sie bis spät in die Nacht aufgeblieben, um zu versuchen, die verpassten Termine nachzuholen. Dass ihr Aufenthalt in Triest sich verlängerte, hatte ihr nicht wenige Probleme beschert und sie vor allem gezwungen, mit diplomatischem Geschick zwischen zwei Personen zu lavieren, die sich gegenseitig nicht leiden konnten, die sie sich aber gewogen halten musste, da sie beide wichtige Ansprechpartner für ihre Fingerspitzengefühl erfordernde Arbeit waren.

Bei Russo & Nobile standen drei Verträge vor dem Abschluss, und sie konnte es sich ganz sicher nicht erlauben, den neuen Verlagsleiter Terenzio Tasca zu verärgern. Wohingegen Fondamenta das neueste Buch Ivo Radeks publizieren würde, was so gut wie sicher war. Petra hatte ihr das im Krankenhaus anvertraut. Auch wenn sie angesichts des kritischen Zustands des Autors leider noch keinen Vertrag vorbereiten konnte, wollte sie doch bei Titus Celsius das Maximum herausschlagen, und dafür musste sie die Beziehung zu ihm wieder kitten.

Es war ein wirklich aufreibender Abend gewesen gestern. Erst zwei Aperitifs mit Tasca, und dann das Abendessen mit Titus. Beide wollten unbedingt so schnell wie möglich abreisen. Sie waren es nicht gewöhnt, dass ihnen etwas dazwischenkam, und allein der Gedanke, Kommissar Benussi könnte sie verdächtigen, machte sie wütend, wenn auch jeden auf seine Weise. Darüber hinaus hatten beide nichts anderes getan, als schlecht über den anderen zu sprechen. Tasca enthüllte Rhoda die geheimen Abenteuer von Celsius, der, obwohl er mit einer schwedischen Dichterin verheiratet war, anscheinend die Gesellschaft von Gigolos und abgebrannten Models nicht verschmähte. Und Titus seinerseits schien dem, wie er ihn immer wieder nannte, »Fahnenkorrektor« seine fulminante und vollkommen unverdiente Karriere nicht gönnen zu können, die er dem Vernehmen nach einzig und allein der Freundschaft seines Vaters zu einem wichtigen Politiker zu verdanken hatte. Und die arme Rhoda immer dazwischen, die zuhörte, die Augen verdrehte und lächelte, um es sich nicht mit einem von ihnen zu verderben. Aber es war wirklich hart gewesen, und jetzt, am Morgen danach, zahlte sie dafür.

Terenzio Tasca hatte irgendwie gespürt, dass die Waagschale, was »Unser Erdenleben« anging – von dem er keine einzige Zeile gelesen hatte, wie er gestand, obwohl er so dreist gewesen war, es Petra gegenüber als sein Lieblingsbuch auszugeben –, sich gefährlich zu Celsius' Gunsten neigte. »Hätte ich es geschafft, mit ihm zu reden, mich mit ihm bekannt zu machen«, hatte er immer wieder gesagt, während er sein Gin Tonic trank, »ich bin sicher, ich hätte ihn überzeugt. Ich hätte ihm erklären können, was wir alles für seine Backlist hätten tun können, sie einmal vollkommen neu auflegen und dazu noch einen berühmten Regisseur gewinnen, der einen Dokumentarfilm über sein Leben und die Orte, an denen seine Romane spielen, drehen würde.«

Doch Rhoda wusste sehr gut, dass Ivo Radek für den jungen Verlagsleiter nichts anderes war als ein Fang, den er den Geschäftsführern vorlegen wollte, in der Hoffnung, seine Erfolgsbeteiligung noch etwas steigern zu können. Und um das zu erreichen, war er sich nicht zu schade, sich auch zu kaum verhohlenen Erpressungsversuchen herabzulassen. »Wenn das Buch am Ende zu Fondamenta käme, liebe Rhoda, dann würde ich mich gezwungen sehen, einige unserer Vereinbarungen noch einmal unter die Lupe zu nehmen.«

Rhoda hatte sich nicht sonderlich beeindrucken lassen. Sie kannte die Regeln des Spiels besser als Tasca. Die drei Autoren, die sie gerade bei Russo & Nobile unterbrachte, waren Bestseller in ihren Herkunftsländern. Es wäre nicht schwer, sie bei einem anderen Verlag unterzubringen, und das hatte sie ihm auch ohne viele Worte zu verstehen gegeben. Und am Ende waren sie doch mit breitem Lächeln und der Beteuerung der gegenseitigen Hochachtung voneinander geschieden.

Das Essen mit Titus Celsius war dagegen wirklich mühsam gewesen. Der Mann hatte die Gabe, sie schon zu irritieren, indem er ihr nur in die Augen sah. Das offene Misstrauen, das er gegenüber Literaturagenten hegte – und das er immer wieder zur Sprache brachte –, wurde zu wirklicher Verachtung, wenn dieser Beruf auch noch von einer Frau ausgeübt wurde wie in Rhodas Fall. Eigentlich hatte Titus gehofft, sie übergehen zu können und den Vertrag direkt mit Radek zu schließen. Das hatte er ihr ohne Umschweife ins Gesicht gesagt. Er wusste, dass, wenn er auch nur eine Viertelstunde mit dem greisen Autor allein hätte sein können, sich alles zu seinem Besten gelöst hätte. »Petra hat es mir selbst gesagt während der Verleihung, dass Ivo mich allein sprechen wollte, beim Mittagessen. Es liegt auf der Hand, dass er den Vertrag abschließen wollte.«

»Sie sind frei zu denken, was Sie wollen, Signor Celsius. Aber wie es auch ausgegangen wäre, Sie hätten es auf jeden Fall mit mir zu tun bekommen.«

Manchmal fühlte sich Rhoda wirklich demoralisiert. Diese ganze Mühe für einen Markt, der immer tiefer in die

Krise rutschte. Die Leute kauften immer weniger Bücher, die Verleger druckten immer mehr, und ihre Arbeit wurde von Tag zu Tag schwieriger. Aber sie würde nicht aufgeben, niemals. Sie wiederholte für sich den Satz, den ihr Vater ihr nach dem College gesagt hatte. »Das Geheimnis besteht darin, dein Hobby zum Beruf zu machen.« Und da sie immer leidenschaftlich gern gelesen hatte, war es nicht schwer gewesen, diesem kostbaren Ratschlag zu folgen.

Rhoda schaute sich um. Der kleine Speisesaal des Hotels war voller Touristen. Deutsche vor allem, aber auch zwei Russen. Sie wusste nicht, ob sie noch einen Cappuccino bestellen sollte, als plötzlich Kommissar Benussi vor ihr stand.

»Störe ich?«

Rhoda Wallace lächelte ihn herzlich an. »Überhaupt nicht. Darf ich Ihnen einen Caffè anbieten?«

»Ich würde Ihnen vorschlagen, ihn draußen zu trinken, wenn es Ihnen nichts ausmacht. Hier ist es zu voll.«

»Ich habe einen Apfel-Karotten-Smoothie bestellt, der nicht kommt.«

»Einverstanden, dann nehme ich auch einen. Entschuldigung«, rief Benussi der Kellnerin zu. »Können Sie mir auch einen Smoothie bringen?«

Die Frau kam zu ihnen.

»*Volentieri*. Ich kann Ihnen einen frisch gepressten Saft bringen, wenn Sie wollen.«

»Nicht so wichtig, dann trinken wir in der Stadt einen.«

Rhoda sah ihn verständnislos an.

»Aber der Smoothie?«

»Haben sie nicht.«

»Aber warum hat sie dann zu Ihnen auch ›volentieri‹, sehr gerne, gesagt?«

Ettore lachte auf.

»Ich bringe Sie zum Lachen?«, fragte Rhoda gut gelaunt.

»Nein, es ist nur, die Triestiner antworten mit ›volentieri‹, wenn sie etwas nicht liefern können, worum sie gebeten werden. Eigentlich müsste man sagen: ›Sehr gerne würde ich es Ihnen bringen, aber leider haben wir es nicht.‹ Aber sie beschränken sich auf das ›volentieri‹.«

»Ist das wahr?«

»Tja, eine der vielen Seltsamkeiten unseres Dialektes. Wir sind immer ein bisschen querköpfig. Kommen Sie, ich lade Sie zu einem Smoothie an der Piazza Verdi ein.«

Rhoda stand auf, steckte Smartphone und Tablet in die geräumige Tasche und schüttelte belustigt den Kopf.

Als sie auf der Straße waren, zeigte Benussi ihr die Statue seines berühmten Mitbürgers an der Piazza Hortis, unweit des Hotels.

»Darf ich Ihnen Ettore Schmitz vorstellen, in der Welt der Kunst Italo Svevo?«

Rhoda betrachtete die Bronzestatue neugierig, die allein vor einem kleinen, ovalen Park im Halbschatten stand.

»War er wirklich so klein?«

»Glaube ich nicht. Auf den Fotos sieht er groß aus. Bronze wird nicht ganz billig sein, also hat der Künstler wahrscheinlich den einen oder anderen Zentimeter weggenommen … Haben Sie Lust auf einen kleinen Spaziergang?«

»*Volentieri*«, entfuhr es ihr spontan. Dann setzte sie lächelnd hinzu: »Auf Italienisch, selbstverständlich, nicht auf Triestino.«

Der kleine Platz in der Fußgängerzone, der sich vor dem Teatro Verdi öffnete, war in Sonne gebadet. Der Scirocco hatte der Stadt eine Atempause gegönnt, und die Hitze war definitiv erträglicher als am Vortag. Benussi lud Rhoda ein, sich an eines der Tischchen im Freien zu setzen, und zeigte ihr die Galleria del Tergesteo gegenüber, die kürzlich restauriert worden war.

»Bis vor einigen Jahren gab es auch in der Galleria ein Café. Sogar an den heißesten Tagen war es darin wunderbar kühl, weil immer ein leichter Durchzug herrschte.«

»Hier ist es auch angenehm.«

»Caffè?«

»Einen Cappuccino, danke.«

»Wenn Sie einen italienischen Cappuccino möchten, müssen wir das genauer bestellen. Wenn Sie hier bei uns einen Cappuccino bestellen, den wir freundlich ›capo‹ nennen, dann kommt er zwingend in einer kleinen Tasse. Oder, wenn Sie möchten, im Glas. In dem Fall ›capo in b‹.«

Rhoda lächelte.

»Ich weiß, ich weiß. Ich habe es gerade im Hotel erfahren. Ihr Triestiner seid wirklich ein ganz spezielles Völkchen.«

»Eine Welt für sich, das stimmt. Im Guten wie im Schlechten.«

Die junge Kellnerin kam an ihren Tisch, um die Bestellungen entgegenzunehmen, und verjagte ein Taubenpärchen, das sich auf den Nachbartisch gesetzt hatte, um die Krümel eines Croissants aufzupicken.

»Eine verlorene Schlacht, die gegen die Tauben. Sie sind eine Plage für alle Bars und Restaurants im Freien«, meinte der Kommissar.

Rhoda spürte etwas in der Tasche vibrieren und suchte nach ihrem Smartphone. Als sie den Namen auf dem Display sah, seufzte sie.

»Gehen Sie nur dran, wenn Sie müssen«, sagte Benussi.

»Nein, es ist nicht wichtig. Wie weit sind die Ermittlungen? Haben Sie schon etwas herausgefunden?«

Eigentlich hatte Benussi gehofft, mit ihr über seinen Krimi sprechen zu können, und nicht über den Überfall. Aber ihm wurde klar, dass das für die Engländerin nicht mehr so wichtig war. Folglich brachte er sie, mit einem Seufzer, auf den aktuellen Stand der Ermittlungen.

»Die Kriminaltechnik hat nicht viel gefunden, leider. Die Abdrücke rund um den Tatort sind nicht eindeutig, zu viele Menschen haben ihn kontaminiert, bevor wir ihn abriegeln konnten. Jetzt analysieren sie Radeks Kleidung, um zu sehen, ob sie nicht Fasern oder präzisere Spuren finden.«

»Denken Sie, es war der Lebensgefährte von Cristina Radek?«

»Möglich ist es. Aber wir sind noch nicht sicher. Solange es keine Beweise gibt, steht ein Wort gegen das andere.«

»Was für ein unangenehmer Mensch, nicht wahr? Ich weiß nicht, wie Cristina …«

»Meine Frau ist seit Jahren mit ihr befreundet, und sie hat mir gesagt, dass …«

»Nun ja, Entscheidungen in Herzensangelegenheiten sind ja immer rätselhaft«, unterbrach ihn Rhoda, abgelenkt durch das Klingeln ihres Telefons. »Entschuldigen Sie mich bitte …«

Sie stand auf, um den Anruf anzunehmen. »Petra? Wie geht es dir? Ich hätte dich sowieso gleich angerufen. Gibt es etwas Neues von Ivo? Wirklich? Aber das ist ja wunderbar … ich bin so froh!«

Rhoda drehte sich lächelnd zu Benussi um.

»Radek hat einen Finger bewegt.«

Die Nachricht elektrisierte den Kommissar.

»Kann ich mit ihr sprechen?«

»Ich bin hier mit Commissario Benussi. Er würde gern mit dir sprechen, ich gebe ihn dir.«

»Guten Tag, Signora Radek, Benussi hier. Ich habe gehört, Ihr Mann hat das Bewusstsein wiedererlangt … Ah, ich verstehe, aber trotzdem ist es ja ein gutes Zeichen. Ich komme später noch im Krankenhaus vorbei. Ich gebe Ihnen Signora Wallace wieder.«

Rhoda nahm das Telefon. »Soll ich kommen? Ja gut, einverstanden. Ich warte auf deinen Anruf.«

Sie griff nach ihrer Tasche und machte sich zum Gehen bereit.

»Vielen Dank, Commissario, aber ich muss jetzt wirklich los.«

»Wie das denn?«, fragte Benussi, ohne seine Enttäuschung zu verbergen. »Sie haben doch Ihren ›capo‹ noch gar nicht getrunken.«

Rhoda sah ihn überrascht an. Sie hatte ihn vergessen. »Sie haben recht. Ich weiß nicht, wo ich heute meinen Kopf habe. Es ist nur, dass ich noch einen Haufen Telefonate zu führen habe …«

In dem Moment kam die Kellnerin mit dem Tablett. Während sie ihren Cappuccino trank, fiel Rhoda auf, dass irgendetwas ihr Gegenüber betrübte, ohne dass sie darauf kam, was es war. Dann wurde es ihr klar. »Entschuldigen Sie, Commissario, wir haben noch gar nicht über Ihr Buch gesprochen!«

Benussi errötete und versuchte, sich linkisch zu entschuldigen: »Aber ich bitte Sie, bei allem, was passiert ist …«

»Nein, nein. Sprechen wir darüber. Sobald ich wieder in London bin, werde ich sofort loslegen. Als Erstes aber werde ich Sie mit einem Lektor in Kontakt bringen. Es ist noch ein bisschen Arbeit in das Manuskript zu stecken. Dann, wenn die getan ist, hören wir wieder voneinander, einverstanden?«

»Einverstanden.«

»Wie gesagt, ich verspreche Ihnen nichts, aber ich werde alles dafür tun, dass es verlegt wird. Sie sollten sich in der Zwischenzeit eine neue Episode für Ihren Commissario Babic ausdenken. Krimileser sind ein bisschen wie Zuschauer von Fernsehserien … Sie lieben es, immer dieselben Personen in unterschiedlichen Geschichten zu erleben.«

Benussi nahm diese Information als Ermutigung und fühlte sich gleich besser. »Muss ich nicht irgendwas unterschreiben?«

»Später. Lassen Sie mich erst einmal etwas tun. Und jetzt entschuldigen Sie mich bitte, ich muss jetzt wirklich telefonieren …«

Während er bezahlte, fühlte Benussi sich mit einem Mal beschwingt und glücklich. Er hatte endlich ein Buch geschrieben und jetzt sogar eine Agentin gefunden. Und was für eine! Die Zukunft ließ sich rosig und verheißungsvoll an.

Zumindest hoffte er das.

Cristina Radek las den *Piccolo* nicht gern. Es gab keinen richtigen Grund dafür, außer vielleicht einer Abneigung gegen ein Ritual, das für ihre Mitbürger obligatorisch zu sein schien, sie aber nicht überzeugte. Daher sah sie nicht das Phantombild des Unbekannten, der auf dem Friedhof gefunden worden war, und folglich konnte sie auch die Polizei nicht darüber informieren, dass sie diesen alten Mann erst vor zwei Tagen persönlich vor ihrem Haus getroffen hatte. Und dass er ihr eine unglaubliche Geschichte erzählt hatte.

Anfangs hatte sie es nicht glauben wollen. Wie war das möglich? Der Mann war Kroate, auch wenn er fast perfekt Italienisch sprach. Ein Slawe also. Ausgerechnet sie, die sie die Slawen immer verabscheut hatte. Doch dann, während sie ihm zuhörte, wie er so viele Einzelheiten über Parenzo erzählte, war ihr klar geworden, dass dieser Mann der berühmte »Kindheitsfreund« aus Radeks Buch sein musste.

Allerdings hieß er nicht Toni, sondern Frano. Frano Mornar. Wie jener Frano Mornar, der in Istrien ein enger Freund ihres Vaters gewesen war und ihn dann verraten hatte. War es möglich, dass er wirklich derjenige war? Ivo hatte immer gesagt, er sei vor Jahren schon gestorben. Vielleicht war er nur ein Betrüger. Oder er war gar nicht gestorben. Jedenfalls lohnte es sich, ihm zuzuhören. So hatte ihr jener Frano erzählt, dass er ihre Mutter von Kindheit an gekannt hatte, dass sie sich nach der Vertreibung aus den Augen verloren hatten, bis sie sich 1954 in Triest wiedertrafen. Sie war es gewesen, die sich an ihn gewandt hatte, weil es ihr schlecht ging, sie unglücklich war und mit ihm sprechen wollte. In Parenzo waren Lea und Frano eng miteinander verbunden, sie hatten sogar daran gedacht, zu heiraten, doch dann hatten die Tragödie mit ihrem Vater und die Vertreibung sie einander entfremdet. Aber sie hatten sich nie vergessen. So hatte Lea an ihn gedacht, als aus dem Unglück Verzweiflung geworden war. Die Heirat mit Ivo war ein Fehler gewesen, und nun wusste sie nicht, wie sie da herauskommen sollte. Und er war ihr zu Hilfe gekommen. »Deine Mutter war die einzige Frau, die ich wirklich geliebt habe«, hatte er ihr gesagt. Und bei jenem Zusammentreffen, einen Tag und eine Nacht, war sie gezeugt worden. Folglich war dieser Mann ihr Vater.

Ihr Vater!

Die Nachricht hatte sie nicht so aufgewühlt, wie zu erwarten gewesen wäre. Irgendwie hatte sie wohl immer schon gewusst, dass sie nicht Ivo Radeks Tochter war. Er hatte sich ihr gegenüber nie wie ein Vater verhalten, hatte sie nie »angesehen« wie ein Vater. Zu viel Distanz, zu viel Kälte war zwischen ihnen gewesen. Und was spielte es überhaupt für eine Rolle? Trotz dieser Enthüllung hatte sie dem Mann nicht ganz vertraut, der ihr zu ärmlich erschien, zu einfach. Warum war er jetzt auf einmal aufgetaucht? Und was wollte er in Wirklichkeit? Die Geschichte mit der Krankheit überzeugte sie nicht. Wenn er fast sechzig Jahre kein Bedürfnis verspürt hatte, seine Tochter kennenzulernen, konnte er sehr gut auch noch den Rest seines Lebens so weitermachen.

Aber da war noch etwas mehr. Etwas, von dem sie nicht wusste, ob sie es wirklich wissen wollte. Also hatte sie ihm gesagt, sie hätte noch etwas vor, und hatte ihn dort sitzen lassen, in der Bar. Als Frano Mornar sich von ihr verabschiedete, sagte er, dass er auf jeden Fall zur Verleihung der Ehrendoktorwürde an Ivo gehen würde. Dass er auch mit ihm sprechen wolle. Es war der Moment gekommen, um mit der Vergangenheit abzuschließen, hatte er gesagt. Doch dann hatte sie ihn seltsamerweise dort nicht gesehen.

Der Überfall in der Bibliothek hatte sie daran gehindert, seine absurde Geschichte zu überprüfen, wie sie es gern getan hätte. Ihr Vater hatte ihr nicht zugehört, er war zu sehr mit den Feierlichkeiten beschäftigt gewesen. Und mit Petra hatte sie ganz sicher nicht sprechen wollen. Dieser eingebildeten Heuchlerin hätte es doch nur zu gut gefallen, sie aus der Erbschaft auszuschließen und sich alles unter den Nagel zu reißen! Aber diese Genugtuung hätte sie ihr niemals gegeben. Sie war Radeks rechtmäßige Erbin und würde unter keinen Umständen das alles für eine Geschichte aufs Spiel setzen, die sich anhörte wie eine mittelmäßige Liebesschmonzette.

Jetzt jedoch hatte sie anderes zu tun. Wesentlich Wichtigeres.

»Ada, kannst du mir mal helfen?«

Das Mädchen lag lesend in seinem Zimmer auf dem Bett und reagierte nicht, als die Mutter die Tür öffnete.

»Ich muss Brunos Sachen packen und sie ihm vor die Tür stellen, bevor er zurückkommt, aber ich schaffe es nicht alleine.«

Diese Nachricht rüttelte Ada auf. Sie sprang vom Bett. »Im Ernst?«

»Im Ernst. Er soll niemals wieder einen Fuß in dieses Haus setzen. Aber wir müssen uns beeilen. Sie können ihn jeden Moment freilassen.«

»Und warum?«

»Weil die Polizistin keine Anzeige erstattet hat, das hat mir eben sein Anwaltsfreund gesagt. Also kann er jederzeit hier auftauchen. Ich habe schon den Schlosser angerufen, um das Schloss auswechseln zu lassen. Aber ganz wichtig: Es darf nichts mehr von ihm hier im Haus sein.«

»Wo fangen wir an?«, fragte Ada aufgeregt.

»Kümmer du dich um die Schränke, ich mich um die Bücher. Ich hab schon einen Koffer aufs Bett gelegt.«

Zum ersten Mal seit Jahren fühlten sich Mutter und Tochter einander nah und verbunden. Es war, als durchdringe eine neue positive Energie das ernste und staubige Haus, das zu viele Jahre in Unglück, Schrecken und abgestandenen Rauch gehüllt gewesen war.

»Mach die Fenster auf! Lass ein bisschen Luft und Licht herein!«, rief Cristina aus Brunos Arbeitszimmer, und ihre Tochter lief, um die schweren Samtvorhänge aufzuziehen und endlich die Sonne hereinzulassen, die Kosovitz so hasste, dass er sie gezwungen hatte, in ewigem Halbdunkel zu leben.

»Und leg ein bisschen Musik auf!«

»Gefällt dir *One Direction*?«

»Mir gefällt alles, solange es nur Musik ist!«

Und so arbeiteten Mutter und Tochter zur rhythmischen Musik der englischen Band emsig daran, Koffer zu packen, Kartons und Säcke zu füllen, und tanzten dabei fröhlich lächelnd durch das Haus.

Als sie eine halbe Stunde später die Türklingel hörten, blieben sie wie versteinert stehen und sahen sich an. Das war nicht möglich! War er schon da? Cristina schlich auf Zehenspitzen an die Tür und schaute durch den Spion. Dann zog sie erleichtert die Tür auf.

»Kommen Sie, kommen Sie nur herein!«, sagte sie schnell und drehte sich zu ihrer Tochter um, die verschwitzt und zerzaust am Ende des Flurs stand. »Gerade noch mal davongekommen! Es ist der Schlosser.«

»Hab ich mich erschreckt«, rief Ada und atmete wieder.

Der alte Schlosser hatte das Gefühl, in ein Irrenhaus gekommen zu sein. Musik, Kartons, großes Durcheinander und zwei Frauen, die, die Arme voll mit Kleidung und Büchern, von einer Seite zur anderen rannten.

»Ziehen Sie um?«, fragte er, während er sich an die Arbeit machte.

»Nein, wir nicht. Bitte, beeilen Sie sich. Er könnte jeden Moment kommen.«

»Wer denn? Ihr Mann?«

»Gott bewahre!«

Der Mann lachte.

»Gut, hab verstanden. Ich beeil mich.«

Und zur Musik von »What makes you beautiful« der Erben von *Take That* machten sich alle an die Arbeit.

Als eine Stunde später die Koffer auf dem Treppenabsatz standen, zusammen mit vier Kartons voller Bücher, einem Computer und einer Stehlampe, und das Schloss ausgewechselt war, ließen Ada und Cristina sich schmutzig, verschwitzt und glücklich aufs Sofa fallen und umarmten sich.

»Versprich mir, dass du ihn nie wieder zurückholst!«

»Nie wieder.«

»Auch nicht, wenn er dir Blumen oder Schmuck schickt?«

»Er kann mir auch einen Diamanten schenken, aber er wird nie wieder einen Fuß hier hereinsetzen. Das verspreche ich dir.«

Ada schloss glücklich die Augen, während sie die Wärme des Körpers ihrer Mutter neben sich spürte. Sie schwiegen lange, genossen das Sonnenlicht, das das Zimmer durchflutete. Cristina war froh, die Beziehung zu ihrer Tochter wieder aufgenommen zu haben.

»Was hältst du davon, wenn wir zum Pedocin gehen und einen Sprung ins Wasser machen?

»Und wenn er kommt, während wir weg sind?«

»Das betrifft uns nicht mehr, meinst du nicht? Außerdem hat er ja keinen Schlüssel mehr. Ihm bleibt nichts anderes übrig, als sich ein anderes Opfer zu suchen.«

Ada lächelte die Frau an, die sie als Mutter gerade wiedergefunden hatte, und sprang auf.

»Ich hol schnell meinen Badeanzug.«

Cristina folgte ihr und fühlte sich zum ersten Mal seit

so vielen Jahren wirklich unbeschwert. Auch wenn sie wusste, dass es nicht ewig anhalten würde, wollte sie auf keinen Fall auch nur einen Augenblick dieses ganz besonderen Tages vergeuden.

23

Wo war er?
Wer waren die Leute um ihn herum?
Warum fühlte er sich so benommen?

Ivo schaute sich um und erkannte gar nichts. Weder den Ort noch die Leute. Wo waren Frano und Lea? Sie mussten mit dem Boot hinausfahren. Warum waren sie nicht hier? Leas Vater … es war etwas mit Leas Vater … er erinnerte sich nicht. Ihm war etwas zugestoßen …

»Ivo …«

Wer rief ihn da? Er kannte diese alte Frau nicht. Vielleicht eine Freundin seiner Mutter? Wo war die Angelrute … Frano wartete auf ihn.

»Frano«, sagte er kaum hörbar.

»Ich bin's, Ivo, Petra.«

Petra? Wer war Petra? Sie ähnelte der Frau, von der er gesehen hatte, wie sie in die Karsthöhle gestoßen wurde … sie hatte geschrien, geweint. Er war versteckt gewesen. Warum macht ihr das, hatte er rufen wollen, aber seine Stimme kam nicht heraus … Und es war nicht nur sie dort gewesen, sondern so viele andere Leute noch … Was macht ihr da! Neiiiin! Er hatte es nicht mehr mit ansehen können, war weggerannt … *Taliano! Verräter! Hau ab!* Warum wollen sie uns wegschicken? Das ist unser Land …

hier sind unsere Wurzeln … Frano, warum sagst du nichts? Warum trägst du diese blaue Uniform?

»Ivo, hörst du mich?«

Seine Mutter hatte ihn noch nie so liebevoll angesehen. Was war geschehen? Aber nein, das war nicht seine Mutter … Aber wer dann? … Das Gesicht war vertraut … Lea vielleicht? So alt geworden?

»Lea …«, murmelte er.

»Ich bin nicht Lea, ich bin Petra. Erkennst du mich nicht?«

Nein, er erkannte sie nicht. Er musste Lea finden, sie mussten mit Frano auf dem Boot hinausfahren … sie warteten auf ihn … Der Wind frischte auf. Da, seine beiden Freunde … aber was machten sie da … Ausgerechnet hier, in ihrem Versteck … Nackt, sie lagen sich in den Armen … Frano und Lea …

»Er hat hohes Fieber. Er deliriert«, sagte die Krankenschwester zu Petra.

Die Frau streichelte mit Tränen in den Augen Ivos Hand.

»Komm, Petra. Lassen wir ihn ausruhen«, sagte Fabio und führte sie hinaus.

Auf dem Flur standen so viele Leute. Sie waren alle wegen Ivo hier.

»Wie geht es ihm?«, fragte Titus Celsius, während er ihr entgegenkam.

»Er erkennt mich nicht«, antwortete sie erschöpft.

Kommissar Benussi sprach mit dem Arzt. Was sagte er ihm?

»Möchtest du einen Caffè?«, fragte Rhoda sie eilfertig.

Petra schüttelte den Kopf und wiederholte: »Er hat mich nicht erkannt.«

»Das kommt bei einem Hirntrauma vor«, mischte sich

Terenzio Tasca ein. »Das kann wieder weggehen. Machen Sie sich keine Sorgen.«

Kommissar Benussi trat lächelnd zu ihr.

»Der Arzt hat mir versichert, dass, obwohl der Stoß heftig gewesen sein muss, der Teil des Schädels, mit dem er auf die Kante des Bücherregals geschlagen ist, sehr dickwandig ist. Das schwerste Problem sind derzeit geplatzte Blutgefäße, die zu ausgedehnten Hämatomen geführt haben. Aber mit den Medikamenten bauen sie sich bereits ab.«

»Er hat mich nicht erkannt«, sagte Petra noch einmal.

Fabio nahm sie am Arm und führte sie weg. Seine Stiefmutter stand kurz vor dem Zusammenbruch. Zu viele Stunden der Wache, zu viel Stress. Sie musste sich unbedingt ausruhen.

»Wir fahren jetzt nach Hause. Da duschst du, ziehst dich um und schläfst erst mal ein bisschen«, sagte er zu ihr.

Petra sah ihn dankbar an. Wie freundlich und geduldig Fabio war. »Aber wenn er nach mir fragt …«

»Lorenzo bleibt hier. Wenn er nach dir fragt, sagt er dir Bescheid und wir kommen zurück.«

»Und Mirella? Das Restaurant?«

»Heute ist Ruhetag. Mirella wartet bei euch zu Hause auf uns. Sie hat dir etwas zu essen gemacht.«

»Sie sollte sich keine Mühe machen …«

»Das ist keine Mühe. Du weißt doch, wie sie ist, sie kann die Hände nicht untätig in den Schoß legen.«

»Und Cristina?«

»Ist mit Ada zusammen. Lorenzo hat eben mit ihr telefoniert. Sie kommen bald.«

»Warum versöhnt ihr euch nicht? Euer Vater wäre so froh …«

»Wir haben uns nie entzweit.«

»Und warum redet ihr dann nicht miteinander?«

Fabio antwortete nicht. Er wusste nicht, was er sagen sollte. Er sprach schon seit so langer Zeit nicht mehr mit seiner Schwester, dass er vergessen hatte, woher dieser Graben zwischen ihnen rührte. Und jetzt, nach allem, was geschehen war, würde es noch viel schwieriger sein.

»Versucht, miteinander zu reden. Ihr seid Geschwister …«

Fabio nickte seufzend.

Geschwister, eine zweischneidige Sache.

Elettra Morin und Valerio Gargiulo waren zum Friedhof Sant' Anna zurückgekehrt, um noch einmal auf den Grabsteinen nach einem Hinweis zu suchen, der ihnen helfen könnte, den unbekannten Toten zu identifizieren.

Nachdem das Phantombild im *Piccolo* erschienen war, waren tatsächlich verschiedene Hinweise eingegangen, aber keiner schien das Rätsel gelöst zu haben. Sie tappten immer noch im Dunkeln. Die Autopsie hatte ergeben, dass der Mann an inneren Blutungen gestorben war, ausgelöst durch einen ausgedehnten Magentumor. Wenn sie wenigstens die Papiere gefunden hätten! Es war möglich, dass er sie nicht bei sich gehabt hatte, aber die wahrscheinlichste Hypothese war, dass jemand sie ihm geraubt hatte.

Es blieb ihnen nichts anderes übrig, als den Ort des Auffindens noch einmal zu untersuchen, in der Hoffnung, dass der Dieb sie irgendwo in der Nähe weggeworfen hatte, nachdem er das Geld an sich genommen hatte.

Elettra ging zügig vor Valerio her, ohne etwas zu sagen. Sie machte einen abgelenkten Eindruck, war noch ausweichender als normalerweise schon. Valerio wusste nicht, wie er sich verhalten sollte, er hatte Angst, etwas verkehrt zu machen. Plötzlich sah er sie über etwas stolpern und hinfallen.

»Hast du dir wehgetan?«

Sie sah ihn einen Moment lang an, als hätte sie ihn noch nie gesehen. Dann schüttelte sie den Kopf und stand wieder auf.

»Nein, nichts. Tut mir leid.«

Sie war über ein Stück Marmor gestolpert, das von einem vernachlässigten Grabmal heruntergefallen war. Als sie aufstand, sah sie etwas, das sich von der aufgelockerten Erde abhob, halb verborgen unter einem mit Geißblatt überwucherten Busch. Sie befanden sich nicht weit von dem Platz, an dem der Leichnam aufgefunden worden war.

»Da ist etwas«, sagte Elettra und zeigte mit dem Finger auf die Stelle.

Valerio hielt das Gebüsch zur Seite und legte einen Gehstock mit einem Ebenholzgriff in Form eines Delfins frei.

»Vielleicht gehörte er dem Toten. Wir müssen ihn analysieren lassen.«

Valerio zog transparente Handschuhe über und hob ihn vorsichtig auf, um eventuelle Abdrücke nicht zu verwischen.

»Er muss erst vor Kurzem hier hingelegt worden sein. Oder er wurde einfach so hingeworfen.«

»Vielleicht wollte der Dieb ihn loswerden.«

Elettra antwortete nicht. Sie ging wieder vor ihm her, müde.

»Was ist denn mit dir los, Elettra? Du bist irgendwie komisch …«

Ein langes Schweigen folgte auf seine Frage.

»Wenn es wegen neulich abends ist, dann entschuldige ich mich noch einmal …«

Aber Elettra drehte sich um und legte ihm einen Finger auf die Lippen, damit er nicht weitersprach.

»Du hast nichts damit zu tun.«

Und weswegen war sie dann so distanziert?

»Sie hat mich angerufen.«

Valerio blickte sie verständnislos an. »Wer hat dich angerufen?«

»Meine Mutter.«

Ein Schauer lief ihm über den Rücken. »Deine Mutter?«

»Ja. Laura.«

»Und wie hat sie dich gefunden?«

»Sie hat erfahren, dass ich sie suche ...«

»Die Sozialarbeiterin?«

»Offensichtlich.«

»Und was hat sie gesagt?«

»Nichts. Nur, dass sie mich kennenlernen möchte.«

»Und du?«

»Ich hab nichts geantwortet. Ich hab mir ihre Nummer geben lassen.«

Valerio fragte nicht weiter. Er kannte sie gut genug, um zu wissen, wie sie sich fühlte. Jedes weitere Wort konnte ein Wort zu viel sein.

In dem Augenblick klingelte ein Telefon. Elettra nahm ab.

»*Pronto*, Pater Florence. Was? Wir kommen sofort!«

Valerio schaute sie fragend an.

»Der Junge aus Eritrea hat versucht, sich umzubringen.«

24

Violeta war sehr bleich, aber gefasst, als sie den beiden Inspektoren erzählte, wie sie den armen Tahir mit aufgeschnittenen Pulsadern in einer Abstellkammer gefunden hatte. »Dieser Zettel lag neben ihm.«

Elettra nahm ihn und las: »Kein Platz für mich in der Welt.«

»Er war sehr traurig, als sein Onkel wegfuhr. Hat nicht mehr gegessen, mit niemandem mehr geredet …«

»Und wie geht es ihm jetzt?«

Violeta schüttelte den schönen Kopf voller Locken und seufzte dabei: »Er hat viel Blut verloren. Hoffen wir …«

»Habt ihr den Onkel benachrichtigt?«

»Er ist unterwegs.«

Die Tür ging auf, und Pater Florence kam herein, aufgeregt, wie immer temperamentvoll. »Ist euch eigentlich klar, wie weit es schon gekommen ist? Wer wird denn jemals diese Barbarei beenden? Und alle sehen weg. Das geht uns nichts an! Kapiert ihr denn nicht, dass diese Leute verzweifelt sind? Verzweifelt! Der arme Junge! Er ist so weit gekommen, hat so viele Tragödien durchlitten, nur um hierherzukommen, in dieses Scheißhaus von einer Stadt, die nicht weiß, was sie mit ihm anfangen soll! Wir sind alle schuldig, wir sind alle verantwortlich! Alle!«

Elettra kannte Pater Florence' Leidenschaftlichkeit und wunderte sich nicht über diesen Ausbruch, während Valerio beeindruckt zuhörte, als sei er persönlich gemeint.

»Wie viele Tahirs sind auf diesen Booten, die unten in Sizilien ankommen, oder sitzen in den Zwischenböden der Lkws vom Balkan? Wollen wir endlich einsehen, dass Menschenhandel eines der einträglichsten Geschäfte der Welt ist, gewinnbringender als Drogenhandel oder Waffengeschäfte? Wollen wir etwas dagegen tun?«

»Der Fahrer des Lkws hat Namen genannt. Wir arbeiten sie ab«, sagte Elettra.

»Ach, was für Namen! Das sind doch kleine Fische. Man muss dem Geld folgen, herausfinden, wer die Hintermänner sind, die alles organisieren. Wisst ihr, wer Tahir in Ägypten gefoltert hat? Jungen in seinem Alter. Kleine, grausame Monster, Kinder von anderen Monstern, die sich mit dem Geld aus den Erpressungen in der Wüste Villen mit Schwimmbad bauen.«

Valerio warf Elettra einen Blick zu. Sie nickte.

»Können wir sehen, wo der Junge schläft?«

Violeta legte Pater Florence eine beruhigende Hand auf den Arm. Er war hochrot angelaufen, dabei sollte er doch auf sein Herz Rücksicht nehmen.

»Entschuldigen Sie mich. Ich habe mich hinreißen lassen. Ich bin es einfach unendlich leid, so viel Schmerz zu sehen und so viel Gleichgültigkeit …«

Und ohne noch etwas hinzuzufügen, ging er los und winkte ihnen, ihm zu folgen. »Kommen Sie, ich bringe Sie zu dem Zimmer, in dem Tahir geschlafen hat.«

Im Hof formierte sich bereits die Schlange vor der Essensausgabe. Unter den Wartenden herrschte leichte Unruhe, aufgeregtes Gemurmel erfüllte die Luft, begleitet von dem gelegentlichen Weinen eines Kindes auf dem Arm einer verschleierten Mutter.

»Wie viele Leute kommen jeden Tag zum Essen?«, fragte Valerio.

»Wir geben fünfzig Mahlzeiten aus«, antwortete Violeta. »Manchmal müssen wir etwas erhöhen, aber im Großen und Ganzen bleibt die Anzahl gleich.«

»Und zum Schlafen?«

»Fünfundzwanzig Personen für längstens drei Tage. Auch wenn viele nicht mehr weg wollen. Und dann sind da noch die Spezialfälle wie Tahir, die uns von der Gemeinde übertragen werden, und andere Härtefälle.«

Elettras Blick wurde von einem jungen Schwarzen angezogen, der am Boden kauerte, der sich, den Kopf zwischen den Händen, vor und zurück wiegte und klagende Töne von sich gab.

»Und er?«

»Er hat gerade seine Frau verloren. Im Kindbett gestorben, zusammen mit dem Baby.«

Wie ertrug Violeta nur all dieses Leid, Tag für Tag, ohne zu verzagen?, fragte sich Elettra verstört. Sie würde das nicht schaffen. Ihr fiel wieder ein, was Pater Florence vor einigen Monaten zu ihr gesagt hatte: »Mehr als Brot, ein Dach über dem Kopf und Arbeit brauchen diese Menschen jemanden, der ihnen zuhört, sie in den Arm nimmt. Ihnen in die Augen sieht.«

Als sie zum Männerschlafsaal gingen, hörten sie Schreie. Sie liefen schneller und erblickten zwei Männer, die am Boden liegend aufeinander einprügelten.

Valerio sprang zu ihnen und versuchte, sie voneinander zu trennen. »Aufhören! Polizei!«

Bei dem Wort »Polizei« sprangen beide auf und rannten ohne ein weiteres Wort hinaus.

»Wer war das?«, fragte Elettra Violeta. »Wissen Sie das?«

»Der eine kommt aus Bulgarien, er ist seit drei Tagen hier«, erklärte Violeta. »Der andere ist Rino, der Sohn unserer Köchin Rita.«

Valerio inspizierte den Ort des Kampfes, fand aber nichts.

»Schlägereien sind hier an der Tagesordnung«, sagte die Brasilianerin, während sie in den Schlafsaal trat und auf ein Bett an der Wand zeigte. »Hier ist sein Platz.«

Der Schlafraum verfügte über sechs Betten. Zu jedem gehörte ein Nachtschrank und ein Spind. Bilder mit maritimen Landschaften schmückten die in einem frischen Grün gestrichenen Wände, während das Linoleum des Fußbodens ein dunkleres Grün aufwies. Alles sah gemütlich, sauber und gepflegt aus, bemerkte Elettra zufrieden. Es war verständlich, dass die Menschen hier nach drei Tagen noch nicht wieder weg wollten.

Während Valerio Tahirs Sachen durchschaute, fiel Elettra auf, dass eines der Bilder schief hing und sich leicht von der Wand abhob. Ihr investigativer Instinkt trieb sie dazu, genauer nachzusehen. Sie trat näher und drehte das Bild ein wenig, worauf eine abgenutzte Brieftasche aus dem Zwischenraum dahinter herausfiel. Wie zu erwarten, war darin kein Geld mehr, aber etwas anderes erregte ihre Aufmerksamkeit. Ein Pass.

Elettra klappte ihn auf und erschrak. Auch wenn er ein Jahrzehnt jünger aussah, erkannte sie den Mann wieder.

»Wer schläft in diesem Bett?«, fragte sie Violeta.

»Mika, der Bulgare.«

»Valerio, schnell! Lauf ihm nach und halte ihn auf!«

Valerio ließ sich das nicht zweimal sagen und stürmte zur Treppe.

»Was ist denn los? Was haben Sie gefunden?«, fragte Violeta.

»Ein fehlendes Puzzleteil«, antwortete Elettra, während sie den Namen unter dem Passbild las. *Frano Mornar.* Endlich hatte der Tote vom Friedhof einen Namen. Er war Kroate, geboren und wohnhaft in Porec. Deshalb hatte ihn niemand in Triest erkannt. Elettra sah auf das Geburtsdatum. Was für ein seltsamer Zufall. Genau an diesem Tag wäre er neunundachtzig Jahre alt geworden.

Aber es war noch etwas in der Brieftasche. Ein blauer Umschlag. Elettra öffnete ihn vorsichtig und sah, dass es sich um einen Brief handelte, konnte aber den Inhalt nicht entziffern. Die Zeit und äußere Einflüsse hatten die Schrift verwischt. Nur die Unterschrift am Ende war noch leserlich. *Lea.*

Lea.

Der Name sagte ihr etwas. Aber was? Sie musste Valerio fragen.

»Ich bin hier fertig«, sagte sie zu Violeta. »Gehen wir, meinen Kollegen suchen.«

Valerio Gargiulo hatte in der Zwischenzeit versucht, den Bulgaren einzuholen, ohne Erfolg. Als er vor dem Tor des Offenen Hauses stand, sah er sich vier Straßen gegenüber, die sich hier trafen, alle menschenleer. Unnötig zu sagen, dass natürlich keiner der Menschen in der Schlange gesehen hatte, in welche Richtung der Flüchtige gelaufen war. Es blieb ihm nichts anderes übrig, als wieder hineinzugehen und den Sohn der Köchin zu suchen, der sich mit größter Wahrscheinlichkeit in der Küche versteckt hatte. In der Tat fand er ihn hinter den Gemüsekisten, von wo aus er ihn furchtsam anstarrte.

»Polizei! Kommen Sie raus!«, forderte er ihn auf.

»Lassen Sie ihn in Ruhe. Er hat nichts gemacht!«, sagte eine Stimme hinter ihm. Valerio drehte sich um und sah sich einer korpulenten Frau gegenüber, deren Gesicht vom Kochen erhitzt war. Mit seinem entwaffnendsten Lächeln zeigte er ihr seinen Dienstausweis.

»Guten Tag, Signora. Ispettore Valerio Gargiulo, Kriminalpolizei Triest.«

Die Köchin sah ihn weiterhin misstrauisch an.

»Und was wollen Sie von meinem Sohn?«

»Nur ein paar Fragen stellen.«

In dem Augenblick kam auch Elettra, gefolgt von Violeta. Auf den fragenden Blick seiner Kollegin hin schüttelte Valerio den Kopf.

»Leider ist er mir entwischt. Aber hier ist der andere.«

Elettra warf einen Blick auf den Jungen, dann nahm sie ihren Kollegen beiseite und zeigte ihm den Reisepass, den sie gefunden hatte. Valerio erkannte das Foto ebenfalls sofort.

»Der Mann vom Friedhof.«

»Ja, er ist Kroate. Wahrscheinlich hat er das Grab eines Verwandten besucht oder seiner Frau. Erinnerst du dich nicht auch an den Namen einer Lea auf einem der Grabsteine?«

»Ja, könnte sein. Das kann ich nachsehen, ich habe alle Namen aufgeschrieben«, sagte er, während er sein Notizbuch herauszog.

»Jetzt nicht. Erst vernehmen wir den Jungen.«

Die beiden Inspektoren traten zu Rino, der hinter dem üppigen Körper seiner Mutter in Deckung gegangen war.

»Sagen Sie denen, dass mein Rino ein bisschen anders ist, dass sie ihn in Frieden lassen sollen«, bat Rita Violeta in Triestiner Dialekt. »Wir haben schon so genug Kummer in der Familie.«

»Signora, bitte, machen Sie es uns doch nicht unnötig schwer. Ihr Sohn hat sich mit einem vermutlichen Handtaschenräuber geprügelt, der wahrscheinlich auch für den Tod eines Mannes verantwortlich ist. Wenn er etwas weiß, ist es wichtig, dass er es uns sagt.«

»Aber ich hab nix gesehen … Ich weiß nix …«, stammelte der zitternde Junge.

Seltsame Reaktion für einen, der nichts damit zu tun hatte, verständigten sich die beiden Inspektoren mit Blicken.

»Wovon weißt du nichts?«, drängte ihn Elettra argwöhnisch.

»Warum habt ihr euch geprügelt, du und der Bulgare?«, fragte Valerio.

»Was hast du nicht gesehen?«, fuhr Elettra fort.

Der Junge zitterte und weinte und sah immer wieder seine Mutter Hilfe suchend an.

»Wo warst du gestern morgen zwischen zehn und zwölf Uhr?«, fragte Valerio ihn und sah ihm dabei fest in die Augen.

»Er war gestern bei mir. Du hast ihn doch auch gesehen, oder, Violeta?«

»Signora, lassen Sie bitte Ihren Sohn sprechen.«

Der Junge war offensichtlich verwirrt und weinte nur, statt zu antworten.

»Bist du derjenige gewesen, der diese Brieftasche geraubt hat?«, fragte Elettra und hielt sie ihm hin.

Rino fing an zu schreien: »Nein! Nein, das stimmt nicht! Ich hab die nicht geraubt. Ich hab sie nur gefunden! Ich bin kein Dieb, ich nicht!«

»Gut, du hast sie gefunden. Wo?«

»Auf der Straße …«

»In welcher Straße? Sag es genauer.«

»Weiß ich nicht mehr.«

»Weißt du wenigstens noch in welcher Gegend? In der Stadt oder zufällig auf dem Friedhof?«

Rita sah ihren Sohn traurig an.

»Bist du wieder auf den Friedhof gegangen?«

Rino warf einen Blick zu seiner Mutter, die inzwischen ihre Selbstsicherheit verloren zu haben schien. Dann schlug er die Hände vors Gesicht und fing wieder an zu weinen.

»Er fehlt mir so …«

Rita drückte ihn an sich, mit Tränen in den Augen. Dann erklärte sie: »Mein Mann ist vor sechs Monaten gestorben. Er hat seinen Papà so geliebt …« Dann wandte sie sich an ihren Sohn und schalt ihn: »Was hast du da nur angestellt, mein Sohn!«

»Nichts hab ich angestellt, Mamma, ich schwör's! Der Alte war schon tot! Das Geld brauchte er nicht mehr … Ich wollte es für Maria haben …«

Violeta hatte schweigend zugehört, während es in ihr brodelte. Sie kannte den Jungen gut und wusste, dass er zwar ein bisschen zurückgeblieben, aber kein schlechter Kerl war.

»Wer ist Maria?«, fragte Valerio neugierig.

»Ritas Tochter, seine Schwester«, erklärte Violeta.

Plötzlich erinnerte sich Elettra an die zweitausend Euro, die Pater Florence zwei Tage zuvor als gestohlen angezeigt hatte. »Das ist das Mädchen mit dem Herzfehler, das operiert werden muss, stimmt's?«, fragte sie Violeta, die nickte.

Nun war es nicht mehr schwer zu verstehen, was geschehen war. Um die Mutter zu unterstützen, hatte der Junge Mornars Brieftasche an sich genommen, und dann, als er im Offenen Haus ankam, hatte sie ihm der Bulgare weggenommen.

»Am besten kommst du jetzt mit uns zum Friedhof und erzählst uns, wie alles passiert ist.«

Rino klammerte sich an seine Mutter und schüttelte den Kopf. »Er wird doch nicht wegen Mord angeklagt, oder, zusätzlich zum Diebstahl?«

»Er war schon tot, ich schwör's. Ich hab nix gemacht … Ich hab keinen umgebracht … Er war schon tot, das sag ich euch …«

»Ist ja gut. Aber wir müssen wissen, wo du ihn gefunden hast und was du gesehen hast.«

»Geh, mein Sohn. Tu deine Pflicht«, sagte Rita mit Tränen in den Augen.

25

Kommissar Benussi klopfte an die Bürotür von Staatsanwältin Rosanna Guarnieri und rieb sich dann die Hände an den Hosen trocken. Wenn es etwas gab, das er wirklich verabscheute, dann war es, schwitzige Hände drücken zu müssen, und ganz sicher wollte er nicht riskieren, die Staatsanwältin derselben Qual auszusetzen. Schweißnasse Hände und übel riechender Atem waren seine Obsessionen. Zur Vorsicht hielt er sich die Hand vor den Mund und atmete kraftvoll aus. Alles in Ordnung. Sein Atem roch nach Kaffee. Akzeptabel.

»Kommen Sie nur herein, Commissario. Ich habe Sie erwartet«, sagte Guarnieri, ohne sich von ihrem aufgeräumten Schreibtisch zu erheben. Sie nahm die Brille ab und forderte ihn lächelnd auf, sich zu setzen. Sie war eine Frau, die Entschlossenheit und Selbstsicherheit ausstrahlte und ihre sechzig Jahre mit nüchterner Eleganz trug.

»Guten Tag, Dottoressa Guarnieri.«

»Ich habe gehört, Radek ist außer Gefahr.«

»Noch weiß man es nicht. Die Prognose bleibt verhalten, aber die Ärzte sind nicht mehr so pessimistisch.«

»Er ist fast neunzig Jahre alt, nicht wahr?«

»Achtundachtzig, um genau zu sein.«

»Und hat es geschafft, so einen gewalttätigen Überfall zu überleben. Hart im Nehmen, das muss man sagen.«

»Er hatte Glück. Wenn er nur zwei Zentimeter weiter links gegen den Pfeiler gestoßen wäre, wäre er tot gewesen.«

»Wie weit sind die Ermittlungen?«

»Unter den gebotenen Vorbehalten sind wir ziemlich sicher, den Schuldigen in Gestalt des Lebensgefährten von Radeks Tochter ausfindig gemacht zu haben, Bruno Kosovitz. Er war der Einzige, der während der vorbereitenden Vernehmung Feindseligkeit gezeigt hat und dabei sogar so weit gegangen ist, Ispettore Morin anzugreifen. Jetzt ist er in Haft auf dem Präsidium. Sein Anwalt hat schon ordentlich Wirbel gemacht, damit er freigelassen wird, Morin hat tatsächlich keine Anzeige erstatten wollen. Sie wissen ja, wie sie ist.«

»Ich weiß, ich weiß.«

»Aber solange er nicht gesteht, haben wir nichts, um ihn festzunageln. Es sind weder Fasern noch Haare am Tatort gefunden worden. Es muss ein blitzartiger Angriff ohne jede Vorwarnung gewesen sein.«

»Ich kenne Kosovitz. Ein wirklich beunruhigender Mensch. Einmal hat er eine meiner Bekannten um den Finger gewickelt und ihr Bankkonto geleert. Und die anderen Verdächtigen?«

»Zwei Verleger aus Mailand, die in der Bibliothek gesehen wurden, wie sie sich mit Radek unterhielten. Aber es ist überaus unwahrscheinlich, dass sie so etwas getan haben könnten. Auch wenn Radeks Agentin mir anvertraut hat, dass der Tod eines Autors sich für einen Verleger als Segen erweisen kann.«

»Und sonst niemand?«

»Radeks Sohn hat auch kein bombensicheres Alibi. Er

behauptet, ihm sei schlecht gewesen, aber niemand hat ihn gesehen. Dann wäre da noch Stelio Kunz, der Literaturkritiker. Auch er war zum Tatzeitpunkt in der Bibliothek.«

»Aber wenn er nach einem Streit geschlagen worden wäre, dann müsste doch jemand in der Bibliothek laute Stimmen gehört haben.«

»Genau. Das Seltsame ist, dass niemand etwas gehört oder gesehen hat. Aber das ist nicht unwahrscheinlich, wenn man bedenkt, dass die Bibliothek ein Labyrinth aus ineinander übergehenden Räumen ist. Der Einzige, der bei einem Wortwechsel mit Radek gesehen wurde, ist Titus Celsius, der Verleger von Fondamenta.«

»Und könnte er es gewesen sein?«

»Er scheint mir nicht der Typ zu sein für eine körperliche Auseinandersetzung. Das bestätigt übrigens auch Terenzio Tasca, der andere Verleger, der ihn ansonsten hasst.«

»Dennoch würde ich die Sache nicht unterschätzen. Haben Sie die Verbindungsdaten aller Verdächtigen kontrolliert, wie angeordnet?«

»Ja, Ispettore Gargiulo kümmert sich darum.«

»Und Morin?«

»Sie verfolgt eine andere Spur. Sie sagt, sie hätte eine Intuition, wollte sie aber erst verifizieren, bevor sie mir davon berichtet.«

Guarnieri lächelte. »Das Mädchen wird's noch weit bringen. Schade, dass sie den Wettbewerb nicht gewonnen hat.«

Dem Kommissar schien das ganz und gar nicht zu missfallen. »Besser so. Auch wenn sie mir manchmal auf die Nerven geht, wüsste ich wirklich nicht, was ich ohne sie anfangen würde. Sie hat noch alle Zeit der Welt, um Commissario zu werden … wenn ich in Pension bin.«

Rosanna Guarnieri brach in Lachen aus.

»Der übliche Opportunismus desjenigen, der seinen Posten keinem Jüngeren überlassen will. Schämen Sie sich nicht?«

»Doch, natürlich! Zumindest, solange es versteckte Mikrofone gibt.«

Der Ton zwischen ihnen war locker und freundschaftlich. Sie arbeiteten schon mehr als zehn Jahre zusammen und kannten sich sehr gut.

»Und was können Sie mir zu dem Toten vom Friedhof sagen. Haben Sie herausgefunden, wer er ist?«

Benussi nickte. »Morin hat es entdeckt, wie üblich. Er ist ein Kroate aus Parenzo. Aber dieses Mal war es ein glücklicher Zufall. Wenn's nach mir geht, hat dieses Mädchen mehr als nur einen Fürsprecher im Himmel.«

»Wie hat die Kleine es angestellt?«

»Sie hat zusammen mit Gargiulo bei Pater Florence Spuren gesichert für einen anderen Fall, und dabei ist ihr die Brieftasche des Opfers in die Hände gefallen, im wahrsten Sinne des Wortes! Sie war von einem Jungen gestohlen worden, der ein bisschen verwirrt und, denken Sie nur, der Sohn der Köchin des Offenen Hauses ist.«

»Seltsamer Zufall.«

»Das können Sie laut sagen!«

»Und die Todesursache?«

»Innere Blutungen. Er hatte einen ausgedehnten Magentumor. Die erstickende Hitze dieses Tages – es war Scirocco, erinnern Sie sich? –, zusammen mit der körperlichen Anstrengung, um dorthin zu kommen, wo er gefunden wurde, muss am Ende tödlich für ihn gewesen sein.«

»Haben Sie die Familie benachrichtigt?«

»Erst dachten wir, dass er vielleicht seine Frau auf dem Friedhof besuchen war. Er hatte den Brief einer gewissen

Lea in der Tasche. Und Morin erinnerte sich, den Namen auf einem der Grabsteine gelesen zu haben.«

»Aber?«

»Aber diese Lea war Radeks erste Frau. Lea Furian, geborene Bastiani. Furian war Radeks ursprünglicher Nachname, bevor er den Antrag gestellt hatte, ihn gegen den seiner Mutter auszutauschen.«

»Wenn ich mich nicht irre, stammt Radek aus Parenzo. Vielleicht kannten sie sich.«

»Kann sein. Auch Lea Furian ist in Parenzo geboren. Aber das ist nicht so wichtig, oder?«

»Haben Sie Kontakt zur Polizei in Parenzo aufgenommen?«

»Ja. So wie es aussieht, lebte er allein und hatte keine lebenden Verwandten. Vielleicht hat er ein Testament hinterlassen. Gargiulo hat sich angeboten, nach Istrien zu fahren. Man müsste ihm zumindest ein Begräbnis verschaffen, diesem armen Alten.«

»Gut«, schloss die Staatsanwältin, setzte sich wieder die Brille auf und wandte sich ihrem Computermonitor zu. »Halten Sie mich auf dem Laufenden über die Entwicklungen im Fall Radek. Und jetzt, wenn es sonst nichts mehr gibt, habe ich hier noch einen Vorgang abzuarbeiten.«

Benussi nickte und stand auf.

»Einverstanden. Schönen Tag noch.«

»Ihnen auch noch einen schönen Tag, Commissario.«

Petra Radek hatte am Vorabend ein Schlafmittel genommen, um zumindest ein paar Stunden schlafen zu können. Jetzt fühlte sie sich schuldig, weil sie Ivo allein im Krankenhaus gelassen hatte. Wenn er aufgewacht war und vor allem wenn seine Erinnerung zurückgekehrt war, dann hatte er sich bestimmt verlassen gefühlt. Aber sie war wirklich noch zu benommen, um sich jetzt schon dem Tag zu stellen. Vorher brauchte sie noch einen guten Kaffee und eine ausgiebige Dusche.

Sie ging in die Küche, wo Mirella schon alles fürs Frühstück vorbereitet hatte. Sie waren über Nacht da geblieben, sie und Fabio. Wie schön! So sehr es ihr auch nicht gelingen wollte, zu Cristina eine gute Beziehung aufzubauen, so sehr fühlte sich Fabio wie ein richtiger Sohn an. Er hatte etwas Verletztes an sich, als habe er kapituliert, was ihr Herz rührte. Obwohl sie vom Alter her nicht sehr weit auseinander waren – beide näherten sich den siebzig –, weckte Fabio in ihr mütterliche Gefühle. Es gibt Menschen, die ihr ganzes Leben lang irgendwie unfertig bleiben, etwas Unbestimmtes an sich haben, das sie daran hindert, ganz erwachsen zu werden. Fabio war so jemand. Mirella, die elf Jahre jünger war als er, hatte ihn vor einem traurigen und resignierten Leben gerettet. Wenn sie nicht gewesen wäre, wäre er sicher in dem gemieteten Häuschen in Duino alt geworden und hätte immer weiter in dem Antiquariat an der Piazza Unità gearbeitet.

Fabio war immer einer jener Männer gewesen, die ruhige Vorhersehbarkeit dem wilden Risiko vorzogen. Die Arbeit in der Buchhandlung zu kündigen und der Liebe wegen auf den Karst umzuziehen, um Mirellas Eltern zu unterstützen, die inzwischen alt und müde waren, war das einzige Risiko, das er je eingegangen war. Und es hatte sich ausgezahlt. Heute war er der betagte Vater eines jungen Mannes, zu dem er zwar nie einen richtigen Zugang gefunden hatte, den er aber mehr als sein eigenes Leben liebte. Er musste in seiner Kindheit schwer gelitten haben, mit einer Mutter, die sich ständig depressiv in ihr Zimmer eingeschlossen hatte, und Großeltern, die wenig zugänglich und freundlich gewesen waren.

Wer wusste schon, warum Ivo ihn nie geliebt hatte, seinen Erstgeborenen. Nicht dass er es ihr je gestanden hätte, aber eine Frau kann aus dem Verhalten das Ungesagte oder den Argwohn erkennen. Wann immer die Sprache auf Fabio kam, wurde Ivo plötzlich unbestimmt, abgelenkt und wechselte schnell das Thema.

Seine Ehe mit Lea blieb für Petra immer ein Rätsel. Ivo hatte nie mit ihr darüber sprechen wollen, und sie hatte seine Vorbehalte respektiert und nie Fragen gestellt. Und doch hätte sie gern etwas mehr darüber gewusst. Offensichtlich bewahrte Ivo ein Geheimnis. Ein so schmerzhaftes Geheimnis, dass er es nicht einmal mit der Frau teilen konnte, die seit mehr als dreißig Jahren an seiner Seite lebte. Die Kinder brauchte sie nicht danach zu fragen. Fabio war erst sieben gewesen, als Lea starb, und Cristina hatte sie nie kennengelernt.

Lea, die erste Frau.

Wenn sie auch nur ein Zehntel von Ivos Talent gehabt hätte, hätte sie gern ein Buch über ihre lange, glückliche Ehe geschrieben, über der jedoch immer der Schatten einer anderen Frau lag. Der ersten Frau. Einer ohne Zweifel sehr geliebten ersten Frau. Nur verletzte Liebe errichtete so unüberwindliche Mauern im Herzen.

Bevor er das Haus verließ, hatte Fabio noch die Zeitung gekauft. Noch so eine freundliche Geste von ihm. Sie musste daran denken, ihn anzurufen, um sich bei ihm zu bedanken. Während sie sich einen Espresso einschenkte, fiel ihr Blick auf die Schlagzeile der ersten Seite.

DER TOTE VOM FRIEDHOF
HAT EINEN NAMEN

Darunter das Foto eines alten Mannes. In dem Artikel stand, er habe Frano Mornar geheißen und stamme aus Porec.

»Frano Mornar«, sagte Petra laut. War das möglich? War er nicht kurz nach dem Krieg gestorben? So hatte es ihr zumindest Ivo gesagt.

Während sie sich zuckerarme Marmelade auf ein paar traurige Scheiben Zwieback strich – dieser verdammte Stoffwechsel! –, versuchte sie sich zu erinnern, wo sie den Namen Mornar kürzlich gelesen hatte.

Plötzlich fiel es ihr ein.

Der Brief, den sie in Ivos Tasche gefunden hatte, am Tag seines Ausflugs nach Grado. In den letzten Wochen waren unglaublich viele Briefe gekommen, und wie immer hatte Ivo sie nicht geöffnet. Er wartete immer auf »den rechten Augenblick«, um das zu tun, sagte er, und Petra wusste schon im Voraus, dass dieser schicksalhafte Tag auch erst Monate später kommen konnte. »Niemand erwartet sofort eine Antwort. Mach dir keine Sorgen, ich vergesse es nicht. Ich mache es, wenn ich ein bisschen mehr Zeit habe.« Dumm nur, dass dieses bisschen Zeit überaus selten zur Verfügung stand, so, wie er immer in seine Gedanken versunken war und so zerstreut wie er war. Ein verlorener Kampf, den Petra da gegen ihren Mann führte.

Diesen Brief jedoch hatte Ivo aufgemacht. Er musste gekommen sein, als sie die Wohnung schon verlassen hatte, um sich mit Kunz in dem Café zu treffen. Das war die einzige Erklärung. Sie konnte sich nicht erinnern, ihn vorher gesehen zu haben.

Sie ging ins Schlafzimmer und zog den Nachttisch ihres Mannes auf. Sie hatte ihn an jenem Abend dort hineingelegt, ohne darüber nachzudenken. Sie war so erschöpft und müde gewesen, dass sie ihm keine weitere Bedeutung zugemessen hatte.

Normalerweise öffnete Petra Ivos persönliche Korrespondenz nur, um sie durchzusehen, sie aufzuteilen und kurze Zusammenfassungen zu machen, um ihm die Antworten zu erleichtern. Sie war von Natur aus nicht neugierig. Jetzt jedoch, da sie ihn in den Händen hielt, drängte es sie zu erfahren, was er enthielt.

Bevor sie sich an die Lektüre machte, rief Petra Lorenzo im Krankenhaus an. »Wie geht's, lieber Aufpasser? Hast du es geschafft, ein bisschen zu schlafen? Und der Großvater? Nichts Neues? Besser so. War der Arzt schon da? Was sagst du, Cristina ist da? Gut. Ich dusche noch und komme dann auch. Danke für alles, du bist ein Schatz.«

Mit der Tasse Kaffee in der Hand und dem Brief in der anderen ging Petra auf die Terrasse. Der Tag versprach frisch und windig zu werden, und das zarte Grün des Jasmins leuchtete in der Morgensonne. Sie ließ sich in Ivos Liegestuhl fallen, stellte die Tasse auf den Boden und öffnete schließlich den Umschlag.

Der Brief hatte etwa zwanzig Seiten, alle von Hand geschrieben, in gutem Italienisch verfasst. Die Handschrift war ordentlich, wenn auch ein bisschen zittrig. Sie setzte sich die Brille auf und begann zu lesen. *Heute war ich beim Arzt, und er hat mir bestätigt, was ich bereits wusste. Ich habe nur noch wenige Monate zu leben …*

26

Die Monate nach Leas Tod waren vielleicht die schmerzhaftesten meines Lebens. Ein vollkommen anderer Schmerz als der, den ich nach meiner Rückkehr aus Goli Otok empfunden hatte. Damals war ich betäubt, ich beschränkte mich darauf zu überleben, ohne an irgendetwas zu denken. Ich ließ mich treiben, das reichte. Doch Leas Tod löste einen Sturm in mir aus. Meine Sinne waren in dieser einen, aufwühlenden und unerwarteten Liebesnacht wieder zum Leben erwacht. Am Morgen danach war mir die Welt wunderschön erschienen, das Leben ein Abenteuer, das ich bis zur Neige auskosten wollte, zusammen mit ihr. Lea war die Frau meines Lebens. Ich hatte es immer gewusst. Wir hatten uns als Jugendliche geliebt, verzweifelt, immer auf der Hut, dass du nichts davon mitbekamst, weil wir dich nicht verletzen wollten. Wir wussten beide, dass du in Lea verliebt warst, aber unser Gefühl war stärker als die Freundschaft. Als du uns erwischt hast, in dieser Hütte, hatten wir das Gefühl, wir würden sterben. Ich zog mich hastig und wütend an und lief dir nach. Aber du wolltest mich nicht anhören. »Für mich bist du gestorben«, hast du mich angeschrien. Und einige Monate lang haben wir uns nicht mehr gesehen, wenn du dich recht erinnerst.

Es war Lea, die alles wieder geflickt hat, wenn auch mit einem extrem dünnen Faden wie dem, den ihre Mutter zum Heften verwendete. Lea mochte dich sehr gerne, und auch ich habe dich geliebt. Sie konnte es nicht ertragen, dich leiden zu sehen. Sie schwor dir, dass es nur ein Ausrutscher war, dass wir ein bisschen zu viel getrunken hatten und nichts Ernsthaftes zwischen uns war. So war Lea, sie konnte es nicht ertragen, irgendjemandem Schmerz zuzufügen. Und so, aus Liebe zu Lea, tat ich auch so, als empfände ich nichts mehr für sie. Wir wurden wieder zu dem unzertrennlichen Trio, machten unsere Radtouren, gingen zusammen fischen. Du hast dem nicht ganz getraut, hast mich immer wieder misstrauisch angesehen, aber du warst auch so glücklich, wieder mit Lea zusammen zu sein, dass du, schweren Herzens, auch mich akzeptiert hast.

Alles schien bestens zu laufen, bis Leas Vater verschwand. Die Stimmung gegen euch Italiener war schon angespannt, Titos Milizen waren aggressiver geworden und hetzten uns Slawen auf, euch zu verjagen. »Taliani fascisti«, alle Italiener sind Faschisten, riefen sie euch nach. Du weißt nicht, wie oft ich mit meinen Cousins gestritten habe, die sich von diesen Fanatikern aufhetzen ließen. Ich habe selbst einen beleidigenden Spruch an eurer Hauswand überkalkt. Dann wurde alles immer schlimmer. Mein Vater zwang mich, zur Miliz zu gehen, und ich hatte nicht die Kraft, ihm nicht zu gehorchen. Damals war es nicht üblich, seinem Vater zu widersprechen. Aber du hast das nie akzeptieren wollen.

Wenn ich noch einmal lese, was ich geschrieben habe, wird mir klar, dass ich abschweife. Ich wollte nicht die Vergangenheit wieder hervorkramen, sondern dir von Lea erzählen. Von Lea und mir. Von dem einzigartigen und unzerstörbaren Gefühl, das uns verband und das uns immer verbinden wird, auch über den Tod hinaus. Auch wenn sie dich nicht verlassen wollte, als sie entdeckte, dass sie schwanger war, wusste ich, dass es nur eine Frage der Zeit war. Ich musste nur warten. Warten, bis das Kind auf der Welt war, und danach würde ich alles dafür tun, um mir mit ihr und dem kleinen Wesen, dass da zur Welt kommen würde, ein Leben aufzubauen. Ich war sogar bereit, auch den kleinen Fabio mitzunehmen, damit du nicht einen Sohn aufziehen müsstest, der nicht deiner war.

In den langen Briefen, die wir uns postlagernd schrieben, hatten wir schon beschlossen, wie wir es machen würden. Ich wäre aus Parenzo geflohen und hätte die Freizügigkeit zwischen Triest und Istrien genutzt. Von Triest aus wäre ich mit falschen Papieren nach Paris gegangen, wo ein Onkel von mir lebte, der eine Französin geheiratet hatte. Er hätte mir geholfen, Arbeit zu finden und eine Wohnung, und wenn alles bereit gewesen wäre, wäre ich mit dem Auto gekommen, um sie und die Kinder abzuholen. Es war ein gewagter Plan. Es war nicht einfach für mich, Istrien zu verlassen, es war immerhin ein kommunistisches Land, jede meiner Bewegungen wurde von der Polizei überwacht, aber die Liebe hatte mich furchtlos und mutig gemacht. Nichts hätte mich aufgehalten, nicht einmal Tito.

Du weißt nicht, wie ich mich in diesen Monaten des Wartens gefühlt habe. Als hätte mir das Leben eine zweite Chance gegeben. Ich hatte mir schon falsche Papiere beschafft, für mich, für Lea und für die Kinder. Wir mussten Paul und Jeanne Dutronc werden, geboren in Marseille und wohnhaft in Paris. Für die Kinder hatten wir die Namen Anne und Jean ausgesucht. Doch stattdessen, statt-

dessen endete für mich alles an jenem Morgen, an dem ich von Lilli erfuhr, dass Lea gestorben war. Ich schloss mein Herz in einen Eisblock ein und begann wieder, mich treiben zu lassen.

Erinnerst du dich noch an diesen schönen Titel von Peter Handke, »Wunschloses Unglück«? Das war mein Seelenzustand in diesen langen Jahren. Ich habe den Tod meines Vaters erlebt, meiner Mutter, meiner Geschwister, ich habe einen nach dem anderen die wenigen Menschen verschwinden sehen, die ich noch für meine Freunde hielt, und am Ende habe ich mich hier ans Meer gesetzt, auf die Terrasse, auf der wir immer Karten gespielt haben, abends, und habe auf den Tod gewartet.

Ein einziges Mal konnte ich nicht widerstehen. Nach dem Tod meiner Mutter, die fünf Jahre nach meinem Vater gestorben war, wurde mir mit einem Mal klar, dass ich der Letzte war, nach mir kam niemand mehr. So fuhr ich nach Triest. Ich wollte meine Tochter sehen, wollte in ihr die Spuren meiner Lea wiederfinden, ein bisschen von ihrem Licht.

Ich stellte mich vor dein Haus, und als ich sie mit einer Puppe herauskommen sah, sie mochte sechs oder sieben Jahre alt gewesen sein, und wie sie dir folgte, der du vorangingst, wurde mir klar, dass ich kein Recht hatte, auch noch ihr kleines Leben zu erschüttern. Was hätte ich ihr bieten können? Nur die Melancholie eines Mannes, der, wenn überhaupt, nur noch ein Schiffbrüchiger war. Und so kehrte ich nach Parenzo zurück, fest entschlossen, mich nie wieder zu melden.

Doch diese unvorhergesehene Krankheit hat plötzlich alles verändert. Seltsam, wie der Tod, den ich in jenen Jahren als Befreiung herbeigewünscht hatte, zu einer Realität geworden ist, mit der ich nicht umzugehen weiß. Ich habe

Angst, Ivo. Angst, allein zu sterben, auf irgendeiner unbekannten Straße, ohne dass jemand etwas davon mitbekommt. Mein Leben war überflüssig. Ich kann nicht zulassen, dass auch mein Tod es ist.

Es gibt noch eine Sache, die du wissen musst, auch wenn sie dir wahrscheinlich nicht gefällt. Ich schreibe dir vom Schreibtisch deines Vaters aus. Er blieb immer hier stehen, unversehrt, vor dem Fenster, das aufs Meer hinausblickt. Als meine Mutter starb, bin ich wieder ins Haus deiner Familie zurückgezogen. Es war nach eurer Abreise meiner Familie zugesprochen worden. Ich habe nie einen Fuß hineinsetzen wollen, als sie noch am Leben waren. Mein Vater hatte es angenommen, weil er hoffte, es irgendwie erhalten zu können für die Zeit, wenn ihr zurückkämt. Mein Vater war kein schlechter Mensch, aber sein Denken war beschränkt. Für ihn war Tito Gott. Der Mann der Vorsehung. Gleichzeitig jedoch betrachtete er deinen Vater weiterhin als seinen »paròn«, seinen Herrn. So hat er ihn immer genannt. Paròn Furian. Er wusste nicht, dass du deinen Namen ändern und den deiner Mutter annehmen wolltest. Jener Mutter, die meine Mutter nie hatte lieben können, weil die Erniedrigungen zu eindrücklich gewesen waren, die sie als Zimmermädchen in den Jahren, in denen sie bei euch in Diensten war, hatte erleiden müssen. Für sie war das Leben in eurer Villa eine Entschädigung, die ihr zustand. Eine Wiedergutmachung für all die bösen Worte und die Mühen, die sie hatte ertragen müssen. Als in den ersten Jahren noch andere Familien bei uns wohnten, hatte mein Vater immer darum gekämpft, dass nichts kaputtging. Die Villa gehörte seinem »paròn«. Als der Kommunismus zu Ende ging, hat er sie gekauft. Damit sie nicht in fremde Hände fiel. Eines Tages würde der Sohn des »paròn« zurückkeh-

ren. Und er wollte, dass er alles so vorfand, wie er es verlassen hatte.

Jetzt vermache ich diese Villa Cristina, meiner Tochter. Ich habe sonst keine Verwandten. Sie wird damit tun, was sie will, wahrscheinlich wird sie sie verkaufen. Hier haben mich so viele darum gebeten, sie kaufen zu dürfen, um eine Pension daraus zu machen. Eine Villa am Meer mit einem Wäldchen darum macht vielen den Mund wässrig. Das soll sie entscheiden. Mich geht es nichts mehr an. Aber es ist gerecht, wenn sie zu Leas Tochter zurückkehrt. Auf dem Dachboden ist eine Schachtel mit Fotos. Wenn sie will, wird sie entdecken, was für ein besonderer Mensch ihre Mutter war, wie schön und strahlend sie war, und wie schön auch wir beide waren, neben ihr, die sie die Macht hatte, uns zu besseren Menschen zu machen.

Ich habe in der Zeitung gelesen, dass man dir eine Ehrendoktorwürde verleihen wird, nächste Woche, und so habe ich beschlossen, nach Triest zu kommen, um Abschied von euch zu nehmen. Wahrscheinlich wirst du diesen meinen langen Brief bis dahin gelesen haben und nicht glücklich sein, mich wiederzusehen. Aber keine Sorge, ich werde dich nicht mit meiner Anwesenheit belästigen. Ich werde ganz hinten im Saal bleiben. Ich werde dich ein letztes Mal sehen und dir zuhören, um all die Jahre trauern, die wir damit vergeudet haben, uns zu hassen und zu versuchen, uns gegenseitig auszulöschen. Was für eine Verschwendung, der Hass. Wenn wir wirklich verstanden hätten, dass unser Herz viel größer als unsere Wunden ist, dass darin Platz für alles ist, für Liebe, für Freundschaft, für Vergebung und für Reue, hätten wir nicht wie im Exil auf dieser Erde gelebt, gefangen in der Sicherheit der Rochade unseres dummen Männerstolzes.

Mein Handgelenk tut mir weh. Noch nie habe ich so

viel geschrieben wie in diesen Tagen. Der Abend senkt sich herab, die Luft ist klar und frisch. In der Ferne scheinen mir die Lichter von Triest zu leuchten. So nah, und doch so weit entfernt.

Ich gehe jetzt und mache mir etwas zu essen.

Zwei Dinge bleiben mir noch zu tun, bevor ich sterbe.

Das Erste ist, endlich meine Tochter kennenzulernen.

Und das Zweite, ein Blume auf Leas Grab zu legen.

27

Kommissar Benussi hatte seine beiden Inspektoren für vier Uhr zusammengerufen, um eine Zwischenbilanz zu ziehen und über die nächsten Schritte zu entscheiden. Die Analyse der Verbindungsdaten lag vor, sie hatte so gut wie nichts ergeben.

Das bedeutete, dass der Ball wieder im Feld war, was für Benussi ganz sicher keine gute Nachricht war. Er hasste es, Morin recht geben zu müssen, die ihm geraten hatte, sich nicht auf die Personen in der Bibliothek zu beschränken. Jetzt würde es wesentlich schwieriger werden, den Schuldigen auszumachen.

Seine sowieso schon angeschlagene Stimmung verschlechterte sich enorm, als er auf die Uhr schaute und sah, dass es schon beinahe Viertel nach vier war. Von Morin noch keine Spur.

»Wo zum Teufel steckt sie denn?«, schrie Benussi Gargiulo an, der vor ihm wie auf glühenden Kohlen stand.

»Ich habe keine Ahnung.«

»Wart ihr denn nicht zusammen, um Himmels willen?«

»Bis vor zwei Stunden. Sie hat mir gesagt, sie wolle noch etwas nachprüfen und würde dann kommen.«

»Und darüber konnte sie mich nicht auch informieren, über diese rätselhafte Sache? Ihre Kollegin vergisst ein bisschen zu oft, dass ich immer noch ihr Vorgesetzter bin, *Napoli* … äh, Gargiulo, wollte ich sagen.«

Der Inspektor lächelte angesichts der Korrektur. Offensichtlich hatte die Abfuhr, die ihm seine Mutter erteilt hatte, die erhoffte Wirkung gehabt.

»Gut. Verlieren wir nicht noch mehr Zeit. Machen wir ohne sie weiter. Wir müssen den Bibliothekar in die Mangel nehmen. Womöglich war er's am Ende.«

»Aus dem Bericht von Ispettore Morin geht hervor, dass er für etwa zehn Minuten verschwunden war, um Bücher einzuordnen.«

»Genau die Zeit, die er gebraucht hätte, um Radek zu überfallen und scheinheilig an seinen Platz zurückzukehren.«

Gargiulo verzog verblüfft den Mund. Das erschien ihm wenig wahrscheinlich. »Aber warum sollte er das getan haben?«

»Ein enttäuschter Möchtegern-Autor?«, schlug Benussi vor. »Vielleicht hatte er ihn um Hilfe gebeten, sein Buch zu veröffentlichen, und Radek hat ihn zum Teufel gejagt.«

»Für so eine Kleinigkeit mordet man doch nicht.«

Benussi verlor die Geduld angesichts des zweifelnden Tonfalls seines Untergebenen. »Das ist eine Hypothese, nur eine Hypothese, *Napoli* … Oh, entschuldigen Sie … Gargiulo. Kleiner Rückfall.«

»Ich habe kein Problem damit, Comissario. Im Gegenteil, wenn ich es mir aussuchen könnte, würde ich *Napoli* Gargiulo vorziehen.«

»Wirklich?«

»Wirklich.«

»Nun, das würde mir das Leben ein bisschen leichter machen. Aber kümmern Sie sich dann darum, Morin und Ihre Mutter zu besänftigen?«

»Seien Sie unbesorgt.«

Der Kommissar klopfte dem jungen Inspektor auf die Schulter. Der Mann gefiel ihm. Er vergaß nie, wo sein Platz war, und verfügte darüber hinaus über jene neapolitanische Leichtigkeit, die Morin so gänzlich abging.

»Wie ich schon sagte, es ist nur eine Hypothese. Auch mir erscheint es unwahrscheinlich, aber wir sind jetzt an einem Punkt angelangt, wo wir noch einmal bei Null anfangen müssen. Überprüfen wir auch diejenigen, die in dieser Zeit Bücher ausgeliehen haben.«

»Ich kümmere mich sofort darum.«

»In der Zwischenzeit gebe ich den beiden Verlegern und Radeks Agentin grünes Licht. Und entlasse Bruno Kosovitz.«

»Sollte der nicht schon gestern freigekommen sein?«

»Es ist mir gelungen, ihn weitere vierundzwanzig Stunden festzuhalten.«

»Und wie haben Sie das angestellt?«

»Genau genommen hat er selbst dafür gesorgt. Er war so freundlich, dem Wärter das Tablett mit dem Mittagessen ins Gesicht zu werfen, weil der ihm gesagt hatte, Rauchen sei in der Zelle verboten.«

Gargiulo grinste und ging zur Tür.

»Wie läuft's mit Morin?«

Das war eine Frage, die der Inspektor nicht erwartet hatte, und die ihn bis in die Haarwurzeln rot anlaufen ließ. Statt zu antworten, drehte er sich sprachlos um und zuckte die Schultern.

»Ich verstehe. Sie ist auch für Sie eine schwer zu knackende Nuss.«

»*È'na capa tosta, Commissa'*, sie ist ein Sturkopf«, rutschte es Valerio in einem Anflug von Männerkameraderie auf Neapolitanisch heraus.

»Wer ist ein Sturkopf?«, fragte jemand hinter ihm.

Elettra Morin kam mit belustigter Miene herein. Valerio lief noch röter an und versuchte abzuwiegeln. »Nein, nichts. Wir haben über einen Informanten gesprochen, der Kommissar und ich.«

»Du konntest noch nie gut lügen, Gargiulo.«

»Wie, hast du etwa gelauscht?«

Benussi unterbrach den Wortwechsel, indem er Morin ernst fragte: »Darf man erfahren, wo Sie gesteckt haben? Haben Sie gesehen, wie viel Uhr es ist?«

Sofort fiel Elettra in ihre Rolle zurück und wurde ebenfalls ernst.

»Ich habe herausgefunden, wer Radek überfallen hat.«

»Und wären Sie so freundlich, Ihre Erkenntnis mit uns zu teilen?«, stichelte Benussi, der sich übergangen fühlte.

»Noch nicht. Ich brauche noch Beweise.«

»Wollen Sie mir sagen, Sie haben den Schuldigen gefunden, aber noch keine Beweise?«

»Genau.«

»Und wie haben Sie das gemacht?«

»Sagen wir, Intuition?«

»Und wer wäre das?«

»Ich möchte euch nicht die Überraschung verderben. Kommt mit.«

Erleichtert angesichts des Gedankens, nur noch wenige Schritte von einer Lösung entfernt zu sein, fand Benussi mit einem Schlag seinen Humor wieder und antwortete salutierend: »Zu Befehl, Commissario Morin. Gehen Sie nur voran.«

»Gemach, gemach«, ging Elettra lächelnd auf das Spiel ein.

Cristina Radek stand am Krankenbett des Mannes, den sie immer für ihren Vater gehalten hatte, und sah ihn scharf an. Sie versuchte zu verstehen, wer er wirklich war. Er sah so zerbrechlich und wehrlos aus. Jetzt, wo er am Rande des Todes stand, verspürte sie das starke Bedürfnis, mit ihm zu sprechen, ihm all die Fragen zu stellen, die zu stellen sie nie den Mut gehabt hatte.

Als er am Tag zuvor erwacht war, hatte er sie Lea genannt und mit ihrer Mutter verwechselt. Wer war Lea für ihn gewesen? Eine große Liebe? Großmutter Lena hatte immer schlecht von ihrer Mutter gesprochen. Sie habe ihre Familie nur ausgenutzt, sie sei ein Taugenichts gewesen. Doch Cristina hatte sich die Ohren zugehalten, wenn sie so etwas sagte. Die Großmutter sprach schlecht über alle, sie war eine bittere, bösartige Frau. Sie konnte die ganze Welt nicht leiden. Sie und ihr verlorenes russisches Reich, sie und ihre Bälle am Hof des Zaren … Cristina konnte es nicht mehr hören. Der Großvater war da schon besser gewesen, aber ihn sah sie nur selten. Er war immer bei der Arbeit. Und wenn sie abends zusammen aßen, schwieg er.

Sie schauderte, wenn sie an die eiskalte Atmosphäre in jenem Haus zurückdachte, an die Einsamkeit, die sie gelitten hatte, an das Schweigen ihrer Kindheit. Wenn nur ihr Vater ab und zu aus seinem vermaledeiten Arbeitszimmer gekommen wäre, in das die Kinder keinen Fuß setzen durften, wenn er sie mit auf eine Reise genommen hätte, einmal mit ihnen ans Meer gefahren oder auf den Jahrmarkt gegangen wäre. Aber nichts dergleichen. Vielleicht hatte der alte Mann tatsächlich recht, der behauptete, ihr Vater zu sein. Ihre Mutter hatte Radek mit seinem besten Freund betrogen, und er hatte ihr nie verziehen. Aber was hatte sie damit zu tun? Sie war ein kleines Mädchen gewesen, nur ein Mädchen. Und was war mit Fabio? Er war doch bestimmt sein Sohn. Aber warum behandelte er auch ihn immer so kalt? Sie hatte so viele Jahre damit verbracht, sich vom Leben betrogen zu fühlen, dass sie sich nie getraut hatte, auch nur eine einzige echte Frage an denjenigen zu richten, der über alle Antworten verfügte. Warum, Papà, warum? Warum hast du mich immer gehasst?

Mit einem Mal spürte sie einen Schatten hinter sich. Sie drehte sich mit einem Ruck um.

Es war Fabio, ihr Bruder. Er betrachtete sie mit einem ganz seltsamen Blick.

»Ah, du bist es. Du hast mich erschreckt«, sagte sie ausweichend.

»Warum hast du es getan?«

Cristina erbleichte. »Was getan?«

»Ich habe dich gesehen, weißt du?«

Sie stand auf. Sie musste das Zittern stoppen, das sie überkam.

»Was willst du gesehen haben?«

»Du weißt es.«

Cristina starrte ihn bestürzt an, auf der Suche nach einem Ausweg.

»Wo warst du?«

»Ich war hochgegangen, um Papà zu suchen. Ich wollte ihm Guten Tag sagen …«

Cristina schlug eine Hand vor den Mund und warf einen alarmierten Blick zu ihrem Vater.

»Nicht hier. Sprich leise.«

Damit nahm sie ihn bei der Hand und zog ihn in das winzige Bad, das zu dem Krankenzimmer gehörte. Sie war schweißgebadet, als sie ihren Bruder Hilfe suchend anschaute. In ihren Augen standen Tränen.

»Ich bitte dich, Fabio, verrate mich nicht.«

»Wenn ich das gewollt hätte, hätte ich es längst getan, meinst du nicht?«

»Was willst du dann?«

»Nur verstehen.«

Auf einen Schlag war Cristina wieder das kleine erschreckte und verletzte Mädchen aus ihrer Kindheit. Das an den Nägeln kaute, bis Blut kam, das sich hinter seinen langen, blonden Haaren versteckte, damit man ihm nicht ins Gesicht sah.

»Ich … ich wollte nicht … es war ein Unfall.«

»Aber warum?«

Wut blitzte über das in Tränen gebadete Gesicht.

»Ausgerechnet du fragst mich warum? Ausgerechnet du! Du weißt, wie er uns immer behandelt hat!«

»Aber das ist doch kein Grund, ihn umbringen zu wollen!«

»Ich wollte ihn ja auch gar nicht umbringen! Es ist er, der mich umgebracht hat, vor langer Zeit, mit seinen ganzen Lügen …«

»Ich verstehe dich nicht.«

»Ich wollte nur mit ihm reden, ihn fragen, warum er mich immer angelogen hat. Aber er wollte mich nicht einmal anhören. ›Jetzt nicht, Cristina, ich bin müde.‹ Müde, müde, müde. Wie oft hat er uns gesagt, er sei müde! Er ist immer zu müde gewesen, um sich mit uns zu beschäftigen!«

Da hörten sie es an der Tür klopfen.

»Ich bitte dich, Fabio. Sag nichts. Tu es für Ada.«

»Mach dir keine Sorgen.«

Als sie aus dem Bad kamen, standen die beiden Geschwister vor Inspektorin Morin.

»Signora Radek, wenn Sie bitte mitkommen würden …«

Cristina drehte sich zu Fabio um, als wollte sie ihn mit ihren Blicken vernichten, aber er schüttelte den Kopf.

»Ich habe nichts gesagt, ich schwör's.«

28

Stelio Kunz fühlte sich ganz und gar nicht gut an jenem Morgen. Es mussten die Magengeschwüre sein, die wieder zurückgekommen waren. Er schaute sich seufzend um. Es herrschte eine unerträgliche Unordnung im Raum, schmutziges Geschirr auf dem Tisch, Bücher auf der Erde, Zigarettenstummel im Aschenbecher. Wie er sein Leben hasste! Wenn er wenigstens den Mut gehabt hätte, Schluss zu machen wie Cesare Pavese. Sogar als Selbstmörder war er ein Versager. Seine ganze Existenz war ein einziges Versagen, das musste er erkennen. Es hatte keinen Sinn, das alles als Pech zu bezeichnen. Er wusste, dass er besser war als viele Erfolgsautoren, verdammt noch mal, sehr viel besser, aber sein Charakter machte immer alles kaputt. Kaum war es ihm gelungen, etwas Gutes zu erreichen, wusste er schon, dass er demnächst etwas sagen oder tun würde, was alles wieder ruinierte.

Es gab Menschen, die ohne jegliche Mühe die Bewunderung aller auf sich zogen, wie zum Beispiel Radek, und andere, die eine abstoßende Ausstrahlung zu haben schienen, wie er. »Die Umlagerten und die Isolierten«, so hatte er sie definiert. Radek gehörte in die Kategorie der Umlagerten, zu denen er so gern gehört hätte, während Kunz zu den Isolierten zählte, Menschen, die niemand suchte, die niemand einlud, die in einer Art Blase lebten, die sie auf Dauer unsichtbar machte. Die verärgerte Reaktion von Titus Celsius in der Universität schmerzte ihn immer noch, und dann am Tag darauf bei Petra. Als hätte er gar nicht das Recht, um einen Termin zu bitten, als wäre er nicht bereits Autor bei Fondamenta. Als wäre es gestern gewesen, erinnerte er sich noch an den Tag vor beinahe vierzig Jahren, als der Anruf des jungen Titus gekommen war. Damals lebte der alte Rufus Celsius noch, eine verlegerische Legende. »Sie haben da wirklich ein schönes Buch geschrieben, Signor Kunz, und Fondamenta würde sich glücklich schätzen, es veröffentlichen zu dürfen. Wann könnten Sie denn nach Mailand kommen?«

Er hatte mit einem Finger den Himmel berührt. Vor Freude war er gleich zu Petra gelaufen und hatte sie umarmt. Sie hatten zusammen gefeiert an jenem Abend, mit Champagner und Austern. Was für ein Wahnsinn! Wie glücklich sie gewesen waren, wie wunderbar das Leben gewesen war! Stelio hatte das Gefühl gehabt, auf dem Gipfel angekommen zu sein, er sah sich schon im Frack vor dem König von Schweden stehen und den Nobelpreis in Empfang nehmen. Am selben Abend hatte er Petra gefragt, ob sie ihn heiraten wolle. In ihren Augen hatte solche Bewunderung und solches Ungestüm gelodert, dass er sich sicher war, sie würde Ja sagen. Stattdessen sagte sie, sie könnte nicht. Dass sie ihn sehr gern hätte, aber dass ihr Herz bereits vergeben sei. Sie hätte vor einigen Monaten einen ganz besonderen Mann kennengelernt. So hatte sie es ausgedrückt.

Vermaledeiter Radek! Er hat alles bekommen, was ich mir gewünscht hatte, ohne auch nur einen Finger krumm zu machen. Wie er ihn verabscheute. Was für ein egoistischer und kleingeistiger Mensch. Nach der Verleihung hatte er zu ihm gehen wollen, um es ihm ins Gesicht zu sagen und sich diese Genugtuung zu gönnen. Jemand hatte ihm gesagt, er wäre in die Bibliothek gegangen, also war er ihm nachgegangen. Er malte sich bereits die Szene aus. Aber auch dabei war ihm kein Glück beschieden gewesen. Als er ihn endlich fand, war es bereits zu spät. Ivo Radek lag am Boden, in einer Blutlache. Er hätte jemanden zu Hilfe rufen können, aber ihm war nicht danach gewesen. Mit Sicherheit hätte man ihm die Schuld gegeben. Und er wollte nicht riskieren, für ein Verbrechen zu bezahlen, das er gar nicht begangen hatte. Das nun wirklich nicht. So war er weggegangen, um kurz mit Marco, dem Bibliothekar, zu plaudern.

Das Schellen der Türklingel ließ ihn zusammenfahren.

Wer konnte das sein?

Auf Zehenspitzen schaute er durch den Spion und sah Kommissar Benussi zusammen mit zwei weiteren Personen.

»Signor Kunz! Wir wissen, dass Sie zu Hause sind. Machen Sie auf. Polizei!«

Kunz schaute sich besorgt um. Welchen Eindruck würde eine solche Unordnung auf die Polizei machen?

»Einen Augenblick. Ich muss mich erst anziehen.«

»Lassen Sie uns erst einmal herein. Dann können Sie sich anziehen.«

Kunz nahm die schmutzigen Teller und den überquellenden Aschenbecher und stellte alles in eine Schublade, dann fuhr er sich mit der Hand durch die nassen Haare und ging aufmachen. »Guten Tag, Commissario. Entschuldigen Sie die Unordnung …«

Benussi und die beiden Inspektoren sahen sich einem Menschen gegenüber, der den menschlichen Verfall verkörperte. Stelio Kunz hatte rote Augen, sein Bart war lang und er trug eine ausgeleierte, unförmige Schlafanzughose. Er hatte sich ein T-Shirt übergestreift, das aussah, als sei es noch nie gebügelt worden und noch dazu voller Kaffeeflecken war. Um ihn herum sprach alles von Vernachlässigung und Einsamkeit.

Elettra konnte nicht anders, als Mitleid mit ihm zu haben.

»Sind Sie hier, um mich zu verhaften?«

Kommissar Benussi warf Morin einen Blick zu.

»Wie kommen Sie darauf?«

»Sie müssen den Fall abschließen. Sie haben den Schuldigen nicht gefunden, also brauchen Sie einen Sündenbock. Und ich eigne mich perfekt dafür.«

»Aber wir haben den Schuldigen gefunden«, lächelte Benussi.

Kunz starrte ihn erschrocken an.

»Sie haben ihn gefunden? Und wer ist es?«

»Die Tochter.«

»Cristina?«

»Sie hat gestanden.«

»Und warum sind Sie dann hier?«

»Um die Schuhe abzuholen, die Sie am Tag der Tat getragen haben«, sagte Inspektorin Morin.

Stelio Kunz wusste nicht mehr, was er denken sollte. Was war das für eine Geschichte?

»Und warum?«

»Weil eine Spur von Ivo Radeks Blut an einem Schuhabdruck neben dem Bibliothekstresen gefunden wurde.«

»Und was ist damit?«

»Wenn der Abdruck zu Ihren Schuhen passt, werden Sie wegen unterlassener Hilfeleistung angeklagt.«

Stelio Kunz sah sie einen Augenblick an und versuchte

herauszufinden, wie er sich verhalten sollte. Dann schüttelte er den Kopf. »Niemand hätte mir geglaubt.«

»Wie kommen Sie darauf?«

»Die italienische Justiz. Alle wussten, was ich von Radek gehalten habe.«

»Und um eine unbegründete Anklage zu vermeiden, haben Sie zugelassen, dass der Mann verblutet?«

»Ich hätte doch sowieso nichts tun können.«

»Das stimmt nicht. Sie hätten ihn retten können.«

»Er ist doch sowieso gerettet worden, soweit mir bekannt ist.«

»Aber das ist ganz sicher nicht Ihr Verdienst.«

»Wissen Sie was, Commissario? Ich denke, der Begriff ›Verdienst‹ hat eine gewisse Abneigung gegen mich.«

Kommissar Benussi warf Inspektorin Morin einen amüsierten Blick zu. Sie beendete das Gespräch. »Geben Sie mir jetzt Ihre Schuhe?«

Später im Hause Benussi, einen Teller Spaghetti alle vongole vor sich, erzählte Elettra Carla, wie es ihr gelungen war herauszufinden, dass es tatsächlich Cristina gewesen war, die ihren Vater überfallen hatte.

Morin und Gargiulo waren von der Frau des Kommissars eingeladen worden, die sich nicht mit dem kurzen, hingemurmelten Bericht ihres Mannes abfinden und persönlich vom Verlauf der Ermittlungen hören wollte.

»Ettore erzählt mir nie etwas, Elettra. Es ist zum Verzweifeln. Wenn Sie nicht wären, wäre es, wie mit einer Mumie verheiratet zu sein.«

»Vielen Dank für den schmeichelnden Vergleich, Carla«, witzelte Benussi, der eine frische Guayabera angezogen hatte, die das so verhasste Bäuchlein kaschierte.

Morin hatte geduscht und trug ein blaues Baumwollkleid, das ihr ganz besonders gut stand, während Gargiulo in einem schlichten weißen Hemd und Jeans seine erste anständige Mahlzeit genoss nach zwei Tagen mit Panini und Kebabs aus der Hand.

Es war ein frischer, luftiger Abend, und dank des Weins, den der Kommissar großzügig ausschenkte, war die Stimmung locker und entspannt.

»Also?«, drängte Carla.

»Der erste Verdacht kam mir, als ich erfahren habe, dass sie Alarm geschlagen hat. Wie man so sagt, das erste Huhn, das gackert, hat das Ei gelegt. Aber das war nur ein Gefühl.«

»Das habe ich auch gedacht«, ging Benussi leicht pikiert dazwischen, der seiner Untergebenen nicht zu viel Genugtuung gönnen wollte.

»Da bin ich sicher«, sagte Elettra mit einem nachgiebigen Lächeln.

»Red nicht immer dazwischen, Ettore, lass sie erzählen«, protestierte Carla.

»Ein weiteres Indiz hat mir das seltsame Verhalten von Fabio Radek während der Vernehmung geliefert. Er hat geschwitzt, sich sichtlich unwohl gefühlt, immer wieder Blicke zu Petra Radek geworfen, als hätte er vor etwas Angst. Also bin ich zu Mirella Radek auf den Karst gefahren, um mit ihr zu sprechen.«

»Das haben Sie mir nicht gesagt.«

»Ich bin früh am Morgen hingefahren, vor Dienstbeginn, keine Sorge.«

Valerio lächelte. Er bewunderte Elettras ruhige Sicherheit, die einerseits versuchte, diplomatisch zu sein, und nicht den Eindruck machen wollte, sie habe ihren Vorgesetzten übergangen, und sich andererseits daran erfreute, ihn aus dem Konzept zu bringen.

»Und was haben Sie herausgefunden?« Carla liebte Elettras Erzählungen, die es immer wieder verstand, alle dazu zu bringen, gespannt den Atem anzuhalten.

»Was ich geahnt hatte. Dass Fabio Radek keine Ruhe fand, dass es etwas gab, was ihn beschäftigte und er nicht einmal mit seiner Frau besprechen wollte. Etwas, das er getan oder gesehen haben musste.«

»Und woraus haben Sie das geschlossen?«, fragte Benussi.

»Aus seinen Albträumen. Mirella hat mir erzählt, dass er im Traum immer wieder sagte: ›Warum? Warum? Nein, tu das nicht … Nein!‹«

»Und daraus haben Sie geschlossen, dass er Cristina meinte?« Dem Kommissar ließ das unverschämte Glück von Morin keine Ruhe. Jetzt gaben ihr sogar schon die Albträume anderer Tipps.

»Anfangs nicht. Ich hatte Angst, dass er seinen Sohn meinte. Aber bei genauerem Nachdenken wurde mir klar, dass der Junge nichts damit zu tun haben konnte. Außerdem hatte er sich nie vom Computer wegbewegt. Und nachdem er ausgeschlossen war, gab es nur noch einen anderen Menschen, den Fabio beschützen wollen könnte. Seine Schwester.«

»Seltsam. Sie hatten nie ein gutes Verhältnis zueinander, er und Cristina«, bemerkte Carla verwundert. »Ich dachte, sie hassen sich.«

»Vielleicht wussten sie auch einfach nur nicht, wie sie sich lieben sollten. Das kommt vor unter Geschwistern«, warf Gargiulo ein, der dabei an seinen älteren Bruder Carlo dachte, der in die Fußstapfen seines Vaters getreten war und zu dem er so gut wie gar keinen Kontakt hatte.

»Aber es fehlte noch das Geständnis. Und auch dabei

hat Fabio mir geholfen. Bei seinem Versuch, sie zu beschützen, hat er sie dazu gebracht zusammenzubrechen.«

»Und was steht ihr jetzt bevor?«

»Wenn ihr Vater nicht stirbt und keine Anzeige erstattet, wird sie des Angriffs aus niederen Motiven beschuldigt. Der Richter entscheidet dann, welche Strafe er ihr gibt. Ich hoffe aber für ihre Tochter Ada, dass es nicht zu hart wird.«

»Und Stelio Kunz?«

Elettra drehte sich zu Valerio um. »Er hat sich selbst verraten.«

Carla schaute ihn erwartungsvoll an.

»Als ich noch einmal zurückgegangen bin, um mit dem Bibliothekar zu sprechen, habe ich ihn gefragt, ob ihm am Verhalten der Personen, die er hat vorbeigehen sehen, etwas Ungewöhnliches aufgefallen ist. ›Das Einzige‹, hat er mir gesagt, ›war die Art und Weise, wie Kunz immer auf seine Schuhe geguckt hat. Ich dachte, er sei vielleicht in einen Hundehaufen getreten.‹ Das war es, was mich hat aufhorchen lassen. Also habe ich einen Kollegen von der Spurensicherung angerufen und den Fußboden vor dem Bibliothekstresen untersuchen lassen. Und dabei ist eine winzige Blutspur zutage getreten, die mit Radeks Blut übereinstimmte. Das konnte nur eines bedeuten: Kunz war am Tatort gewesen, er war an das Opfer herangetreten, vielleicht um zu sehen, ob es noch atmete, hat sich einen Schuh befleckt, und dann ist er weggegangen, ohne irgendjemanden zu benachrichtigen.«

»Wie kommt es, dass die Spurensicherung den Abdruck nicht beim ersten Mal gefunden hat? Er hätte doch Spuren hinterlassen müssen wie der kleine Däumling, wenn er mit dem Schuh ins Blut getreten ist«, warf der Kommissar ein.

»Nicht unbedingt. Der Fleck war sehr klein und stammte aus dem Profil des Schuhs. Er war nur auf den Boden gelangt, weil Kunz dort so lange stehen geblieben war, um mit dem Bibliothekar zu sprechen, vielleicht weil er sich währenddessen den Fuß abgestreift hat. Es war wirklich nur eine winzige Spur. Nur mit Luminol und sehr viel Akribie überhaupt sichtbar zu machen.«

»Noch so ein Glücksfall, wie es aussieht«, schloss Benussi entmutigt.

Carla lächelte. »Du müsstest froh darüber sein, Mitarbeiter zu haben, die so auf Zack sind, Ettore. Sie machen die Arbeit, und du heimst die Lorbeeren ein.«

»Was soll das? Habt ihr euch verbündet, dass mir das Essen im Hals stecken bleiben soll, ihr drei?«

»Aber was denn, Commissario! Ohne Sie wären wir doch verloren«, lächelte Elettra und hob ihr Glas.

»Auf Ivo Radek, möge er sich schnell erholen«, schloss sich Valerio an und hob ebenfalls sein Glas.

»Auf Ivo Radek«, gab Benussi nach.

»Und auf den Thriller eures Commissarios!«, setzte Carla hinzu, während sie mit ihrem Mann anstieß.

»Haben Sie ihn fertig?«, fragte Elettra neugierig.

»Nicht nur fertig, liebe Morin. Ich habe ihn auch einem internationalen Literaturagenten vorgestellt, der ihn gelesen und für gar nicht so schlecht befunden hat.«

Valerio und Elettra warfen sich einen belustigten Blick zu.

»Sprechen Sie von Rhoda Wallace?«, fragte Gargiulo bewundernd.

»Ganz genau! Und wenn das Buch Erfolg hat, wechsele ich möglicherweise den Beruf und überlasse meinen Posten Ispettore Morin.«

Elettra riss die Augen auf.

»Das meinen Sie nicht ernst, oder?«

»Denken Sie erst einmal daran, den Wettbewerb zu gewinnen, dann sprechen wir noch einmal darüber.«

29

Die Nachricht von der Verhaftung Cristina Radeks und Stelio Kunz' veranlasste Terenzio Tasca und Titus Celsius dazu, ins Krankenhaus zu eilen. Sie kamen beinahe gleichzeitig an und fanden Rhoda Wallace auf dem Flur, die gerade mit Petra sprach.

Leider jedoch gelang es ihnen nicht, Ivo Radek zu sehen, wie sie gehofft hatten. Obwohl es klare Anzeichen dafür gab, dass er sich erholte, durfte er nicht gestört werden, teilte Rhoda ihnen mit. »Aber machen Sie sich keine Sorgen. Sobald Ivo sich erholt hat, wird er nach Hause zurückkehren und alle Zeit der Welt haben, um zu entscheiden, was er macht. Ich halte Sie auf dem Laufenden.«

Titus Celsius schätzte es gar nicht, mit diesem Schuft von Terenzio Tasca in einen Topf geworfen zu werden, als wären sie auf Augenhöhe. Und er versteckte das nicht: »Kann ich wenigstens Petra allein sprechen, oder brauche ich dazu auch einen Vermittler?«

Rhoda konnte sich ein Lächeln nicht verkneifen. »Bitte, nur zu.«

Während er beobachtete, wie Titus zu Radeks Frau ging, bemerkte Terenzio Tasca: »Der ist immer sauer wie eine ausgepresste Zitrone, stimmt's?«

Rhoda hatte keine Lust, sich mit dem jungen Verlagsleiter zu verbünden. »Das hindert ihn nicht daran, ein großer Verleger zu sein, der wie ein Löwe für seine Autoren kämpft.«

Getroffen warf Tasca ihr einen feindlichen Blick zu. »Da ist er nicht der Einzige, liebe Rhoda.«

»Nein, aber mit Sicherheit der Konsequenteste. Und der Kultivierteste.«

»Wollen Sie mir damit etwas sagen?«

Rhoda lächelte unschuldig. »Genau. Ich rede nicht gern über andere hinter ihrem Rücken.«

Terenzio Tasca fühlte sich wie ein auf frischer Tat ertappter Schuljunge und bemühte sich beschämt um Schadensbegrenzung: »Aber ich habe doch nur gescherzt!«

»Scherzhafte Sticheleien verletzen manchmal sogar mehr, finden Sie nicht?« Und mit diesen Worten verabschiedete sie sich, um Kommissar Benussi zu begrüßen, der vom anderen Ende des Flurs auf sie zukam.

»Guten Tag, Rhoda.«

»Ihnen auch einen guten Tag, Commissario.«

»Nennen Sie mich doch Ettore.«

Sie lächelte. Dann fuhr sie fort: »Ich kann es gar nicht glauben! War es wirklich Cristina?«

»Ja. Sie hat gestanden, den Kopf verloren zu haben«, bestätigte Benussi.

»Unglaublich … Ich habe Petra noch nichts gesagt, wie Sie mir geraten haben. Es wäre noch ein Schlag für sie.«

»Das haben Sie richtig gemacht. Man muss ihr ja jetzt nicht noch unnötig wehtun. Dafür wird noch Zeit genug sein. Wie geht es Radek?«

»Besser. Er ist aufgewacht und hat Petra erkannt.«

»Das freut mich. Wann reisen Sie ab?«

»Heute Nachmittag.«

»Soll ich Sie zum Flughafen bringen?«

»Das wäre sehr nett, aber ich will Ihnen keine Umstände machen …«

»Das macht keine Umstände. Wenn ich einen Fall abgeschlossen habe, nehme ich mir immer einen halben Tag frei.«

»Also dann, *volentieri* …«

Sie sahen sich an und brachen in Lachen aus.

»Auf Italienisch natürlich«, setzte Rhoda hinzu.

»Natürlich.«

Der Anruf ihrer leiblichen Mutter hatte Elettra zutiefst erschüttert. Es war, als hätte das Schicksal alles auf den Kopf gestellt, indem es sie dazu zwang, etwas zu tun, wofür sie sich noch nicht bereit fühlte. Nie hatte sie die Möglichkeit bedacht, dass auch ihre Mutter sie suchen könnte. Im Gegenteil, sie hatte sich einen ganz anderen Film vorgestellt, sie hatte sich alle möglichen Reaktionen der Frau ausgemalt, die sie vor achtundzwanzig Jahren verlassen hatte, nur diese nicht.

Die erste Reaktion, die für sie wahrscheinlichste, war Verärgerung gewesen. Elettra klopfte an ihre Tür, enthüllte ihre Identität, und die Mutter ließ sie nicht einmal herein, sagte ihr, dass sie andere Kinder habe und einen Mann, der nichts von ihr wisse, und dass sie ihr neues Leben nicht aufs Spiel setzen wolle. Die zweite, die ihrer Meinung nach realistischere, war die beschämter Überraschung. In dieser Version war ihre Mutter eine alleinstehende Frau, die das Trauma, ihr Kind verlassen zu müssen, nie überwunden hatte und wahrscheinlich noch immer bei den Eltern lebte, in ihrer Lebensenergie blockiert durch Entscheidungen, auf die sie selbst keinen Einfluss gehabt hatte. Und diese Frau zu finden machte Elettra Angst. Sie wäre nur eine Last gewesen, jemand, der sich nie verwirklicht hatte und sich deshalb an sie klammern würde, um sein verlorenes Leben mit Sinn zu füllen. Selten nur sah sie sie als Frau aus einem alternativen Spektrum, künstlerisch, egozentrisch, die vielleicht ein paar Jahre in Indien gelebt hatte, um sich selbst zu finden.

Bis zu jenem Anruf waren alle Handlungsstränge noch möglich gewesen, und Elettra hatte von einem zum anderen springen können, ohne sich entscheiden zu müssen. Es ist bekannt, dass die Fantasie und die Vorstellung manchmal wesentlich bewegender und befriedigender sind als die Realität.

In der Zwischenzeit war es ihr als Polizistin gelungen, den Inhaber der Handynummer ausfindig zu machen, von der aus sie angerufen worden war. Sie wusste, dass es feige war, aber sie wollte, bevor sie einem Treffen zustimmte, erst einmal wissen, wie ihre Mutter aussah und vor allem wie sie bis jetzt gelebt hatte. Wenn dann tatsächlich der Moment gekommen war, alle Illusionen fahren zu lassen, musste sie sicher sein, sich dabei nicht allzu sehr wehzutun.

Sie warf einen Blick auf den Palazzo, in dem Valerio lebte. Er verspätete sich. Aber das machte ihr nichts aus. Sie hatte es nicht eilig.

Valerio kam aus dem Tor gelaufen und stieg zu ihr ins Auto. »Entschuldige. Wartest du schon lange?«

»Zehn Minuten.«

»Tut mir leid. Ich habe noch mit meiner Mutter gesprochen und nicht auf die Uhr geschaut. Entschuldige.«

»Kein Problem. Wir sind ja nicht im Dienst.«

»Hast du rausgefunden, wo sie arbeitet?«

»Ja, in Muggia. In einem Mode-Outlet.

»Woran erkennen wir sie?«

»Woran erkennst du sie. Ich geh nicht rein.«

»Wie, du gehst nicht rein?«

»Nicht gleich. Erst sagst du mir, wie sie so ist.«

»Aber wenn ich nicht weiß, wie sie aussieht, wie soll ich sie dann finden?«

»Ich rufe sie von deinem Handy aus an, tue so, als hätte ich mich verwählt, und wenn du siehst, dass sie ans Telefon geht, wirst du wissen, dass sie es ist.«

»Und was sage ich ihr dann?«

»Irgendwas. Du musst ein Kleid für deine Mutter kaufen und brauchst einen Rat.«

»Sehr gute Idee. Warte, ich geh hoch und hole sie, so kann sie mir wenigstens den Rücken decken. Sie liebt Outlets!«

»Wer?«

»Meine Mutter.«

»Nicht nötig, wir kriegen das allein hin.«

Valerio drehte sich zu ihr um und sah sie leicht verzweifelt an.

»Hör zu, Elettra. Meine Mutter ist in Triest geblieben, weil dieser Arsch von meinem Vater sich eine seiner üblichen windelweichen Ausreden ausgedacht hat, um sich einen Extraurlaub mit seiner Geliebten zu gönnen. Sie fühlt sich allein und langweilt sich, sie freut sich seit Tagen darauf, dass ich freihabe, um etwas mit mir zusammen unternehmen zu können. Wie es der Zufall will, hat aber ausgerechnet heute meine liebe Kollegin mich um Hilfe gebeten, um ihre richtige Mutter zu beschatten. Fühlst du dich da nicht ein bisschen in der Schuld? Ich jedenfalls schon. Und jetzt, wenn es dir nichts ausmachst, hole ich sie. Und ich will nichts mehr dazu hören. Ich hab deine Launen satt.«

Es war das erste Mal, dass Valerio sich so durchsetzte, und sie war angenehm überrascht. Wenn er wollte, konnte der Junge also tatsächlich Mumm zeigen. Das eröffnete neue Perspektiven für ihre Beziehung.

Nach einigen Minuten kam er strahlend mit Ulla zurück.

»Danke, Elettra! Das ist so nett, dass du an mich gedacht hast. Valerio hat mir gesagt, dass es deine Idee war. Ich wusste immer, dass du eine ganz besondere Frau bist.«

Valerios Mutter war wirklich sehr einfühlsam, dachte Elettra, als sie zusah, wie sie ins Auto stieg. Mit ihrer lebenslustigen Art und ihrer fast kindlichen Begeisterung für alles Neue verstand sie es, dafür zu sorgen, dass auch alle anderen sich in ihrer Gegenwart wohlfühlten.

Während der Fahrt musste Valerio seiner Mutter den wahren Zweck ihrer Fahrt nach Muggia erklären, um den Plan nicht zu gefährden. Als er fertig war, überhäufte er sie mit Empfehlungen. Sie durfte auf keinen Fall Elettras Namen nennen, sondern sollte sie nur zum Reden bringen und sie vielleicht unauffällig etwas zu ihrem Leben fragen, indem sie Gleichgesinntheit signalisierte.

»Also unterm Strich sollst du nur das machen, was du sowieso am besten kannst, Mamma: sympathisch sein und kommunikativ. Spontan.«

Ulla sah sie aufgeregt und gut gelaunt an. »Macht euch keine Sorgen, Kinder. Lasst mich nur machen.«

Alles lief wie geplant. Als sie auf dem Parkplatz des Einkaufszentrums angekommen waren, parkte Elettra vor der großen Halle des Bekleidungsgeschäfts, um aus dem Inneren des Wagens heraus Ulla und Valerio beobachten zu können. Mutter und Sohn stiegen aus und ließen Ullas Handy bei Elettra, damit sie anrufen konnte. Es war noch sicherer als Valerios. Elettra beobachtete, wie sie hineingingen, zählte bis fünfzig, holte tief Luft und wählte schließlich die Nummer, die sie auf einen Zettel geschrieben hatte, bereit, den vereinbarten Satz aufzusagen. Doch das Telefon klingelte lange, ohne dass sich jemand meldete.

Wie kam das? Hatte sie sich vielleicht vertippt?

Sie versuchte es noch einmal, aber auch dieses Mal meldete Laura sich nicht. Das hatte Elettra nicht vorhergesehen. Sie hob den Blick und traf Valerios, der sie fragend durch die Scheibe ansah. Sie gab ihm Zeichen, dass niemand dranging. Sie mussten eine andere Lösung finden. Aber Valerio verstand nicht, was sie ihm sagen wollte.

Nach einigen Sekunden klingelte Ullas Telefon in Elettras Hand. Sie sah aufs Display, erkannte die Nummer, die sie gerade gewählt hatte, und drückte auf »Annehmen«. Doch dann gelang es ihr nicht einmal, »Pronto?« zu sagen.

»Wer ist da?«, fragte Laura. »Ich habe gesehen, dass Sie versucht haben, mich zu erreichen. Mein Telefon war auf stumm geschaltet, ich habe es nicht gehört. Wer ist da?«

Elettra geriet durcheinander. Sie hielt sich eine Hand vor den Mund und murmelte: »Entschuldigung, verwählt«, und beendete das Gespräch, während ihr das Herz bis zum Halse schlug.

Wie dumm sie war! Sie hoffte nur, dass sie sie nicht erkannt hatte. Im Grunde hatten sie ja nur ein einziges Mal miteinander gesprochen und nur wenige Minuten. Und jetzt? Sie versuchte, Valerio und Ulla zu entdecken, sah sie aber nicht. Was, wenn sie sie nicht gefunden hatten? Aber nein, das war nicht möglich. Valerio war ein guter Polizist, der würde sich etwas ausdenken.

Dessen war sie sich sicher.

Aufgewühlt ließ sie sich gegen die Rückenlehne fallen und begann zu warten. Die längste, zermürbendste und schwierigste Wartezeit ihres Lebens.

In der Zwischenzeit hatte sich Ulla im Inneren der großen Verkaufshalle sofort auf die Suche nach einer Frau gemacht, die etwa vierundvierzig Jahre alt war und Elettra möglichst ähnlich sah. Sie machte zwei aus, eine war zu jung, die andere zu alt, und wandte sich entschlossen einer zierlichen, schlanken Verkäuferin zu, deren Haar zu einem Pferdeschwanz zusammengefasst war. Das Alter konnte passen. Sie sprach noch mit einer Kundin. Sie wartete, dass zur Bestätigung ihr Handy klingelte, und tat derweil so, als schaute sie sich die Kleider auf dem Ständer vor ihr an, während Valerio in die Abteilung Übergrößen ging, bereit, ihr ein Zeichen zu geben.

Die Minuten verstrichen, und bei keiner der Verkäuferinnen klingelte ein Handy. Es waren nur vier, zwei an der Kasse und zwei im Verkaufsraum. Eine einzige Frau telefonierte, sie stand hinter der Kasse und war ein bisschen übergewichtig, aber es war sie gewesen, die den Anruf getätigt hatte, das hatten sie beide gesehen. Folglich konnte es nicht Laura sein. Elettras Gesten hinter der Scheibe hatte Valerio entnommen, dass es ein Problem gegeben hatte. Und daher griff er jetzt auf den ältesten und abgedroschensten aller Tricks zurück und rief laut: »Laura!«

Die Frau, die gerade telefoniert hatte, drehte sich zu ihm um.

»Ja?«

Valerio lächelte sie kopfschüttelnd an. »Entschuldigen Sie, ich meinte nicht Sie. Ich habe eine Freundin gesucht. Ah, da ist sie ja.«

Mit großen Schritten eilte er auf Ulla zu und nahm sie beiseite.

»Ich habe sie gefunden. Es ist die da hinten, an der Kasse. Die ganz in Rot.«

Ulla musterte sie durch ihre dunkle Sonnenbrille hindurch und meinte leise: »Ich habe sie mir ganz anders vorgestellt.«

»Mamma, ich bitte dich«, flüsterte Valerio ihr ins Ohr. »Wir sind in deinen Händen.«

»Welche Mamma«, brachte ihn Ulla zum Schweigen. »Ich heiße Laura, schon vergessen?«

Und mit einem Kleid in der Hand ging sie eilends auf die echte Laura zu, ihr unwiderstehlichstes Lächeln auf dem Gesicht.

»Entschuldigen Sie, ich finde den Preis nicht. Können Sie mir helfen?«

Valerio war es zu viel, der Aufführung beizuwohnen. Er war zu aufgewühlt. Also überließ er dic ahnungslose Laura den Händen seiner Mutter und trat auf den Vorplatz hinaus. Würde er rauchen, wäre dies der richtige Augenblick gewesen, um eine Zigarette herauszuziehen und sie sich anzuzünden.

»Und jetzt?«, fragte Elettra und lehnte sich aus dem Fenster.

»Jetzt lassen wir meine Mutter machen.«

»Wie ist sie?«

»Ein bisschen mollig, aber hübsch.«

»Willst du sagen, sie ist fett?«

»Nein, fett nicht, aber rundlich. Sie hat ein sympathisches Gesicht.«

»Wie hast du rausgefunden, dass sie es ist? Ihr Telefon war auf stumm geschaltet.«

»Das habe ich gemerkt.«

»Und dann?«

»Ganz einfach. Ich habe sie gerufen.«

»Du hast sie gerufen. Bist du verrückt?«

»Für wie doof hältst du mich? Als sie sich umgedreht

hat, habe ich ihr gesagt, dass ich eine andere Laura suche, und bin zu meiner Mutter gegangen.«

»Und sie ist nicht misstrauisch geworden?«

»Warum sollte sie denn bitte schön misstrauisch werden? Könnte meine Mutter nicht genauso heißen wie sie?«

Elettra seufzte und schloss die Augen. Dann schlug sie sie wieder auf und stieg aus.

»Ich halte das nicht mehr aus. Ich geh rein.«

»Bist du sicher?«

»Und wie. Kommst du mit?«

»Nein, ich rauche erst noch eine Zigarette.«

»Du rauchst doch gar nicht!«

»Eine metaphorische Zigarette.«

Elettra schüttelte belustigt den Kopf und ging auf die Halle zu.

»Meine Tochter hat mehr oder weniger Ihre Statur. Deshalb wollte ich unbedingt, dass Sie mich bedienen, ich wollte mit der Größe nichts verkehrt machen«, sagte Ulla gerade zu Laura und drehte sich zu den Sommerkleidern um. »Macht es Ihnen etwas aus?«

»Aber nein. Im Gegenteil. Woran dachten Sie denn?«

»Sie wissen ja, wie die jungen Leute heutzutage sind, sie wollen nicht, dass die Mütter sich einmischen, was sie anziehen. Aber dieses Mal muss sie auf mich hören. Wir sind zu einer Hochzeit eingeladen, und da kann sie ganz sicher nicht in Jeans und T-Shirt aufkreuzen wie sonst.«

»Wenn sie ungefähr meine Statur hat, dann müsste ihr dieses dunkle Leinenkleid gut stehen.«

»Oh nein! Das würde sie mir nur um die Ohren hauen. Sie verabscheut Blau, vielleicht weil ich sie, als sie noch klein war, immer dunkel angezogen habe. Ich wollte nicht, dass sie Komplexe bekommt. Wissen Sie, sie wurde oft gehänselt, weil sie ein bisschen mollig war …«

»Ich weiß, wovon Sie reden.«

»Hat Ihre Mutter Sie auch immer dunkel angezogen?«

»Immer. Sommers wie winters. Und deshalb trage ich jetzt nur noch leuchtende Farben. Sie machen mich nicht schlank, das gebe ich zu, aber sie sehen wenigstens fröhlich aus, finden Sie nicht auch?«

Elettra war in der Zwischenzeit hereingekommen und hatte sich hinter einer langen Reihe Hosen versteckt, von wo aus sie sie beobachtete.

»Sie haben recht … Darf ich Sie nach Ihrem Namen fragen?«

»Laura.«

»Was für ein Zufall, ich heiße auch Laura.«

»Ich weiß.«

»Woher wissen Sie das?«

»Ich habe gehört, wie Sie gerufen wurden.«

»Ah. Das war Mario, der Sohn meiner besten Freundin. Er hat mich hierherbegleitet. Wo steckt er denn nur?«

»Ich habe ihn eben hinausgehen sehen.«

»Er wird eine Zigarette rauchen gegangen sein. Haben Sie Kinder?«

»Nein …«, antwortete sie gleich. Dann, errötend, setzte sie hinzu. »Ja.«

»Ja oder nein?«

»Ja und nein.«

Ulla sah sie lachend an. »Was soll das denn heißen? Das verstehe ich nicht.«

»Es ist nicht so einfach …«

»Entschuldigen Sie, ich wollte nicht indiskret sein.«

Ullas freundlicher, mütterlicher Ton weckte Vertrauen in Laura, sodass sie sich entschied, die Wahrheit zu sagen.

»Nein, es ist nichts, wofür man sich schämen müsste. Ich habe eine Tochter, ja. Aber ich habe sie leider noch nie gesehen. Ich weiß nicht mal, wie sie aussieht.«

Elettra schauderte, versteckt hinter den Hosen, und machte sich noch kleiner.

»Wollen Sie sagen, Sie …«

Empörung leuchtete in Lauras Augen auf. »Nein, niemals hätte ich sie verlassen, glauben Sie mir. Niemals! Meine Mutter hat mich gezwungen. Ich war erst siebzehn und …«

Das überraschende Geständnis hatte einen Sturm von Gefühlen ausgelöst, die Frau schlug die Hände vors Gesicht und wandte sich ab. »Entschuldigen Sie …«

»Gehen Sie nicht, ich bitte Sie«, sagte Ulla und hielt sie am Arm fest.

»Ich weiß nicht, was da über mich gekommen ist. Bitte entschuldigen Sie.«

»Da gibt es nun wirklich nichts zu entschuldigen.«

Laura blieb stehen und schaute sie unsicher an, versunken in ihre eigenen Gedanken. Dann, nach einem kurzen Schweigen, schüttelte sie den Kopf. »Das Problem ist, dass ich es mir nicht verzeihen kann. Ich hätte es nicht zulassen dürfen. Ich hätte kämpfen müssen.«

»Aber wenn Sie doch erst siebzehn waren …«

»Trotzdem hätte ich kämpfen müssen. Ich war feige.«

»Und Sie haben sie nie gesucht in all den Jahren?«

»Oh, doch. Kaum dass ich volljährig war, habe ich angefangen, nach ihr zu suchen. Aber ich habe nie herausbekommen, wer sie adoptiert hat. Sie haben es mir nie sagen wollen.«

»Wie alt ist Ihre Tochter heute?«

»Achtundzwanzig Jahre.«

»Und könnten Sie nicht noch einmal versuchen, sie aufzuspüren? Die Gesetze sind ja seit damals geändert worden …«

»Vielleicht ist es jetzt sie, die es nicht möchte.«

»Ich verstehe nicht …«

Laura sah mit tränenvollen Augen zu Ulla hoch und wusste nicht, ob sie weitersprechen sollte oder nicht. Schließlich kannte sie die Frau gar nicht. Warum erzählte sie ihr das alles überhaupt? Aber in ihrem Blick lag etwas, in ihrem Verhalten war etwas, das sie dazu trieb, ihr Herz zu erleichtern.

»Meine Tochter sucht nach mir.«

»Woher wissen Sie das?«

»Das Amt hat mich angerufen, um zu fragen, ob ich sie kennenlernen möchte. Natürlich, habe ich gesagt. Und so haben sie mir ihre Nummer gegeben.«

»Und haben Sie sie angerufen?«

Laura nickte. »Vor vier Tagen.«

»Und wie ist es gelaufen?«

»Sie hat nichts gesagt. Wahrscheinlich war sie vollkommen überrumpelt. Dann, nach einer Weile, hat sie gesagt, sie müsste darüber nachdenken und würde sich wieder melden.«

»Und das hat sie noch nicht getan?«

»Noch nicht. Und inzwischen bezweifle ich, dass sie es überhaupt tun wird.«

Ulla hätte sie am liebsten in den Arm genommen und an sich gedrückt, ihr Sicherheit gegeben und ihr gesagt, dass ihre Tochter hier war, nur wenige Meter entfernt. Dass sie nur Angst hatte. Aber sie schaffte es nicht.

»Entschuldigen Sie, ich weiß nicht, warum ich Ihnen diese ganzen Sachen erzähle«, sagte Laura und trocknete sich die Augen ab.

»Vielleicht brauchten Sie das.«

»Glauben Sie, dass sie mich anrufen wird?«
»Ganz sicher.«

Elettra fühlte sich schrecklich. Was für ein Mensch war sie eigentlich? Was dachte sie sich dabei, zuerst die Ware kontrollieren zu wollen, bevor sie sie kaufte? Zum ersten Mal in ihrem Leben schämte sie sich ihrer selbst. Heimlich, um nicht bemerkt zu werden, trat sie aus ihrem Versteck heraus und ging schnell zum Ausgang. Als sie wieder auf dem Vorplatz stand, schaute sie zum Himmel und versuchte, die Tränen wieder einzufangen.

Valerio sah sie und wollte auf sie zugehen, aber sie hielt ihn mit einer Handbewegung auf. Jetzt nicht. Dann, nachdem sie einmal ganz tief Luft geholt hatte, steckte sie die Hand in die Tasche und tippte eine Nummer ein. Als sie die Stimme ihrer Mutter »Pronto?« sagen hörte, murmelte sie: »Ich bin's.«

»Elettra, bist du's?«

»Ja«, hauchte sie.

»Wo bist du?«

»Hier draußen. Wenn du rauskommst, siehst du mich.«

In weniger als einer Sekunde stand Laura in der Tür und starrte sie ungläubig an. Sie hatte die gleichen Augen wie sie, die gleichen Hände, dieselben langen Pianistenfinger.

»Gott sei Dank«, murmelte Laura, lief zu ihr und schloss sie in die Arme.

»Du musst mir Zeit geben«, flüsterte ihre Tochter und versuchte, sich der Umarmung zu entwinden.

»So viel Zeit, wie du willst.«

30 Es gibt ein schönes Gedicht von Emily Dickinson, das mir häufig in den Sinn kommt:

Wir wissen nie, dass wir gehen – wenn wir gehen
Wir scherzen und schließen die Tür;
Hinter uns legt das Schicksal den Riegel vor,
Und wir behelligen nie wieder.

Mit Frano ist es mir so ergangen. Ich bin gegangen, ohne mich umzuschauen, ich war mir der Ungerechtigkeit und der Gewalt gegen uns Istrianer, Julier und Dalmatier sicher, und ich wollte nicht mehr an ihn denken. Oder schlimmer noch, ich habe einen Hass auf ihn gehegt, den er nicht verdiente. Und ich wusste es. Doch ich zog es vor zu dämonisieren, um nicht gezwungen zu sein, mich den Schatten in meinem eigenen Herzen zu stellen. Ich habe eine Tür geschlossen, weil ich dachte, so könnte ich alles hinter mir lassen, was mich verletzt hat – den Verlust meiner Heimat, in der ich geboren war, den Verrat an einem Ideal, den Schrecken des blinden Fanatismus von Menschen, die behaupteten, eine bessere Welt erschaffen zu wollen, die unglückliche Liebe zu Lea –, und stattdessen hat das Schicksal einen Riegel vor alles geschoben, was gut, aufrichtig und einzigartig an unserer Freundschaft war. Ich war damals noch jung, ich hatte keine Zeit für Feinheiten und Differenzierungen. Er blieb, und ich wurde gezwungen zu gehen, da war kein Platz, um den Verlust und die Enttäuschung zu verstehen, die auch er durchlebte. Ich habe Augen und Ohren verschlossen, wenn jemand mir berichtete, dass dort unten in meiner Heimat die Hölle losgebrochen war. Während er in Goli Otok war, wiegte ich mich in der Sicherheit meines Opferdaseins als Exilant und versuchte mich über das Schreiben zu entschädigen und für alles zu rächen, was ich erlitten hatte. Als dann Lea in mein Leben zurückkehrte, hoffte ich, dass die Liebe zu ihm sich auf natürliche Weise auf mich übertragen würde. Ich wollte mich als ihr Retter anbieten und ihr zurückgeben, was ihr genommen worden war. Ein Haus, eine Familie, wirtschaftliche Sicherheit. Doch Liebe kann man weder erzwingen noch kaufen. Das habe ich gelernt, und es ist mich teuer zu stehen gekommen.

Als das Buch erschienen ist, habe ich allen gesagt, Frano/Toni sei tot, weil es das war, was ich gehofft hatte, in diesen traurigen Jahren unserer Ehe. Dass er sterben würde. Dass er Lea vom Bann ihrer Liebe befreite. Doch stattdessen ist sie gestorben und hat mich alleine damit gelassen, Franos Tochter großzuziehen.

Wie finster die Jahre waren, die auf ihren Tod folgten! Vater zweier Kinder, die beide nicht von mir waren, aber meinen Namen trugen. Zwei Kinder, die alt geworden sind, ohne dass ich sie auch nur einmal in den Arm genommen hätte, ohne dass ich ihnen einmal zugehört hätte. Die arme Cristina, wie viel Verzweiflung, wie viel Einsamkeit, wie viel Zorn muss sie erlebt haben, um sich zu einer solchen Tat getrieben zu fühlen! Wenn sie aus dem Gefängnis kommt, werde ich versuchen, die verlorene Zeit wieder aufzuholen, sofern meine Kräfte es mir erlauben.

Vielleicht hat mich nur deshalb vor drei Monaten der Sensenmann verschont. Meine Zeit war gekommen, ich habe es gespürt. Doch ich bin zurückgeworfen worden. Auf einmal habe ich meinen Körper von oben gesehen, in diesem Krankenhausbett. Ich sah all die Leute, die um mich herumliefen und schrien: »Wir verlieren ihn, wir verlieren ihn …« Ich sagte ihnen, dass sie sich keine Sorgen machen sollten, dass es mir gut ginge, dass sie mich gehen lassen sollten, aber sie hörten mich nicht. Ich schwebte über diesem Zimmer und fühlte mich leicht, glücklich und endlich frei von Reue und Bedauern. Dann jedoch bin ich wieder in meinen Körper zurückgestürzt, und dieses Gefühl unendlichen Friedens verschwand. Alles tat mir weh, der Kopf, die Beine, die Ellbogen, ich bekam keine Luft … Warum habt ihr mich nicht gehen lassen?, schrie ich, aber niemand hörte mich. Und so hatte ich die Realität akzeptieren müssen. Ich musste weiterleben.

Leben. Das Leben. Wie oft habe ich diese Worte in meinen Büchern geschrieben? Ich habe ihnen sogar einen Buchtitel gewidmet: »Unser Erdenleben«. Aber habe ich mein Leben wirklich gelebt oder war es nur eine unendliche Flucht vor den Gespenstern der Vergangenheit?

Nein, ich habe beschlossen, dieses verdammte Buch nicht zu publizieren. Titus Celsius wird warten müssen, bis ich tot bin, was, wie ich im Moment hoffe, erst so spät wie möglich der Fall sein wird. Ich habe noch so viel zu tun. Als Erstes muss ich die Beziehung zu meinen Kindern wieder aufnehmen. Erst dann wird meine Flucht ein Ende haben.

Und wenn Cristina wieder frei ist, werden wir alle zusammen die Reise machen, um die Petra mich seit dreißig

Jahren bittet. Wir werden auf das Tragflächenboot steigen und nach Parenzo zurückkehren. Wir werden von Weitem den Hafen aufblühen sehen, den Campanile der Basilica Eufrasiana, die weißen Palazzi der Stadtmitte. Ich werde Lorenzo und Ada die Stelle zeigen, wo Frano und ich fischen gingen. Ich werde Cristina den Pinienhain zeigen, hinter dem sich die Villa versteckt. Jene Villa, die jetzt ihr gehört, der Tochter von uns dreien: von Lea, Frano und mir.

Gemeinsam werden wir jene Stufen hinaufsteigen, über die ich als Kind so gern in einem Satz hinweggesprungen bin. Gemeinsam werden wir jene Räume betreten, die mein kindliches Weinen aufgenommen haben, gemeinsam werden wir uns den Gespenstern der Vergangenheit stellen.

Mit ihnen an meiner Seite wird es einfacher sein. Und am Abend, wenn der Tag schön gewesen ist, werden wir auf der Terrasse essen, mit Blick auf das Meer, und den Fischerbooten beim Auslaufen zusehen mit ihren Laternen, wie ich es mit meinen Eltern getan habe, als wir noch dort unten lebten. Mirella wird kochen, und Fabio wird sich um den Wein kümmern.

Es wird seltsam sein.

Es wird seltsam sein, nicht das Knirschen des Kieses unter den Rädern von Lea und Frano zu hören, wenn sie kommen, um mich abzuholen, und wir wilde Maraska-Kirschen essen gehen. Es wird seltsam sein, das ist wahr, aber im Grunde wird es sein, als wären auch sie dabei, als säßen auch sie beide mit uns am Tisch. Es wird reichen, die Augen zu schließen und ihre Stimmen zu hören.

Die Zeit heilt keine Wunden, das ist wahr. Aber sie kann uns zu den vergangenen Jahren zurückführen, wenn man nur will, sie kann uns die wenigen, seltenen Augenblicke wieder erleben lassen, in denen wir wirklich glücklich waren.

Eisige Zeiten für Commissario Benussi

*Cover- und Preisänderungen vorbehalten

Roberta De Falco

Gute Zeiten für schlechte Menschen

Ein Triest-Krimi

Aus dem Italienischen
von Luis Ruby
Piper Taschenbuch, 304 Seiten
€ 10,00 [D], € 10,30 [A]*
ISBN 978-3-492-30996-7

Eine Kältewelle fegt über Triest und hält die traditionsreiche Stadt am Meer fest in ihrem Griff. Auch Commissario Benussi stehen eisige Zeiten bevor: Kurz vor Weihnachten verschwindet seine Frau Carla plötzlich spurlos. Während Benussi in seinem Ferienhaus auf dem Karst festsitzt, stoßen seine Kollegen Elettra Morin und Valerio Gargiulo auf eine Spur von Gewalt und blindem Hass, die weit in die Vergangenheit zurückführt.

PIPER

Leseproben, E-Books und mehr unter www.piper.de